THE BRIEF WONDROUS LIFE OF OSCAR WAO

a novel

Junot Díaz

阿宅正傳

朱諾・狄亞茲
何穎怡 譯

國際媒體評論

「趣味橫生，觀察敏銳，充滿街頭智慧……少見這麼有活力的書，行文彷彿注射了腎上腺素……此書無疑將奠定狄亞茲是當代聲音最特出、最令人無法抗拒的作者。」

——角谷美智子，《紐約時報》前首席書評家

「狄亞茲的第二本作品終於問世，年輕作家可能會發現標竿越來越高了。上了年紀的作者（是誰，大家心知肚明）或許會開始思考該是離開戰場的時刻了。此書顯示一個小說家通透低俗、高級與多語文化。如果巴撒美（Donald Barthelme）仍活在世，讀了狄亞茲的作品，一定欣喜發現這位知識與語言的雜食者也能教導他一二。」

——《時代雜誌》

「天才之作……一則關於美洲經驗的故事，光彩眩人卻又悚然恐怖。尤尼爾的敘述兼具風格與機智，真是一大驚人成就，以低調又爆笑的幽默推動奧斯卡．狄．里翁的故事行進，並不時穿插內行手法的椎心佳句撼動讀者。狄亞茲的這本小說充滿點子，尤尼爾的敘述足以和菲立普．羅斯筆下的祖克曼相抗衡，創造出現代小說裡最屌爆（正確形容詞）的作品。本書是部極端罕見的佳作，不管你是新美洲

人或者別種人，都能在其中看見自我。」

——《舊金山紀事報》

「僅有極少數作品需要貼上『高度易燃物』標籤，本書即是其一。狄亞茲這本眾人翹首期待已久的首部長篇作品，熱火直燒你的心房，讓你的感官冒煙。真實世界的火熱節奏浸潤狄亞茲的作品，並讓它覆蓋上魔幻寫實與古典奇幻故事的色彩。」

——《今日美國報》

「了不起……具高度活力……富閱讀樂趣，即使讀第二回仍覺得每一處都令人興奮。」

——《娛樂週刊》

「一流之作，美好的隨性與活力，充滿了機智和洞見。狄亞茲處理這一個家族悲劇時，能在私密感與不同世代間取得平衡，是這部作品的一大成功。……過去和當下都受到同樣的關照、同樣地俯拾可得，狄亞茲以巧妙文字在多重現實當中切換，一切都教人著迷。」

——《波士頓地球報》

「具全觀視野同時又極其私密。無可歸類的作品。超屌的書。」

——《洛杉磯時報》

「了不起的書……充滿活力的西班牙文／英文混用語，處處可見文化參照，從《沙丘魔堡》、阿爾瓦雷斯到《真善美》，輻射範圍極廣。作者注廣博引述加勒比海歷史，且又幽默至極。閱讀此書堪稱展卷愉快，二次閱讀依然充滿狂喜。」

——珍妮佛・雷斯，《華盛頓郵報》

「狄亞茲書裡的多明尼加共和國充滿狂野、美麗、危險與矛盾，既是赤貧絕望又是無比豐富。或許跟你我的祖國都相去不遠，但是狄亞茲這本狂妙的小說指出了多國子民無論播遷至何處，祖國對他都有獨特的牽引力。狄亞茲讓我們足足等了十一年才看到他的首部長篇小說。眾聲哇然中，它遽然結束，讓每個讀者都覺得意猶未盡，不錯的開場手法。奧斯卡的這一生短暫又奇妙，真是哇塞。」

——《華盛頓郵報開卷世界》

「狄亞茲的寫作最驚人的莫過敘述者的口吻，腆顏無恥、生動活躍，以及雙語寫作帶來的蓬勃生氣。驅動它的是年輕人的活力，街頭的活力，欲望的活力。」

——《國家雜誌》（*The Nation*）

「能讀到如此率真尖銳、情感奔放的文字，真是清新悅目，雖是逗笑，本書卻有一種毫不矯飾的質素。」

——《倫敦書評》（*London Review of Books*）

「既有趣又抒情，充滿多語對話與時空跳躍……本書最大的優點在其意象、語言、敘事三者間有種生機活潑的共鳴與詩意的耦合。」

——《泰晤士報星期文學增刊》

「驚人好書……你可以說本書是部移民家庭歷史小說，不過這個評語不盡公平，應該說它是給不看『此類書』的讀者看的移民家族歷史小說。」

——雷夫．葛斯曼，《泰晤士報》

「狄亞茲的寫作狂野不馴、瘋狂又挑逗……在狄亞茲的眼裡，眾人皆然，我們都是歷史與現實的犧牲品，不僅淌血，還同鍋煎熬。此書令你悚然，更令你心碎。」

——《君子雜誌》

「這是本說方言的書，眾人期盼已久、關於新世界的傑作，描寫它的神話、符咒，以及迷人女性。故事場景設定在美洲的中心點紐澤西，以及楚希佑殘暴統治下的多明尼加共和國，作者對流離播遷者以及固守家園者的艱困生活描述，使本書熠熠生輝，它也是一首昂揚的讚美詩，歌頌人民如何憑藉平凡與不平凡的愛，對抗粉身碎骨的高壓政治。」

——華特．莫斯里（Walter Mosley），《藍衣魔鬼》（*Devil in a Blue Dress*）作者

譯後記

我在十年前花了一年半時間翻譯了這本《阿宅正傳》，當時出版的中文名為《貧民窟宅男的世界末日》（臺北：漫遊者，2010）。

這本書公認極難翻譯。首先它西班牙文、英文雙語寫作。西班牙文部分，我委請精通西文的Ana Cristina Perez（父親美國人，母親委內瑞拉人）幫忙翻成英文。那時她還是學生，現在已是母親。因為雙語，本書編排採取了前所未有的形式，為顧及讀者理解，且不想動不動就附上西班牙文對照，妨礙閱讀，凡原文為西班牙文的中譯下面均另加底線。

本書既是《阿宅正傳》，想見有許多科幻、動漫、遊戲專有術語。我小瞧了這部分的專業性，以為維基百科可以解決一切。後來動漫遊戲科幻達人「科幻毒瘤」林翰昌先生在他的部落格裡指出許多錯譯。我始終對這件丟臉事耿耿於懷，而今盼得再版，可以一一勘誤，在此，謝謝林翰昌先生。

此書原本就有上百個作者注，多數是作者以類似《史記》太史公、《聊齋誌異》異史氏口吻臧否多明尼加歷史與美國對拉丁美洲的侵入史，這是作者跳出作品情境的說話。本書的作者注十分艱深複雜，譯者還得為注加注，這類接在作者注後面的補充說明文字都標示「譯者注」。而他處，凡無特殊標注，皆為譯者注。

此書得以再版是我的僥倖，盼它不至如張愛玲所說「看官三棄《海上花》」。密密麻麻的注就是我與作者盼得知音的心情。

獻給伊麗莎白・狄・里翁

對行星吞噬者（Galactus）來說……短暫無名的生命何足道？

——《驚奇四超人》，史丹·李與傑克·柯比著

（第一卷，第四十九集，一九六六年四月號）

上帝垂憐沉睡的萬物
從萊特桑路那一頭的腐爛狗屍
到曾在這些街頭浪遊如狗的我
如果，深愛這些島嶼注定是我的負擔
那麼，我的靈魂將從腐爛裡振翅高飛
但是他們擁有的大車子、大房子，與政治滔天大謊言
他們豢養的東印度人、黑鬼、敘利亞人、法裔加勒比海混種
開始毒化了我的靈魂
我將這一切留予他們，讓他們去狂歡
我將躍海而浴，我將踏上那條路
我熟悉摩諾斯到拿騷之間的每個島嶼
我是髮色如鏽雙眼如海水碧綠的水手
人們暱稱的莎賓
洋濱腔裡的紅髮黑人
我——莎賓，看過殖民帝國的貧民窟曾是天堂的模樣
我只是個喜愛海洋的紅髮黑人

受過完整的殖民地教育
流著荷蘭、黑人、英國的血液
我，啥也不是
我，自成一國。

——德瑞克・沃克特*

*譯者注：此段摘自聖露西亞島詩人德瑞克・沃克特（Derek Walcott）的詩作〈桅船之旅〉（*The Schooner Flight*）。

人們說，最早是黑奴的尖叫聲將它帶進美洲大陸。有人說那是泰諾人[1]在舊世界崩毀新世界誕生之際吐出的催命符。也有人說它是惡魔，誕生於安地斯山夢魘之門崩裂時。它就是美洲符桔（Fukú americanus），通俗說法叫符桔。它是一種符咒或厄運，特屬新世界所有。有人又叫它艦隊長（哥倫布）符桔，因為艦隊長本人就是它的催生婆，也是最大咖的歐洲受害人，艦隊長雖然「發現」了新大陸，死時卻身染梅毒，極盡痛苦，聽到（類似）神的聲音。聖多明哥[2]是艦隊長**最愛的土地**（也是本書主角奧斯卡最後所謂的新世界原爆點），但是他的名字在這裡就等於兩種符桔，大符桔與小符桔，大聲說出他的名字或者僅僅聽到他的名字都會招來災難，降臨爾等的帶頭者與爾等的項上人頭[3]。

不管符桔的名字與起源，一般相信是歐洲人到了伊斯帕尼奧拉島[4]，才將符桔釋放到人間，而我們就狗屎上身至今。聖多明哥或許是符桔的原起點與進口港，我們知道也罷，不知道也罷，其實我們都是符桔之子。

符桔可不是古歷史，也不是嚇不死人的老時代鬼故事。在我父母親那一輩，符桔可是超真實，平凡如你我者都可相信它確切存在。誰不認識一二個被符桔生吞活剝的人呀，就像每個人都可攀上一二個在總統府做事的朋友。它難以盡信，可是跟島上許多重要事情一樣，人們也不會把它放在嘴邊。以前，符桔可是為所欲為，甚至還有一個大力推動者，你可以稱他為符桔大祭司——拉裴爾．萊昂尼達斯．楚希佑．莫利納（Rafael Leónidas Trujillo Molina）[5]，本島的終生獨裁者。沒人知道楚希佑是**符桔**的僕

1 泰諾人（Tainos），西印度群島已經絕種的印第安人。

2 多明尼加共和國的首都。

3 原文為"invite calamity on the heads of you and yours"，典故出自古希臘哲學家狄摩西尼（Demosthenes）所說的"I pray the gods to turn upon the heads of you and yours"。

4 Hispaniola，加勒比海中的第二大島（僅次於古巴），位於古巴南邊、波多黎各的西邊，分屬於多明尼加共和國與海地兩國。一九四二年十二月五日哥倫布第一次踏上這座島嶼，將之命名為「西班牙」（La Española），這座島嶼隨後也成為歐洲人在美洲的第一個殖民地。

5 作者注：以下寫給錯過兩秒鐘多明尼加史必修課的人：楚希佑是二十世紀最惡名昭彰的獨裁者，在一九三〇年到一九六一年間，以毫不寬容的殘暴手段統治多明尼加共和國。楚希佑是個癡肥、暴虐、豬眼的黑白混血兒，漂白了膚色，腳踏矮子樂，對拿破崙時代的男子服飾情有獨鍾。楚希佑又名大領袖、失敗的盜牛賊、屎蛋臉，透過暴力、恫嚇、屠殺、強暴、選舉、恐怖等熟悉且有力的手段組合，控制了多明尼加的政治、文化、社會、經濟生活的各個層面，把這個國家當成大農園，他就是奴隸主。乍看之下，你會以為他是典型的拉丁美洲領袖，但是他所掌握的權力之徹底，少有歷史學者或作家能洞悉，我敢說他們連想像都想像不到。他就是我們的索倫（Sauron）與冥王，我們的黑暗大君（Darkseid），獨裁者中的亞瑟王（Once and Future dictator）。他的性格如此古怪變態恐怖，科幻小說家筆下人物連他的屁都不如。他**經常改變地標名稱**以尊榮自己，以此聞名；杜阿提峰變成楚希佑峰，聖多明哥．德．古斯曼（新世界最古老的城市之一）變成楚希佑城。藉由霸佔國有財產，他迅速致富，成為地球上最有錢的人，打造了西半球最大型的軍隊（這傢伙甚至還擁有他媽的轟炸機聯隊）。他染指所有漂亮女人，連部屬之妻都不放過，被他弄上手的女人難以計數。他期望，不，我說錯了，應該說他「**堅持**」所有子民都尊敬愛戴他，從我國的口號乃「上帝與楚希佑」便可窺知。他用海軍陸戰隊新兵訓練中心的雷霆手段統治國家，毫無理由便褫奪友人與盟友的官銜與財產。他也以「**近乎超人**」的能力聞名，傑出成就包括在一九三七年屠殺境內的海地人與海地／多明尼加混血族群。他也是美國在背後支持最久、造成最大傷害的西半球獨裁政權。（我們拉丁美洲人如有任何長處，就是擅長忍耐美國扶持的獨裁者，因此役還是主人，是它的媒介還是主角，只知道兩者有默契而且關係**緊密**。連知識分子都相信陰謀對抗楚希佑必招致絕殺級符枯，禍延七代不止。你光是想到楚希佑的一點點不好，呼啊，颶風馬上把你家掃進大海，呼啊，晴空掉下大石壓扁你，呼啊，你今天吃的蝦子明日就變成致命的痙攣。這也解釋了企圖暗殺他的人到頭來反遭處決，而最後扳倒他的人都死狀淒慘。還有，就說說他媽的甘迺迪吧。是他在一九六一年同意暗殺楚希佑，命令中央情報局運送武器到本島。爛招啊，長官。因為情報專家忘了告訴甘迺迪一件多明尼加人都知道的事，管你是住在莫爾的有錢白膚人，住在艾爾布威的窮鬼，住在聖．佩德．馬科里斯省的老不死，還是住在舊金山的孫兒輩，大家都知道：誰敢殺了楚希佑，他的家族必遭最恐怖的符枯糾纏，相較之下，纏上艦隊長的符枯簡直是小兒科。

你想知道華倫委員會的最終報告——誰殺了甘迺迪？且讓我這個卑微的**觀測者**[6]來揭露斬釘截鐵的**絕對真相**吧。暗殺者既不是愛爾蘭裔黑幫，也不是詹森總統，或者媽的瑪麗蓮夢露幽魂。不是外星人，不是格別烏（KGB），或者單槍匹馬暗殺客。不是德州的杭特兄弟[7]策謀，也不是李．哈維．奧斯華德[8]，更不是三邊委員會[9]。是楚希佑。是符枯。不然你以為媽的甘迺迪詛咒怎麼來的[10]？你說說越南吧。誰想得到世界第一強國會打輸越南這樣的第三世界國家啊？我的意思是，**拜託**，黑仔[11]。你沒想過美國加強涉入越戰的同時，詹森總統正非法入侵多明尼加共和國。那是一九六五年四月二十八日。在伊拉克還不是現在的伊拉克之前，多明尼加就是美國的伊拉克。那次入侵，美國獲得軍事大勝利，攜手讓聖多明哥「民主化」的美國情報人員與部隊，馬上又被送去西貢。你認為那批阿兵哥、技術人員、諜報人員的帆布背包、手提箱、襯衫口袋、頭髮、鼻孔，甚至鞋底藏了什麼？就是我們多明尼加百姓送給美國的小禮物，不義之戰的回報啊。沒錯！各位，就是符枯。

因此，各位應切記符枯並不一定像霹靂，有時它會耐心醞釀，慢慢淹死王八蛋，就像它對付艦隊長或者死在西貢市外稻米田的美國大兵一樣。符枯有時迅雷不及掩耳，有時徐徐而至。就是如此才更

我們的勝利得來不易，智利佬與阿根廷佬至今還在哀求呢。）楚希佑的其他成就包括締造了第一個現代「貪瀆竊盜統治」（Kleptocracy，在莫布杜還不是莫布杜的時代，楚希佑就是莫布杜）；有系統地行賄美國參議員。最後一項傑出成就（並非最不重要喲）是將多明尼加人硬生生推入現代國家社會，這是美國海軍陸戰隊在佔領期間都沒能辦到的事。譯者注：莫布杜（Mobutu Sésé Seko），剛果獨裁總統。

6 觀測者（Watcher）是由史坦·李（Stan Lee）與傑克·科比（Jack Kirby）所創造的漫畫角色，外星種族，宇宙中最老的智慧生物，他們的任務就是觀察並收集宇宙的各種知識。

7 杭特兄弟（Hunter Brothers）為美國大富豪，善炒白銀的投機商，有一說是他們策劃謀殺了甘迺迪。

8 李·哈維·奧斯華（Lee Harvey Oswald），美國警方認定的甘迺迪刺客，但是他在移監時遭Jack Ruby暗殺，甘迺迪之死遂成史上大謎團。

9 三邊委員會（Trilateral Commission），美國大亨洛克菲勒發起的組織，由北美、西歐與日本三邊十四國組成的機構，多用以協商跨國公司的政策。

10 作者注：陰謀論大笨蛋們，請看看以下故事：小約翰·甘迺迪跟他的老婆卡洛琳·貝西、小姨子蘿倫搭乘的小飛機Piper Saratoga墜毀時，小約翰他老爸——已故甘迺迪總統——最喜歡的家僕普洛薇登西亞·帕羅迪斯（多明尼加人）正在他們的瑪莎葡萄莊園做小甘迺迪最愛吃的辣雞塊。照例，有酒食，符枯先饌，而且獨食。

11 多明尼加人稱呼膚色較黑同胞的說法，原文為negro，並無美國用以貶抑黑人的「黑鬼」意思。

加致命，難以辨識也就難以防範。切記，符枯像黑暗大君的**歐米茄光**[12]或者摩苟斯的降咒[13]，不管這鬼玩意是九拐十八彎，天馬大行空，它一定會達到目標。絕無例外。

至於我信不信這個眾人稱為「**美洲大厄運**」的玩意兒，無關緊要。如果你像我住在符枯國度這麼久，絕對聽過各式傳說。每個聖多明哥住民都有一二則足以驚倒家族的符枯故事。我住在希巴歐谷地的叔叔有十二個女兒，堅信他中了舊情人的符咒，終生沒有子嗣。符枯！我有個姑姑深信自己一輩子得不到幸福，因為她居然在對手的喪禮上笑了。符枯。我祖父相信多明尼加人的顛沛流離大播遷是楚希佑的報復，因為子民背叛他。符枯。

你不相信這種種「迷信」，自然好。事實上，是好上加好。是完美。因為不管你相信符枯與否，符枯都對你有信心。

幾個星期前，本書接近完工，純粹出於好奇，我到DR1論壇[14]潑了符枯討論串。最近，我在這個議題的宅指數高得很。回應簡直掀翻天，你真該看看我得到多少筆回文。雪片般湧進。不只多明尼加人，波多黎各佬要談他們的符符，海地人也有類似玩意兒，符咒故事多到以兆計。就連我媽素日絕口不提聖多明哥，也開始跟我分享她的符枯故事。

行筆至此，你該明白我也有一則符枯故事。我真希望能誇口它是符枯故事第一名，但是我不能。

我的符枯故事不是最恐怖、最明確、最痛苦，也不是最淒美的。只是它掐住我的脖子，叫我非說不可。

我不確定奧斯卡喜歡這個命名嗎？符枯故事。他是死硬派科幻與奇幻迷，認定我們都活在奇幻世界。他會問：有啥地方比聖多明哥更科幻？有啥地方比安地斯山更奇幻？

現在我知道故事的始末，我得說有什麼比它更符枯？托托，跟堪薩斯州說掰掰前[15]，還有一件事要提。依照傳統，如果你聽到艦隊長的名字，或者符

12 黑暗大君（Darkseid），漫畫人物，眼睛與手都可以發出歐米茄光，摧毀敵人，稱為Omega Effect Darkseid。

13 作者注：我就是較老的王馬爾寇（Melkor），大天使之首，威力第一。大天使乃先於此世界並創造此世界。我的意志陰影覆蓋原始世界（Arda），只在使它緩慢準確地服膺我的意旨。我的思想將如厄運烏雲沉重覆蓋你所愛的人，帶他們墜入黑暗與沮喪。他們所行之處，邪惡必起而隨之。他們張口，所言必為不祥主意。所行之事，也必一一反噬自己。他們將咒罵生與死，在絕望中死去。譯者注：以上乃作者引托爾金筆下的馬爾寇語，馬爾寇就是後來的黑暗大魔王魔苟斯（Morgoth）。

14 DR即多明尼加共和國（Dominican Republic）的縮寫。

15 典故出自《綠野仙蹤》，女主角桃樂絲住在堪薩斯州，托托是她的狗，他們被風捲到陌生國度。後來，跟堪薩斯州說掰掰，或者「你已經不在堪薩斯州」變成俚語，意指你進入陌生情境。

枯昂首吐信作惡時，只有一個方法可以阻止災難盤桓不去，這個反制法術百驗百靈，可保你與家人平安。一點也不奇怪。那是兩個字，簡簡單單，講的時候要搭配兩手食指激烈畫十字。

煞化！[16]

當然，舊時代比較常用煞化，威力也較大。也就是說，麥康多時代[17]的煞化威力大不如馬康多時代，但仍是有人深信，譬如我住在紐約布朗區的叔叔米蓋爾隨時都在「煞化」。洋基隊在最後幾局出現失誤，煞化！有人從海邊帶來貝殼，煞化！請男人吃百香果，煞化！二十四小時全年無休的煞化，希望厄運因此沒時間聚集成形。就在落筆此刻，我都懷疑這本書是不是某種煞化。我的專屬反制咒語。

16 煞化（zafa）是西班牙語，意指解除糾纏，免除危機。此處採譯音。

17 馬康多（Macondo）是馬奎斯小說《百年孤寂》的主要場景，麥康多（McOndo）則是智利作家Alberto Fuguet de Goyeneche所創，意指拉丁美洲的現實已經是馬康多揉合麥當勞（McDonald）、麥金塔（Macintosh）與小公寓（condo），合成出來的字叫麥康多。詳見陳正芳著，〈拉美文學新勢力——魔幻現實主義退位，麥康多與喀察世代接班〉，中國時報（2008.07.14）。

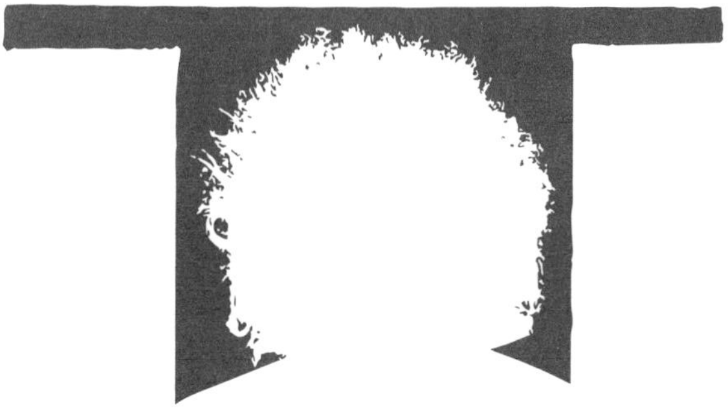

第一章　世界末日的貧民窟宅男（1974-1987）

黃金時代

我們的男主角不是眾人喜愛議論的多明尼加男生，他打不出全壘打，不是帥氣的派對動物，更不是褲襠裡性慾澎湃的花花公子。這位老兄只在早年有過短暫桃花運。（**多麼**不像多明尼加人啊。）

那年，他七歲。

那段幸福的年輕歲月裡，奧斯卡堪稱大眾情人，是那種一天到晚想要親吻女生的學齡前情聖，舞會裡，總是跑到女孩背後，用胯下撞她們的屁股，他是第一個學會小狗舞[18]的黑仔，只要逮著機會就跳。那個時期，他（還算）是個「正常」的多明尼加男孩，生長於「典型」的多明尼加家庭，初萌芽的獵豔欲望出自血液，也來自友朋的鼓勵。在早已消逝的七〇年代，在華盛頓高地還沒成為華盛頓高地，柏根線大街方圓一百條巷子還未成為拉美後裔地盤前，這裡常常舉行舞會，總有喝得爛醉的親戚把奧斯卡推到小女孩懷中，看他們模仿大人扭屁股跳舞，哄然大笑。

他老媽死前常嘆說，你們真該看看奧斯卡以前的模樣，就是個「小」波菲里奧·魯比羅薩[19]啊。

同齡男孩簡直視女孩為船長之旅病毒[20]，避之唯恐不及。奧斯卡不會。這小男孩超愛女性，「女友」繁多。（奧斯卡身材矮壯，急速邁向肥胖，但是老媽總是把他的頭髮與衣服打理得很好，在他的五官比例尚未變形前，雙眼閃亮可愛，兩頰俏皮之至，每張照片均可為證。）他姊姊蘿拉的朋友，他

---

18 perrito，一種舞姿，女孩高高翹起屁股搖晃，男孩站在女孩後面，做出性交姿勢。

19 作者注：四〇與五〇年代，波菲里奧．魯比羅薩（Porfirio Rubirosa，即報紙所稱的魯比）是多明尼加第三號國際知名人士，第一名當然是「失敗的盜牛賊」，第二名是蛇蠍美人瑪麗亞．蒙泰絲（Maria Montez）。魯比身材高大，相貌堂堂，溫文爾雅，他的「偉岸陽具在歐洲與北美都引起混亂轟動」。魯比是典型的花花公子，搭乘噴射客機、玩賽車、酷好馬球，他就像楚希佑的「歡樂面」，他也的確是楚希佑的寵兒之一。魯比曾是業餘模特兒，風流瀟灑，見過世面。他在一九三二年與楚希佑的女兒金花（Flor de Oro）結婚，轟動一時。雖然五年後（就是海地人大屠殺那年）離婚，終其楚希佑的漫長政權，我們這位同鄉仍備受他的喜愛。魯比與他的前大舅子阮菲斯（Ramfis）大不相同，雖然常被拿來相提並論，魯比沒法像阮菲斯這樣奉命濫殺。一九三五年，魯比前往紐約，奉大領袖之命暗殺流亡領袖安希．莫拉里（Angel Morales）。還沒展開拙劣的暗殺，魯比便逃了。魯比可是典型的多明尼加大情聖，跟各式女人上床，包括芭芭拉．赫頓（Barbara Hutton）、桃樂絲．杜克（Doris Duke），後者正好是全世界最有錢的女人。跟他有一腿的還包括法國女星丹妮兒．達西兒（Danielle Darrieux）、艷星莎莎．嘉寶（Zsa Zsa Gabor），不可勝數。他跟阮菲斯一樣死於車禍，一九六五年，他的十二汽缸法拉利在巴黎布隆森林衝出路面，因而死亡。（我簡直沒法強調汽車在我們這個故事裡扮演多麼重要的角色。）譯者注：瑪麗亞．蒙泰絲是出身多明尼加的好萊塢艷星，以《蛇蠍美人》聞名，在四〇年代拍攝過許多冒險電影。芭芭拉．赫頓人稱「可憐富家女」，是Woolworth連鎖商店的女繼承人。桃樂絲．杜克是美國菸草與電力大亨James Buchanan Duke的繼承人。

20 Captain Trips，典故來自史蒂芬．金的小說《末日逼近》（*The Stand*），一種致命病毒。

老媽的朋友，甚至連隔壁那個三十好幾、嘴巴抹得通紅、走起路來屁股活像鈴鐺左搖右晃的郵局員工瑪麗・柯蓉都宣稱為他傾心。這男孩是個大帥哥！（不過，他是典型欠缺關愛的小孩，這會妨礙他愛女生嗎？一點也不會!!）暑假走訪他們在多明尼加的巴尼舊居，奧斯卡就春情大發，站在茵卡姥姥的屋前對著來往女人大叫——妳好美！妳好美！直到一個基督復臨安息日教會的信徒跟他姥姥告狀，檢閱美女儀隊的行為才被立即禁止。你這個惡魔小孩，這可不是夜總會！

那真是奧斯卡的黃金年代，七歲那年秋天達到巔峰，同時擁有兩個小女友，這也是他唯一的三人行經驗，一個是瑪瑞莎・查康，一個是歐嘉・波蘭科。

瑪瑞莎是他老姊蘿拉的朋友，長髮，驕傲難伺候，美豔不可方物，簡直可以扮演年輕時的黛嘉・托蕾斯[21]。相反的，歐嘉跟他家不沾親不帶故，住在街尾那一帶，他老媽總是抱怨那裡一堆波多黎各人老是杵在陽臺喝啤酒。（他老媽不高興地說，怎麼，他們就不能在柯阿摩[22]喝嗎？）至於歐嘉，她最少有九十個堂表兄弟姊妹，不是叫艾克特，就是叫路易或者汪妲。由於她老媽是個天殺的醉婆娘（套一句奧斯卡媽媽的話），歐嘉有時身上滿是驢騷味，孩子們開始叫她皮巴迪太太[23]。

不管是不是皮巴迪太太，奧斯卡喜歡歐嘉沉默的個性，任由奧斯卡將她撲倒在地，扭來鬥去，她對奧斯卡收集的《星艦迷航記》公仔超感興趣。至於瑪瑞莎，就是漂亮，沒得說，不需要其他理由，她總是在他們家混。奧斯卡鐵定是不世出的天才，才敢相信自己可以腳踏兩條船。一開始他說服自己，想要劈腿的不是他，而是他的頭號英雄神奇隊長沙贊[24]上身，是沙贊想要同時泡兩個妞。她們都同意做他女友後，他卸除武裝，不是沙贊，是奧斯卡自己想要左擁右抱。

那個年代比較清純，他們的關係僅限於等公車時挨得近一點、遮遮掩掩的手牽手，以及兩次很認真的親吻臉頰，一次親瑪瑞莎，一次親歐嘉，都是躲在街道樹叢後面。（他老媽的朋友說，妳瞧瞧這男孩，真是個男子漢哦。）

三人行僅甜蜜維持一週。一天下午放學，瑪瑞莎在鞦韆處堵住奧斯卡，立下規矩，有她就沒**我**。兩者必須選其一。奧斯卡握著瑪瑞莎的手，面色嚴肅，長篇大論說他愛她，提醒她曾同意要分享的，瑪瑞莎不吃這一套，她有三個姊姊，太清楚**分享**的所有可能下場。沒甩掉她之前，你甭跟我說話！瑪瑞莎膚如巧克力，眼睛細長，已經開始展現奧罡大神[25]的熱火，爾後一生，這熱火劈過不少人。奧斯卡滿臉陰鬱回家，觀看尚未有韓國卡通血汗工廠之前的《赫丘立德》與《太空幽魂》[26]。老媽問，怎

---

21 Dejah Thoris，Edgar Rice Burroughs系列火星小說的人物，Helium帝國的公主，後來嫁給地球人John Carter。

22 原文用Cuamo，查無典故，有可能是Coamo的另一個拼法，波多黎各的某城市。

23 漫畫人物，老古板的女舍監。

24 沙贊（Shazam）是仿超人的漫畫人物，他在地洞遇見老巫師，老巫師給了他六種財富，分別是Solomon的智慧，Hercules的力量，Atlas的毅力，Zeus的能力，Achilles的勇氣，Mercury的速度。Shazam就是這六種力量的字母縮寫。每次他只要一喊「沙贊」就會變身為超人英雄。）

25 原文為Ogún，非洲Yoruba信仰裡的大神，掌管火、鐵、政治、戰爭與狩獵。拉美地區很多黑人的祖先是來自Yoruba的黑奴，他們原有的泛神信仰後來又跟殖民者的天主教信仰混合。

麼了？她正打算出門上第二份工，手上長了溼疹，好像是吃錯東西才發作的。奧斯卡啜泣，就是女孩啊，狄．里翁媽媽登時爆了。你為了女孩哭泣？她一把扭住奧斯卡的耳朵，扯他起身。

媽咪，別這樣，他姊姊哭著說，妳別這樣！

奧斯卡老媽將他推倒在地，咆哮說，你扁她的頭啊，看看這個小婊子以後還敢看輕你嗎？

如果奧斯卡不是這樣的黑仔，或許會考慮扁人這一套。他不但沒老爸可以傳授男子漢之術，還根本缺乏攻擊心與威勇。（他老姊就大不同，敢跟男孩打架，也敢跟大群黑人女孩打架，那些女孩忌妒她細緻的鼻子與燙直的頭髮。）奧斯卡的戰鬥值為零，連歐嘉牙籤棒般的手臂都可以把他扁得七葷八素。要他主動攻擊，威脅恐嚇，辦不到的。他認真思索，要不了兩秒鐘就得到答案。瑪瑞莎漂亮又熱火，歐嘉不是。歐嘉身上有尿味，瑪瑞莎不會。瑪瑞莎容許進他家門，歐嘉則不受歡迎。（他老媽大聲嘲笑，波多黎各人，想進我家門？死都不行！）他的邏輯就是簡單的是或非，黑仔頂多就是這種昆蟲級的算術水平。第二天，他就在操場跟歐嘉分手，瑪瑞莎在旁目睹，歐嘉哭得死去活來！一身二手衣裳，鞋子還大了四號，她顫抖得像個破布娃娃，鼻涕眼淚齊流。

幾年後，當奧斯卡跟歐嘉都變成超級大胖子，他看到歐嘉在街頭垂頭喪氣走路，或者眼神空茫望著紐約汽車站牌，罪惡感會偶然湧上他的心頭。他不免懷疑是不是那次的強硬分手，導致她現在這種慘狀。（他記得那次分手，他一點感覺也沒，歐嘉的哭泣也未能感動他。他只說，妳甭像個小孩。）

真正**讓他**受傷的是瑪瑞莎甩了**他**！星期一，就在他剛剛把歐嘉扔去餵獅子，他拎著最愛的《浩劫餘生》便當盒到公車站，赫然發現美麗的瑪瑞莎緊握醜八怪尼爾遜．帕爾多的手。尼爾遜醜得像《失落世界》裡的查卡[27]，還蠢得要命，以為月亮是上帝忘記抹掉的漬痕。他跟全班保證，上帝很快就會把月亮抹掉。尼爾遜後來成為社區闖空門第一高手，之後加入海軍陸戰隊，在第一次波灣戰爭時失去八根腳趾頭。一開始，奧斯卡認為自己鐵定看錯了，太陽照花了他的眼睛，前一天晚上他又沒睡飽。他站在瑪瑞莎與尼爾遜旁邊，欣賞他的便當盒，翟厄斯博士多麼活靈活現，又是多麼邪惡啊[28]。瑪瑞莎根本吝於賞他一個**笑臉**，拿他當空氣！她跟尼爾遜說，我們應該結婚。尼爾遜綻開白癡大笑容，轉頭看公車來了沒。奧斯卡大受打擊，說不出話來，他坐在人行道邊石，五內翻攪，直湧心頭，嚇壞了他，這時他才發現自己哭了。老姊蘿拉走過來，問他發生何事，他只是猛搖頭。有人嘲弄說瞧瞧那個娘娘腔。有人踢翻他心愛的午餐盒，俄寇將軍的臉上跑出刮痕。奧斯卡爬上公車時仍在哭泣，這司機是個有名的迷幻藥癮勒戒成功者，他對奧斯卡說，天老爺，你甭像個媽的**小貝比**。

那次分手，歐嘉傷得有多重？他真正想問的是：**分手，奧斯卡傷得有多重**。

自從被瑪瑞莎拋棄——沙贊！——他的人生開始走下坡。之後數年，他越來越胖。早發的青春期症狀重創他，他的臉沒有一丁點稱得上可愛，全是青春痘，讓他無法自在。還有他對類型作品的高度

26《赫丘立德》（*Herculoids*）與《太空幽魂》（*Space Ghost*）都是美國六〇年代末的電視卡通劇集。

27《失落世界》（*Land of the Lost*）是一九七四到七六年間的美國電視影集，裡面有類人猿，查卡是其中之一。

28 翟厄斯博士（Dr. Zaius）是《浩劫餘生》（*Planet of the Apes*）裡的紅毛猩猩人。

興趣，以前沒人噓他，現在變成輸家的同義詞，還是個**大**輸家。無論他多麼努力，就是交不到朋友，太拙，太害羞，此外，如果街坊小孩的評語可信，他還很**奇怪**（喜歡賣弄昨天才學會的艱澀字眼）。他不再接近女孩，因為運氣好，她們頂多視他如無物，運氣爛的時候，女孩們會尖叫臭罵他噁心大胖子。他忘了小狗舞，也忘了被女親戚讚美為男子漢的驕傲滋味。然後他大概有**八千年**沒親過女孩。好像他在女孩這塊領域的所有關係，在他媽的那個星期全部燒光光。

不過，他的前「女友們」境遇沒比他好，光臨他身上的「愛不到」業報，似乎也劈到她們。才七年級，歐嘉就胖大得嚇死人，宛如有巨人基因，朝嘴裡直灌巴卡第一五一蘭姆酒[29]，最後被迫輟學，因為她會在導師輔導課上大喊NATAS[30]。她的乳房好不容易發育了，卻是垂纍纍，恐怖至極。有一次歐嘉在公車上罵奧斯卡是愛吃蛋糕鬼[31]，奧斯卡差點回嘴妳這母豬有資格說話嗎？不過他害怕歐嘉會衝過來踏扁他，他的酷帥指數已經很低，經不起這種踐踏，這會把他打入殘障小孩之流，或者跟喬伊．拉卡魯頓杜同等級，後者以喜歡當眾打手槍聞名。

可愛的瑪瑞莎呢？這場三角戀愛的長邊，她的下場又是如何？在你還不及唸出「**噢全能伊西絲**」[32]這句咒語前，她已經變成派特森這兒最美麗的女人，新祕魯的女皇之一。他們一直毗鄰而居，奧斯卡一天到晚瞅見她，她就像貧民窟的瑪麗珍[33]，頭髮濃密而黑，像雷雨雲頂，全世界大概只有這位祕魯女孩頭髮比他老姊還捲。（那時，奧斯卡還沒聽過祕魯黑人，也沒聽過欽查這個城市），身材火爆到足以讓老男人忘記自己的孱弱，從六年級起，就跟年齡足足她兩三倍的男人約會。（瑪瑞莎或許不擅長運動、讀書、打工，男人卻是她的強項。）這代表她逃過惡咒？她比奧斯卡、歐嘉都幸福？很難說。就奧斯卡的觀察，瑪瑞莎似乎是那種不被男友甩耳光就不爽的女人，因為她一**天到晚**挨扁。他老姊蘿拉驕傲地說，哪個男孩敢打**我**，我就咬掉他的**臉**。

你瞧瞧這個瑪瑞莎：在住家前廊跟男人舌吻，進出大老粗的車子，被推倒在人行道上。在奧斯卡整個無歡也無性的青春期，總是看到瑪瑞莎與人舌吻，進出大老粗的車子，被推倒在地。他又有什麼辦法？誰叫他的臥室窗戶面對她們家前門，不管他是在給「龍與地下城」[34]的模型人物上色，或者閱讀史蒂芬·金的最新小說，他總是不忘窺視瑪瑞莎。這些年下來，她們家門前的場景變化只有汽車款式不同、瑪瑞莎屁股變大，以及汽車音響傳出的音樂聲不同。一開始是嘻哈即興對飆，後來是幫派嘻哈[35]，最後則是一點點艾克特·拉歐[36]。

---

29 原文為151，是Bacardi 151的簡稱，酒精濃度高達75%。

30 NATAS是撒旦（Satan）倒過來寫。

31 原文cake eater有其他俚語意思，1.情聖 2.魚與熊掌想要兼得者。因此，歐嘉是在罵奧斯卡花心，奧斯卡卻用字面意義來反諷歐嘉沒資格罵他。

32 Oh Mighty Isis典故來自七〇年代的美國影集《*The Secret of Isis*》，女主角只要拿出伊西絲的盔甲，唸出「噢全能伊西絲」咒語，就可以變身為女神伊西絲。

33 漫畫《蜘蛛人》的女友。

34 原文為D&D，Dungeons and Dragons，一種紙上角色扮演遊戲。

奧斯卡幾乎天天跟瑪瑞莎打招呼，故作愉悅與輕鬆，她也回應「嗨」，語氣冷淡，就只這樣。他不敢妄想瑪瑞莎還記得他們那一吻，他自己當然是念念不忘。

白癡煉獄

奧斯卡高中上的是唐巴斯科技術學校，這是一個都會天主教和尚學校，封閉如船艙底，塞滿數百個欠缺安全感的過動青少年，對嗜讀科幻小說的蛋頭胖子奧斯卡來說，這學校就是無窮痛苦的淵藪。奧斯卡的高中生涯等於中世紀的奇觀秀，也像套上腳鐐手銬木枷，忍受瘋狂半癡呆暴民的凌虐與剝皮，經歷這種洗禮，他理應變成更好的人，但是不，如果那些痛苦歲月真的蘊含智慧之穗，他至今還想不出是什麼。每天他踏進校門，就覺得自己是個癡肥孤獨的書呆子，唯一的想望就是獲得解放的那一天，可以擺脫這種無止盡的恐怖。嗨，奧斯卡，我問你，火星上有沒有同性戀啊？嗨，菊花[37]，接住**這個**。奧斯卡第一次聽到「白癡煉獄」這個詞，他不僅知道它位於哪裡，還認識那裡的每一個住民。

高中第二年，奧斯卡發現自己龐然重達兩百四十五磅（沮喪的時候還會飆到兩百六十磅，這事常發生），這時大家（尤其他的家人）已經清楚認知奧斯卡將成為街坊的壁上觀者[38]。他完全沒有多明尼加標準男性應有的宰制力，即便性命攸關，他都沒法撈到一個女孩。他啥個鳥運動都不會，也不會玩骨牌，四肢協調超差，投球像個雌兒。他不懂音樂，不會拉黨結派、跳舞、拐騙，也不會唱饒舌歌，超沒吸引力，最慘的是外表還很抱歉。他頂著詭異的波多黎各式非洲爆炸頭，還戴巨大的第八分隊眼鏡[39]，他僅有的兩個朋友艾爾與米奇斯形容這副眼鏡是「抗妞專用」。奧斯卡的上嘴唇有難看的稀疏鬍鬚，雙眼距離很近，一副智障模樣。明格斯之眼[40]，那是奧斯卡有一天翻弄老媽的舊唱片，自己找出

---

35 原文用Ill-Will，嘻哈圈中有Nas成立的Ill-Will唱片，以及DJ Ill Will，均與本章的年代不符。作者可能是指竄起於八〇年代的幫派嘻哈（gangster rap），Ill Will當形容詞使用，變成雙關語。

36 艾克特・拉歐（Hector Lavoe），波多黎各的騷莎（salsa）歌手。

37 原文為kazoo，俚語裡指屁眼。

38 作者注：parigüayo這個貶抑字眼，我們這些宇宙觀測者都同意，是英語新詞「舞會旁觀者」（party watcher）的訛用。這個字眼，在美國第一次佔領多明尼加期間（1916-1924）開始風行。（什麼？你不知道美國在廿世紀曾兩度佔領多明尼加？沒關係，等你有了小孩，他們也不知道美國佔領過伊拉克。）第一次佔領期間，據說美國佔領軍經常參加多明尼加舞會，可是這些外國佬沒法同歡，只會站在舞池邊觀看。這鐵定是全世界最瘋狂的事。誰會參加舞會，只為做「壁上觀」啊？因此，這些海軍陸戰隊員就被稱為「壁上觀者」（parigüayo），現代用法則指旁人忙著撈女生，他只會站在旁邊看。這人不跳舞，也撈不到女伴，眾人以取笑他為樂，他就是個大壁花，「壁上觀者」。如果你查多明尼加事物字典，會發現「壁上觀者」這個字還配了奧斯卡的木刻像。終其一生，奧斯卡都無法甩掉這個字眼，還引領他認識另一個Watcher，點亮月亮藍色偏遠一嶼的人。

譯者注：作者此處的Watcher，是指動漫故事裡的觀測者，月亮藍色面是指在月亮偏遠處有一個人造的、適合人類生存的環境，大約創造於十萬年前，它也是觀測者Uatu的故鄉。有關「觀測者」，請見前言注釋6。

39 section 8，美國俚語指在軍隊裡因神智失常而提早退役的人。

40 eyes of Mingus，應該是指黑人爵士樂手Charles Mingus。

來的對比字眼。（奧斯卡的老媽是他唯一見過肯跟黑人約會的老派多明尼加人，直到他父親出現，才結束了這種全非洲裔的世界派對[41]。）有一次他回多明尼加，茵卡姥姥說，你的眼睛跟你外祖父一模一樣呢。奧斯卡理當感到欣慰，誰不喜歡自己跟某個祖先很像啊，只是這位祖先不幸死在監獄裡。

奧斯卡從小就是個死蛋頭，是那種會閱讀湯姆．史威夫特[42]，熱愛漫畫書，喜歡看《超人力霸王》的小孩，上了高中，他已經成為絕對類型狂。當多數孩子都在玩壁球、朝酒杯擲銅板[43]、開老哥的車到處閒逛、瞞著爸爸媽媽偷偷把啤酒（dead soldiers）弄進家裡，奧斯卡已經狂讀洛夫克萊夫特、威爾斯、布洛斯、霍華、亞歷山大、修柏特、艾西莫夫、波瓦、海萊因，甚至已經退流行的老作家如E．E．史密斯博士、史泰普頓，以及寫了「野蠻博士」系列的傢伙[44]。他依作品類型、作家、出版年代的不同，依次饑渴閱讀，照單全收。（算他運氣好，派特森圖書館採購預算不足，還保留許多上一代蛋頭書迷的系列。）只要有怪物、太空船、變種人、末日武器、宿命、魔法、大惡徒，管它是電影、電視、卡通，奧斯卡鐵定死抱著不放。在這個孤獨的追求過程裡，奧斯卡展現了姥姥堅稱家族遺傳的才氣。他會模仿貓王普利斯萊的語氣寫作，會講查卡巴薩語[45]，能指出史藍人、朵賽人、透鏡人三者的些微差異[46]，他對漫威宇宙的了解恐怕還超越史坦．李[47]，此外，他還是角色扮演遊戲狂。（要是他也精於電玩，那就是全能博士了。可惜他雖然有亞達利〔Atari〕遊戲機跟慧視遊戲機（Intellivision），卻缺乏打電玩亟需的反應能力。）如果這老兄能學我一樣，極力隱瞞自己的宅男面目，日子或許不會那麼難過。可是他的御宅指數就像絕地武士的光劍或者透鏡人的眼鏡，閃得很。想假裝正常，都沒辦法[48]。

41 world party指大學宿舍的一種派對，住宿生一人拿一大杯酒，一群人輪流拜訪不同房間。每到一間就喝一輪，通常不同房間會有不同主題布置，或者有遊戲可玩。

42 湯姆．史威夫特（Tom Swift）是系列青少年冒險小說的主角，他是天才發明家，每一集都發明一種新科技，帶動整本書的故事發展。這種類型的小說也被稱為「發明類小說」，或者「愛迪生類型」（Edisonade）。

43 原文為pitching quarters，把二十五分幣扔進烈酒小杯的遊戲。

44 作者提及的科幻作家為H.P. Lovecraft, H.G. Wells, Edgar Rice Burroughs, Robert E. Howard, Lloyd Alexander, Frank Herbert, Isaac Asimov, Ben Bova, Robert A. Heinlein, E.E."Doc" Smith, Olaf Stapledon。「野蠻博士」（Doctor Savage）是三〇與四〇年代粗俚小說主角，作者為Lester Dent。

45 查卡巴薩語（Chakobsa）是《沙丘魔堡》（*Dune Universe*）系列裡Fremen族裔所講的語言。

46 《史蘭》（*Slan*）是A.E. van Vogt的科幻小說，裡面的超人族裔名就叫Slan。朵賽人（Dorsai）出現於Gordon R. Dickson所寫的《*The Childe Cycle*》系列。《透鏡人》（*The Lensman*）則是E.E. Smith寫的系列科幻小說。

47 Stan Lee，美國漫畫家，漫威公司（Marvel Comics）的前董事長。漫威宇宙（Marvel Universe）也就是所謂的Earth-616星球，它是無數平行宇宙中的一個。

48 作者注：奧斯卡對類型作品的龐然之愛究竟源自何處，沒人確知。有可能來自他的安地斯山人血液，（還有誰比我們更科幻？）也可能是他童年時住在多明尼加共和國幾年，而後被突兀拔起，痛苦移植至紐澤西州。一張綠卡不僅達成世界的轉換（從第三世界到第一世界），也出現數百年的時間落差（從幾乎沒有電視與電力的時代，進入電視與電力多到要命的時代），經過這樣激烈的轉換，一個人得有更驚奇的場景才能滿足。或許奧斯卡在多明尼加期間看了太多《蜘蛛人》，以及太多邵氏功夫電影，還有他姥姥講了太多惡魔人（el-Cuco）與西古阿帕（la Ciguapa）的故事？也可能是他在美國認識的第一個圖書館員帶引他迷上閱讀這檔事，還是他第一次閱讀《唐尼．丹》（*Danny Dunn*），那種如奧斯卡超內向，體育課嚇得發抖，酷愛看英國科幻蛋頭秀《超時空博士》與《布萊克斯七號》[49]。他知道變形戰鬥機（Veritech fighter）跟天頂星機器人（Zentraedi walker）的差異，他還喜歡跟一些差點高中畢不了業的黑仔耍高深字眼，譬如**不屈不撓**，譬如**現世普存**。

奧斯卡也是那種一天到晚躲在圖書館的宅男，他崇拜托爾金，後來又崇拜瑪格麗特．韋斯與崔西．希克曼的小說，最喜歡的人物當然是雷斯靈[50]。他也是那種伴隨八〇年代開展，逐漸迷上「世界末日」說的科幻迷。（所有末日電影、小說、遊戲，他都讀過、看過、玩過。他的最愛無疑是溫德漢、克里斯多夫與伽瑪世界[51]。）現在你懂我的意思了吧。奧斯卡在青春期的破表宅度燒光了任何一絲稚嫩愛戀的機會。當別人正在經歷第一次迷戀、第一次約會、第一次接吻的恐懼與狂喜，坐在教室後排的奧斯卡只會躲在城主屏風後面[52]，眼睜睜看著自己青春流逝。這種沒有青春期的滋味就像太陽一百年才出現一次，你卻被關在金星上的衣櫃裡。如果他也跟我認識的那些宅男一樣不在乎女孩，自然是另一回事，不幸的，他很著迷戀愛這回事，太容易愛上別人，太容易付出深情。城裡各處都有他的祕密愛人，全是捲頭髮大塊頭的女孩，碰到奧斯卡這種肉咖，她們連噓都懶得噓，奧斯卡卻愛到不行。奧斯卡愛戀的對象不分外表、年齡，也不管是否名花有主，只要出現在他身旁，他都一律愛慕、心悸、渴望、欲求，而且情慾大發，這種強大的引力導致他日日心碎。他覺得自己的愛有凌空飛濺的巨大能力，但其實比較像幽冥幻影，因為女孩根本沒注意。偶爾，奧斯卡走過她們身旁，她們會聳聳肩，或者雙手抱胸，如此而已。他經常為了愛戀這女孩或那女孩而啜泣，都是躲在浴室，以免被人聽見。

遭雷殛的感覺？或許是時代氛圍吧，七〇年代初期不就是宅男時代的初萌期？或許因為他在童年時代真的一個朋友也沒？還是有更深沉、源自遠祖的原因？誰知道？

千真萬確的是，身為愛讀者與技客癡（reader/fanboy，找不到更適合的形容詞了）幫助他熬過痛苦的年輕歲月，但也讓他在派特森的殘酷大街上更顯突兀。慘遭其他男孩欺凌——拳毆、推打、腳踢、砸破眼鏡，還當面將他花五毛錢買來的學者（*Scholastic*）少年讀物一撕兩半。你不是愛讀書？現在你有兩本啦。哈哈。悲哀的是，被壓迫者壓迫起人來最兇。就連他老媽也覺得他癡迷的事物過度詭異。她每天至少勒令一次：給我出門去玩！你給我像個正常男孩。

（只有他老姊也愛讀書，支持他，常從學校的圖書館借書給他，她們的圖書館好多了。）

你真想知道身為《X戰警》裡的變種人滋味？身在美國貧民窟，做一個愛讀書的聰明有色人種小孩就行了。媽媽咪呀！你就彷彿身上長了蝙蝠翅膀，或者胸口冒出觸手。

出去！他老媽大吼。他就像個受詛咒的小孩，被迫上街幾個小時，接受街坊小孩的欺凌。他會懇求老媽，拜託，讓我待在家裡。他老媽硬是把他推出門——你又不是女人，成日窩在家裡幹嘛？一小時或者兩小時後，他趁沒人注意跑回家躲在樓上的壁櫥裡，就著破裂木門透進來的微弱光線閱讀。直到他老媽把他揪出來為止：你這是啥回事？

（大約那個年紀，他已經在紙片、作文簿、或者手背上塗鴉，不是啥嚴肅東西，而是仿製他喜愛的作品，那時還沒有跡象顯示這些拙劣的模仿作將成為他的宿命。）

譯者注：西古阿帕（la Ciguapa）詳見注釋53。《唐尼．丹》是美國五〇到七〇年代初期風行的少年科幻小說系列。技客癡指癡迷各式geek文化的男孩。學者少年讀物是美國少年讀物出版公司。

49《超時空博士》（*Doctor Who*）與《布萊克斯七號》（*Blake's 7*），都是英國長壽科幻影集。

50 托爾金，《魔戒》作者。瑪格麗特．韋斯（Margaret Weis）與崔西．希克曼（Tracy Hickman）是奇幻小說《龍槍》（*Dragonlance*）作者，雷斯靈（Rastlin Majere）是《龍槍》中的人物。

51 溫德漢可能指英國小說家John Wyndham，寫過數本後啟示錄的小說。克里斯多夫可能指科幻小說家John Christopher，伽瑪世界（Gamma World）是角色扮演科幻遊戲，屬於後啟示錄次類型的第一個。

這種面對女孩永遠三次揮棒落空的打擊率，如果發生在其他地方，我們也懶得置評，不過，這可是個多明尼加男孩，生長於多明尼加家庭，理論上，他的引力應該接近原子彈級數，雙手一伸就把女孩攬進懷裡。他在女人方面毫無斬獲，有目共睹，由於大家都是多明尼加人，也就理所當然拿來討論。他的魯道夫叔叔最近才結束與司法制度的最後一次衝撞，現住在他們緬街的家中，喜歡慷慨指導奧斯卡。小娘娘腔，你給我聽著：你得抓住一個女孩，把你那玩意兒塞進去，這樣就**萬事**ＯＫ啦。先從醜女孩下手，逮住她，塞進去。魯道夫叔叔有四個小孩，三個不同女人生的，所以這黑仔毫無疑問是他們家族的「硬塞專家」。

至於奧斯卡老媽有啥評語——你得先關心成績。碰到她沉思自省的時候，她會說，兒啊，你真該慶幸沒你老媽的運。

他叔叔嗤之以鼻說：「你有什麼運？」

正是這個意思，他老媽回答。

他的朋友艾爾與米奇斯呢？老兄，你實在太胖了，瞭嗎？

他的姥姥茵卡又怎麼說？兒啊，你是我見過最帥的男生！

奧斯卡老姊蘿拉做人實際得多。她早已結束瘋狂歲月，（哪個多明尼加女孩沒有瘋狂歲月？）變成紐澤西州標準的多明尼加悍妞，她是長跑健將，自己有車、有支票本，男人在她嘴裡都是賤貨，她就算當眾給女人口交，也不會有一丁點難堪。四年級時，她被家族熟人侵犯，這件事家族皆知（因此擴散出去，派特森、尤寧城、提尼克鎮也不少人知道），她熬過暴風級的痛苦、眾人的批判和聒噪閒話，堅強兩字都不足形容她。最近她才剪短頭髮（照例又讓她老媽抓狂），我猜是家人讓她自小長髮過臀，足以傲人，攻擊她的歹徒顯然也注意到了，而且頗欣賞她的長髮。

蘿拉總是說，奧斯卡，你不趕快**改變**自己，到死都是處男。你以為我不知道嗎？再拖個五年，我猜都會有教堂以我命名了。剪掉頭髮、換掉眼鏡，去運動。還有，扔掉那些春宮雜誌。噁心死了，氣死老媽，何況，色情雜誌又不會幫你釣到女友。

建議很實在，奧斯卡卻沒法遵行。他試過運動，抬腿、仰臥起坐、清晨到街坊走路，諸如此類，他隨即發現街上人人都有女友，絕望襲來，他又掉回大吃大喝、看《閣樓》雜誌、設計地下城，以及自憐自艾的老習慣。

奧斯卡說，我好像對勤奮過敏。蘿拉說，哈，你是對**嘗試**過敏。

如果派特森與鄰近地方都像唐巴斯科高中，或者如七〇年代女性主義科幻小說描述的「純男性流放地」，奧斯卡也不會這麼難過。但是派特森就像紐約、聖多明哥，處處是女孩。派特森多的是瘋狂的妞兒。嫌她們不夠漂亮？混蛋小子，往南走啊，有紐華克、伊麗莎白鎮、澤西市、橙市、尤寧城、

52 城主屏風（DM Screen, Dungeon Master Screen），一種小屏風，擋住玩家視線，可以在後面搞鬼，甚至貼上各種表格資料，以備快速查閱。

西紐約、惟荷肯，還有波斯恩波這個郊區城，黑妞多到簡直能稱「黑仔大都會」。因此，奧斯卡可以說是一抬起頭就可以看到西語系的加勒比海女孩，到處都是。

就連在家，奧斯卡也不安全，老姊的朋友成日賦在他家，好像永久訪客。有她們在，奧斯卡不需要《閣樓》雜誌。他愛慕的女孩並不聰明，但是夠好了，都是那種超漂亮的拉丁女孩，只喜歡跟猛練二頭肌的黑人或者家裡窩藏手槍的拉丁男人約會。她們全是排球隊員，身材高實，像小駒一樣渾身緊。當她們練跑，哇，田徑隊簡直像恐怖分子的天堂。她們就是勃根郡的西古阿帕[53]。首選自然是葛萊德絲，成日抱怨自己胸部太大，什麼她如果胸部小一點，或許還能交個正常男友。再來是瑪若索，她後來到麻省理工學院念書，**討厭死**奧斯卡，卻是奧斯卡的最愛。拉蒂提亞剛到美國，是多國政府始終否認存在的多明尼加與海地混血族群。拉蒂提亞口音濃重，非常純善，**連續交了三個男友**，都拒絕跟他們上床！要是這些女孩不把奧斯卡當作土耳其後宮的聾啞僕人，他也好過一點，她們總是指使他跑腿，嘲笑他的電玩以及他的外表，慘上加慘的是她們老是快活地大談性生活種種，好像他並不在場，他坐在廚房，手捧最新《龍》雜誌，大聲喊，喂，妳們不知道這裡還有男人嗎？

瑪若索淡淡地說，在哪裡，我沒瞧見。

當她們說拉丁男生都想跟白人女孩約會，奧斯卡會說，**我**喜歡西班牙裔女孩，瑪若索則以紆尊降貴的語氣回應，那太好了，奧斯卡，問題是沒有西班牙裔女孩要跟你約會。

拉蒂提亞會說，妳們饒了他吧。奧斯卡，我覺得你很可愛。

是哦，瑪若索兩眼朝天，放聲大笑。他可能會寫一本關於妳的書。

這就是他的復仇女神三姊妹，專屬他個人的萬神殿，打手槍的幻想對象，還融入他的幻想故事裡。夢中，他不是從外星人手裡解救她們，就是衣錦還鄉，成為多明尼加的史蒂芬．金，瑪若索捧著他的所有著作，跑來請他簽名。拜託，奧斯卡，你娶我吧。奧斯卡古怪地回答：對不起，瑪若索，我不娶無知的賤貨。（他當然會娶啊，還用說。）至於他到現在還在遠遠偷窺的瑪瑞莎，他深信核子戰爭爆發那一天（或者瘟疫蔓延，又或者三腳機器人[54]入侵），文明即將毀滅，他會從一群被輻射線照射成鬼樣的人手中搶救瑪瑞莎，他們將橫跨美洲廢墟，尋找美好未來。在這些末日幻想裡，奧斯卡就像多裔[55]的野蠻博士，是超級天才，擁有世界級的高強武術，還精通各式致命武器。對一個沒打過一發空氣槍，沒揮過一次拳，學力檢定測驗從未超過一千分的黑仔來說，這算很屌吧。

---

53 西古阿帕（Ciguapa）是多明尼加的神話動物，有著女性的身形，暗黑或者棕色皮膚，兩腳朝後，全身覆蓋細柔閃亮的毛，除此之外，身無寸縷，居住在多明尼加共和國的高山裡。

54 三腳機器人（Tripod）最早出自H．G．威爾斯著名科幻小說《火星人進攻地球》（*War of the Worlds*，又名《世界大戰》）裡，火星人用來進攻地球的三腳機器人。

55 此處原文用plátano，西班牙語裡的大蕉，俚語指多明尼加裔男性。

奧斯卡很勇敢

高中最後一年，奧斯卡不僅吹氣球般腫起來、光吃不拉屎，最慘的莫過發現朋友中只剩他沒女人。命運的瘋狂扭轉，他的兩個宅友艾爾與米奇斯居然在這一年都成功達陣。他們的女友沒啥特別，醜女人罷了，但，畢竟是女友啊。艾爾是在門羅公園遇見她。艾爾吹噓，她可是自己投懷送抱哦，當她吸完他的屌後，說，她有個女朋友**非常需要**男友。艾爾硬是把米奇斯從亞達利遊戲機前拉走，四人行看電影，照他們的說法，接下來的事大家都知道了。那個週末，米奇斯也嚐到了甜頭，這時奧斯卡才被告知。他們正在臥房裡擺設配備，要進行另一回合緊張逼人的冠軍大戰死亡毀滅者[56]。（奧斯卡已經不玩末日遊戲了，除了他，沒人喜歡以病毒肆虐末日廢墟的美國為遊戲場景。）初聞這兩人的聯手泡妞叛變，奧斯卡沒說什麼，只是不斷翻轉十面體骰子（d10's），然後說，你們真是走運。他的朋友狩獵女友，居然沒想到他，頗令他心碎。他痛恨艾爾邀請米奇斯一起去看電影，而不是找他，又恨米奇斯弄到女人。就是這樣。艾爾把到妹，奧斯卡能理解。艾爾（本名為亞羅阿克）是那種身材高大的印度裔美男，外界從不一竿子打死他是嗜玩角色扮演的宅男。米奇斯搞到女友，奧斯卡才是無法想像，吃驚之餘，還大為嫉妒。奧斯卡一向認為米奇斯比他還醜怪，滿臉豆花不說，笑聲還很智障，因為小時服用某種藥物，所以現在一口灰黑牙齒。他問米奇斯，所以，你的女友可愛嗎？他說，老兄，你真該看看她，漂亮極了。媽的，爆乳啊。艾爾也同意。從那天起，奧斯卡就像被ＳＳ－Ｎ－17狙擊步槍腦袋，他對這個世界的僅存信心砰地全沒了。他終於忍不住可憐兮兮地問，怎麼，她們都沒其他女友嗎？

艾爾與米奇斯躲在人物特性表單後面互使眼神，好像沒有耶，老兄。

就在那時，奧斯卡看清了他的朋友，以前從沒發現（至少從不承認）。這種靈光頓悟在他肥胖的身體裡大聲迴響。他這兩個愛看漫畫、人生砸鍋、癡迷角色扮演遊戲、從來不碰各式運動的朋友——**以他為恥啊！**

他推倒腿上的建築體，提早結束遊戲。終結者很快就找到摧毀者的密藏處。艾爾抱怨，這不像玩真的。奧斯卡送他們出門，鎖上臥房門，呆呆躺了數小時，到浴室剝光衣服。老姊就讀羅格斯大學後，這浴室就給他個人專用了。他檢視鏡中人。這癡肥模樣，這暴長的妊娠紋，這恐怖腫脹的四肢軀體！簡直就是丹尼爾．克勞威斯[57]漫畫書裡爬出來的人物，或者貝托．赫南德茲筆下帕洛瑪城最黑的那個胖小孩[58]。

56 冠軍（Champions）是一種角色扮演遊戲，由英雄遊戲公司（Hero Games）設計的英雄系統發展而來。

57 丹尼爾．克勞威斯（Daniel Clowes），美國作家、電影劇作家與漫畫家，曾獲奧斯卡提名，《幽冥世界》（*Ghost World*）是他著名作品。

58 貝托．赫南德茲（Beto Hernández）全名為 Gilberto Hernández，美國漫畫家，他和兩位兄弟聯合繪畫的《愛與火箭》（*Love and Rocket*）是獨立漫畫的經典。帕洛瑪城是他筆下虛構、位於中南美洲的小鎮。

耶穌基督，他呢喃說：我就是個莫拉克人[59]。

第二天早餐，他問老媽：我很醜嗎？

她嘆氣說，兒啊，你顯然沒有遺傳到我。

你能不愛多明尼加父母嗎？夠狠！

接下來一週，他死釘在鏡子前，嘗試各種角度，打量自己的儀容，毫不退縮，終於下定決心，不再用羅貝多・杜南[60]的造型。那個星期天，他去邱邱理髮店，剃掉他的波多黎各黑人爆炸頭。（邱邱的合夥人說，啥？**你是**多明尼加人？）接著，奧斯卡剃掉小鬍子，脫掉眼鏡，換上他在伐木場打工賺錢買來的隱形眼鏡，極力打磨僅存的多明尼加元素，試圖像他的堂表兄弟一樣滿嘴髒話，強悍囂張，他開始認為那種超級雄赳赳的拉丁男性氣概就是他所需要的答案。不過，他脫離正確軌道太久，短時間難以反正。艾爾與米奇斯再見到他時，奧斯卡已經餓了三天。米奇斯說，老兄，**你**怎麼啦？

改變，奧斯卡故作神祕。

什麼改變，你現在是唱片封面人物啦？

他嚴肅搖搖頭，我要展開人生的一段新旅程。

你瞧瞧。這傢伙說起話來已經像大學生。

那年夏天，老媽又把他跟老姊送去聖多明哥，這次他不像最近幾年那樣抗拒。美國又沒啥好東西值得留戀。他帶了一大堆筆記本抵達巴尼，打算塗滿它們。既然他已經不再是電玩大師，他要試試成為真正的作家。這趟旅行變成他生命轉捩點。他的姥姥不像他媽，總是給他漏氣，或者趕他出門去玩。茵卡姥姥讓他愛怎麼樣就怎麼樣。他喜歡窩在屋後頭，隨便他，姥姥不堅持他得出去「外面的世界」。（她總是過度保護奧斯卡跟他老姊。她唏噓地說，這個家族太多厄運了。）茵卡姥姥關掉音樂，每日準時把飯菜端到他的房間。他老姊則成日跟島上的火熱女友出遊，穿著比基尼泳裝蹦跳出門，在外過夜，探索全島。奧斯卡則待在屋裡，哪兒也不去。若有親戚來找他，姥姥會堂皇地揮揮手。你們看不出這男孩在忙嗎？他的那些堂表兄弟滿臉困惑地問，他在忙啥？茵卡姥姥傲然地說，人家他是天才。現在，你們滾！（多年後他才想到如果他願意跟那些堂表兄弟出去混，他們很有可能幫他弄上妞，讓他嚐到打炮滋味。不過沒發生的事，後悔也無用。）每當下午，他文思枯竭了，就跟姥姥一起坐在門前看街景，聽鄰居火爆對話。假期結束前一晚，姥姥跟他交心：你媽啊，她原本可以跟你外祖父一樣，成為醫生的。

那後來發生何事？

59 莫拉克人（Morlock）出現於H．G．威爾斯的小說《時光機器》（*Time Machine*），未來世界裡穴居於地底有智能的醜惡人種。

60 羅貝多．杜南（Roberto Durán），巴拿馬職業拳手，被譽為史上頂尖拳擊手。他的上唇也有小鬍子。

茵卡姥姥搖搖頭，望著她最喜歡的照片，那是奧斯卡老媽第一天上私校，照片很正式，多明尼加的典型。就是那種事啊。她碰上了壞男人。

那年夏天，奧斯卡寫了兩本書，描述一個年輕人在末日與變種人大戰（都死了）。他還做了瘋狂超多的田野筆記，那些人名與事件，他打算改編到他以後撰寫的科幻與奇幻小說裡。（有關家族受了詛咒這件事，他聽過八百遍啦，奇怪的是，從未想過寫到小說裡——我的意思是，媽啦，哪個拉丁美洲家庭沒受到詛咒啊？）當奧斯卡與老姊必須返回派特森，他差一點就難過了。差一點。姥姥摸著他的頭，給他祈福。好好照顧自己，我的孩子。記住，這世上永遠有一個人愛你。

抵達甘迺迪機場時，叔叔差點認不出他，斜眼看他的膚色，說，現在你看起來像海地人。

回家後，他還是會跟艾爾、米奇斯混，一起看電影，聊聊赫南德茲兄弟、法蘭克·米勒、艾倫·摩爾[61]，不過已經無法恢復往日交情。奧斯卡會聽他們的電話留言，抗拒連忙奔到他們家的欲望。現在他們大約一星期只見一二次面。他專心寫作。那些寂寞的日子裡，他只有遊戲、書籍與文字為伴。他老媽尖酸抱怨，怎啦，我兒子現在是隱士？晚上睡不著覺，他就大看難看的電視節目，兩部電影最令他著迷，一個是《薩度斯》（*Zardoz*），跟他叔叔一起看的（在他二度被掃進監牢前）。另一部是《復活之日》（*Virus*），日本電影，裡面還有《羅密歐與茱麗葉》那個辣妹[62]，每次演到結局，他都忍不住痛哭，日本籍的男主角從華盛頓特區攀過整個安地斯山脊，步行來到南極基地，就為了他心愛的女人。當好友詢問他為何總是不見蹤影，奧斯卡回答，我正在忙著寫第五本小說。**棒透了**。

聽到沒？我不是跟你說過？大學男孩！

以前，他的好友如果傷了他的心，或者把他的信任踩在腳底爛泥下，他爬也要爬回他們的身邊，害怕寂寞而自動忍受他們的凌辱。奧斯卡以前很恨自己這樣，這一次，他不會重蹈覆轍。如果說他的高中生涯有任何一點值得驕傲的地方，大概就是這件事。他老姊返家探親時，他全盤托出。老姊說，幹得好！奧！他終於有了背脊，展現了他的自尊，雖然難過，但是他媽的**好爽**。

奧斯卡機會來了

十月，奧斯卡搞完大學申請（包括費爾利迪金森學院、蒙特克利州立大學、羅格斯大學、杜爾大學、葛拉斯保羅州立學院、威廉派特森學院，他甚至還申請了紐約大學，雖然只有百萬分之一的機會，但是他們的回絕信來得如此之快，還真是媽的八百里加急[63]），就在蒼白悽苦的北風尾直灌紐澤西州之際，奧斯卡愛上學力檢定測驗準備班的一個女孩。上課地點在他家附近一個「學習中心」，不

---

61 赫南德茲兄弟見譯注58。法蘭克·米勒（Frank Miller）是美國作家與導演，以黑色電影手法的漫畫聞名。艾倫·摩爾（Alan Moore）是英國作家，以《守護者》（*Watchman*）、《V怪客》（*V for Vendetta*）聞名。

62《復活之日》是一九八〇年的日本科幻片，演員中有飾演過茱麗葉的奧麗維亞·荷西。

63 原文用Pony Express，一八六〇年代左右美國密蘇里州與加州採用的驛馬送信制度。類似中國古時廷寄的加急。

到一哩路，他都是步行去上課，這是最健康的減重法。他沒期待在課堂上認識什麼女孩，可是當他看到教室後排那個正妹，理智飛離了他的身體。這女孩叫安娜．歐碧岡，是個又漂亮講話又大剌剌的小胖妞，她該努力跟學測的邏輯問題奮鬥，卻忙著看亨利．米勒。大概是第五次上課時，奧斯卡發現她在讀米勒的《性史》（*Sexus*），她看到奧斯卡在看她，便傾過身來讓他看看書裡的句子，奧斯卡當場就他媽的硬了起來。

下課時，安娜問他，你一定以為我是怪胚，是吧？

妳不怪，相信我，我才是這個領域的頭牌。

安娜愛講話，有加勒比海女孩的漂亮眼睛，純黑如無煙煤，雖然有點小豐滿，但是多明尼加黑仔就喜歡那種脫光衣服跟穿了衣服一樣漂亮的身材。安娜不以自己的體重為恥，她跟街坊女孩一樣，也穿黑色緊身踩腳褲，穿她買得起的性感內衣，描眉畫眼十分細心。奧斯卡始終覺得化妝這種多層次的功夫很玄。安娜是小女孩與地痞流氓的奇特組合，奧斯卡尚未造訪她家之前，就預想得到她床上擺滿填充玩具，滿坑滿谷。她可以一下子如此，下一秒鐘又變成另一個人，個性轉接毫無縫隙，讓奧斯卡覺得小女孩與流氓都只是她的面具，其實還有第三個安娜，這個安娜決定在什麼時候什麼場合戴上什麼面具，除此，你對她一無所知。她會迷上米勒要拜前男友曼寧之賜，曼寧從軍前把米勒的書都送給她。他以前常常讀米勒的文章給我聽，讓我真是啊，**心癢難耐**！初次約會，她才十三歲，曼寧已經二十四，剛剛戒斷古柯鹼。安娜閒閒講來，好像沒什麼大不了的。

十三歲，妳媽就**容許**妳跟**耄耋之士**交往？

我爸媽**超愛**曼寧。我媽一天到晚燒飯給他吃。

聽來真是超乎常情。回家後，他問回家過寒假的老姊，純是討論，妳會容許青春期的女兒跟一個二十四歲男人發生關係嗎？

我會先剮了他。

聽到這個答案，奧斯卡簡直如釋重負，連自己都訝異。

我猜猜看：你認識這樣的女孩？

他點點頭。學測課，她坐我旁邊。我認為她真有**芝蘭之美**。

蘿拉張著虎皮色的虹膜打量老弟。她已經返家一星期，很顯然大學的壓力搞慘了她，讓她原本漫畫一樣萌的大眼睛鞏膜現在充滿血絲。她終於說，你要知道我們有色人種嘴巴裡說愛小孩，其實並不。她大大嘆口氣，並不，並不，並不。

他試圖拍拍老姊的肩膀，她轉身甩開。你啊，最好賣力做點仰臥起坐，先生！每次蘿拉覺得委屈或者溫柔之情大發，就會叫他「先生」。後來她想在奧斯卡的墓碑刻上「先生」兩字，被眾人阻止，包括我。

多**蠢**啊！

蠢蠢的愛

他跟安娜一起上學測課，下課後跟安娜一起走去停車場，他跟安娜去吃麥當勞，他跟安娜變成朋友。每天，奧斯卡都預期她要說掰掰，每天她都依然現身。他們開始一星期通數次電話，沒什麼嚴重事，就是喇些生活瑣事，第一次是安娜打電話給**他**，說要順道載他去上課，第二個星期，輪到他打電話給安娜，只是想試試看。他心跳快得要掛點，可是當安娜來載他時，卻只說，奧斯卡，你猜我妹搞了啥**飛機**，然後他們就出發了，繼續他們的接字遊戲。到了第五次打電話給安娜，奧斯卡已經不會心臟快炸掉。除了家人外，她是唯一會向奧斯卡承認月經來了的女孩，她還當面跟他說，我血流得跟頭**豬**一樣。安娜對他的出奇信任，讓奧斯卡想了又想，這顯然代表什麼，當他想到安娜仰頭大笑，彷彿周遭的空氣都屬她所有，奧斯卡便心頭小鹿亂撞，這是一條多麼寂寞的路啊。安娜．歐碧岡跟他祕密宇宙裡的女孩不一樣，是他在逐漸熟稔中愛上的。她的出現純屬突然，避過他的雷達網，他來不及築牆，擺出慣用的那套胡說八道，也來不及對她有任何瘋狂幻想。或許四年來都把不到妹上床，他已經厭倦了，也或許他終於找到相處起來很舒服的女孩。你可能預期奧斯卡會再度大出糗，可是出乎眾人意料，安娜雖是他唯一有過真正對話的女孩，這次他卻沒有操之過急，就只是跟她閒話家常，不過分刻意，卻意外發現他慣常使用的自貶口吻讓她樂不可支。他們的互動外人簡直難以想像。奧斯卡會說些簡單且毫無啟發性的話，安娜的反應卻是，奧斯卡，你真是他媽的超聰明。當她說，我**喜歡**男人的手，奧斯卡就張開雙手遮住臉，假裝閒散地說，哦，**是嗎**？安娜簡直笑到不行。

她從未說明他們是什麼樣的關係，只說，天啊，我真高興認識你。奧斯卡則說，真高興認識妳的是我。一天晚上，當他正在聆聽新秩序合唱團，努力啃《克來亞的方舟》[64]，他老姊跑來敲門。

你有訪客。

我？

是的。蘿拉靠著他的門框，她的髮型是史內德[65]那種大光頭，現在所有人，包括他老媽，都認定蘿拉已經變成女同性戀。

她溫柔地摸摸奧斯卡的臉，或許你該梳洗一下，把你的屌毛修一修。

是安娜。就站在他們家玄關，長及腳踝的皮衣裳，古銅色肌膚被冷風吹得發紅，眼線、睫毛膏、粉底、口紅、腮紅，一應俱全，美得要命。

冷斃了，手套在手中搖晃，好像拗斷的花束。

奧斯卡勉強擠出個「嗨」，他聽得見老姊在樓上偷聽。

你在幹啥？安娜問。

---

64 新秩序（New Order）是英國合唱團，《克來亞的方舟》（*Clay's Ark*）是女科幻作家Octavia Estelle Butler《*Patternmaster*》系列的第五部小說。

65 指愛爾蘭女歌手Sinéad O' Conner，光頭造型曾轟動一時。

好像大概沒在幹嘛。

那我們**好像大概**去看電影吧。

好像大概ＯＫ啦。

回到樓上，他老姊在他的床上又蹦又跳，小聲尖叫。約會哦，約會哦，撲到他背上，差點兩人一起摔出窗外。

他坐進安娜的車子後問，所以，這算約會嗎？

安娜淡淡一笑，可以這麼說。安娜開的是一輛克雷斯達，不是去鄰近的電影院，而是直奔安伯汽車電影院。安娜一邊穿梭找停車位，一邊說我愛死這個地方。以前它還是個露天電影院，我老爸常帶我來。

那時你來過嗎？

奧斯卡搖搖頭，我聽說很多車子被偷。

沒人敢動**我的**寶貝。

整件事太難置信，奧斯卡不敢認真。電影《獵人魔》（*Manhunter*）播放期間，他都預想會有一堆黑仔拿著相機跳出來大喊「驚喜意外」！奧斯卡努力拉回思緒，這電影很屌啊。安娜點點頭。奧斯卡說不出她身上香水味的牌子，每當她貼近，散發的體熱讓奧斯卡**心蕩神馳**。

回家的路上，安娜抱怨頭痛，他們許久沒開口。奧斯卡想打開收音機，安娜制止。不要啦，我頭痛得要命。他打趣說，賞妳一點快克[66]吧？不要，奧斯卡。因此他靠著椅背，看著海斯大樓以及木橋鎮從高架道下滑過。他突然發現自己累到不行，整晚的緊張焦慮折磨死他了。他們越是不講話，奧斯卡就越覺得陰鬱。他告訴自己，不過是看場電影，又不是約會。

安娜似乎哀傷到不行，她不斷咬著豐滿嘴唇，口紅都沾到牙齒上。奧斯卡本想風涼兩句，最後決定不要比較好。

近來讀了什麼好書嗎？

零，你呢？

我在讀《沙丘魔堡》（*Dune*）。

她點點頭說，**恨死**那本書。

他們來到伊莉莎白交流道，這可是紐澤西州真正盛名遠播的地方，交流道兩側堆滿工業廢棄物。奧斯卡屏住呼吸，抵擋可怕的臭味，安娜發出狂叫，奧斯卡嚇得倒回座位靠背。伊莉莎白！她尖叫，**妳夾緊他媽的那兩條腿吧**。

然後她轉頭看奧斯卡，仰頭大笑。

回到家後，他老姊問，**怎樣**？

66 原文用crack，給腦袋爆栗子的意思，也是毒品快克。快克一詞來自製作過程晶體的劈啪聲。

什麼怎樣？

你上她了沒？

老天爺，蘿拉。奧斯卡臉紅了。

別說謊。

我不搞出其不意這一招。奧斯卡停頓了一下，然後嘆氣說，換言之，我連她的圍巾都沒能脫下。聽起來很可疑，我太瞭解你們多明尼加男人。蘿拉伸出兩手，調皮地舞動手指，八爪章魚啊。

第二天醒來，奧斯卡覺得彷彿甩掉一身肥油，哀愁全部滌清。好長一會兒，他想不起自己為何心情如此，然後他低聲唸出她的名。

奧斯卡愛上了

接下來的每個星期，他們不是去看電影就是逛購物中心。聊天。他得知安娜的前男友曼寧經常打得她眼冒金星，她承認這的確是個問題，因為她喜歡做愛比較粗暴的男人。他得知安娜還小時，老爸就死於車禍，那時他們還住在馬科里斯。她的繼父根本懶得鳥她，她也不在乎，因為一旦她進入賓州州立大學，就不打算回家。奧斯卡這邊呢？他讓安娜讀他寫的小說，提到他曾經被車撞過，送進醫院，以及叔叔以前常扁他。他甚至坦白交代他愛上瑪瑞莎．查康的事。安娜尖叫，瑪瑞莎．查康？我認識那蕩婦！老天爺，奧斯卡，我想我繼父可能都睡過她。

他們日益親密，沒錯。但是曾在車內接吻嗎？他的手擱在她裙子上過嗎？摸過她的陰蒂嗎？她是否曾狠狠貼上奧斯卡的身體，然後低聲喊他的名？她給奧斯卡口交時，他有撫摸她的頭髮嗎？他們到底有沒有上床？

可憐的奧斯卡，根本不知道自己掉進**讓我們做好朋友的漩渦**，這是全世界宅男的死咒。這樣的戀愛就像被套了枷鎖，保證受苦，除了心碎與哀痛，還能得到什麼，沒人知道。或許只能從中認識自己與女人。

或許。

四月，他第二次學力檢定測驗成績出來（按照舊制，是一〇二〇分），一週後，他得知將進入羅格斯大學新伯朗士威分校。他老媽說，兒啊，你辦到了，語氣說是禮貌，不如說是如釋重負。奧斯卡說，對啊，不用淪落到街頭賣鉛筆了。他老姊說，你一定會愛上大學生活。奧斯卡說，我知道，我天生就是該念大學的。至於安娜呢，她如願進入賓州州大，學士菁英班，全額獎學金。現在啊，我繼父吃屁去吧！她的前男友也是在四月時退役返鄉。安娜是跟奧斯卡逛八百伴購物中心時宣布這個消息的。曼寧的突然出現，安娜的喜不自禁，粉碎了奧斯卡細心培育的一絲希望。奧斯卡問，他回來，是，不走了嗎？安娜點點頭。顯然曼寧又惹上毒品，安娜堅稱這次曼寧是被三個非洲裔美國黑鬼（cocolos）陷害的。奧斯卡從未聽過安娜使用「黑鬼」這樣的字眼，顯然學自曼寧。她說，可憐的曼寧呀。

奧斯卡低聲說，是哦，可憐的曼寧。

可憐的曼寧。可憐的安娜。可憐的奧斯卡。事情急轉直下。首先，安娜現在老不在家，奧斯卡的留言灌爆答錄機了：嗨，我是奧斯卡，有頭熊在咬我的腿，拜託請回電。嗨，我是奧斯卡，他們要一百萬美元，否則就做掉我，拜託請回電。嗨，我是奧斯卡，我看到一顆奇怪的隕石，現在要出門去探查。安娜總是幾天後才回電，儘管如此，語氣還是頗愉悅。然後，她連續取消三次週五的碰面，奧斯卡僅僅卡到她週日上完教堂後的小空檔。她會開車來接他，到東大道，停車注視對岸曼哈頓的摩天建築。那不是大海，也不是山脈，奧斯卡卻認為此景勝過山水，總是能激發談興。

就在某次車內聊天時，安娜說溜口，天啊，我都忘了曼寧的老二有多大。

奧斯卡說，好像我超愛聽這個似的。

安娜遲疑地道歉。我還以為我們無所不談。

是啊，不過曼寧身體結構上的偉岸之處，妳自己知道就好。

所以，我們不是無所不談。

奧斯卡根本懶得回答。

因為曼寧及其**大屌**的出現，奧斯卡又開始夢想核戰毀滅世界，因為神奇際遇，他得知大戰即將爆發，毫不遲疑，他偷了叔叔的車子，開到雜貨店，塞滿整車的生活用品（路上還順便射殺幾個劫掠者），然後衝去接安娜。她哭泣說曼寧怎麼辦？他會堅稱管不到他了，上身探出車窗，又射殺了幾個打劫者（他們的身體已開始出現突變跡象），然後他們回到甜蜜的愛巢，安娜隨即臣服於奧斯卡的天才統御能力，以及他已經變得清瘦的體態。心情好時，他會讓安娜發現曼寧在公寓懸梁自盡，舌頭發紫腫脹像膀胱，褲子褪到腳踝。電視上正在播放核戰即將到來，曼寧這個文盲的胸口別著一張錯字連篇的字條「**我沒法麵堆**」。奧斯卡安慰安娜，言簡意賅說，他太軟弱，無法在這個冷酷的新世界生存。

所以，她有男友？蘿拉出其不意地問。

是的，他說。

你恐怕得閃開一些吧。

奧斯卡有聽進去嗎？當然沒有。每當她需要肩頭哭訴，奧斯卡永遠在那裡。他甚至蒙恩賞賜晉見大名鼎鼎曼寧的**無上喜悅**，見面的滋味好啊，跟中學時代朝會時被同學嘲笑是「玻璃」（真實發生，兩次）一樣好。他是在安娜家門口遇見曼寧。曼寧身材瘦削，四肢像馬拉松選手，眼神貪婪，握手時，奧斯卡很確定這黑仔想扁他，因為曼寧一付乖戾。他禿頭得厲害，乾脆理光頭掩飾，兩耳都戴耳環，一身皮衣裳，古銅膚色，再加上廉價貪婪的模樣，在在令人覺得他是硬裝年輕的老傢伙。

曼寧說，喔，你就是安娜的小朋友。

就是我，奧斯卡裝出清純快樂的嗓音，恨不得一槍幹掉自己。

安娜說，奧斯卡是很棒的作家哦。她從來沒要過他的作品來看。

曼寧哼一聲，都寫些什麼呢？

我的風格比較接近推想類型[67]。他知道自己聽起來荒謬極了。

推想類型。曼寧看起來簡直巴不得剁了奧斯卡。兄弟，你聽起來超級瘋狂八股，你知道吧？

奧斯卡微笑，希望地震登時來臨，摧毀整個派特森。

兄弟，我只希望你別想「鑽」我的馬子。

奧斯卡回應，哈哈。安娜滿臉通紅望著地上。

還真是無上喜悅啊。

曼寧的出現揭露了安娜的另一面。他們現在很少見面，即使見面，也都在談曼寧，以及曼寧對安娜有多壞。曼寧扁她，曼寧踢她，曼寧說她是「肥屄」，曼寧劈腿，她很確信曼寧搞上還在念中學的那個古巴妞。奧斯卡開玩笑說，原來是曼寧，難怪我中學時代都交不到女友。安娜沒笑。每次聊天不到十分鐘，安娜的呼叫器就響了，安娜必須緊急回電，發誓自己沒亂來。有天安娜臉上瘀青來到奧斯卡家，襯衫也破了，奧斯卡老媽說：妳可別把麻煩帶進我家。

安娜不斷問，我該怎麼辦？我該怎麼辦？奧斯卡手足無措地抱著她說，如果他對妳這麼壞，妳該跟他分手。安娜卻搖搖頭說，我知道我應該，但是辦不到。我**愛**他。

愛。奧斯卡知道他該立馬撤出。他安慰自己是基於人類學的觀察興趣，繼續留下來，冷眼觀察他們的結局。事實是他無法解放自己。他一整個地愛死安娜，無法回頭。他以往對那些陌生女子的愛戀，跟這次的愛，沒得比。安娜總是在他的心頭。這份愛的密度堪比他媽的白矮星，有時他百分百確信這份愛會逼瘋他。唯一能和這份愛相提並論的是他對書本的感覺，所有他看過且愛看的書，加上他希望以後能寫出來的書，兩者相加，勉強企及。

每個多明尼加家庭都有狂戀的故事，愛得太過頭的黑仔，奧斯卡家也不例外。他的外祖父（過世的那個）因為堅持這個愛、那個愛，進了監牢，先是瘋，而後死。茵卡姥姥結婚才六個月就作了寡婦，老公在復活節時溺斃，她守寡至今，沒碰過任何男人。奧斯卡老聽她說，很快的，我們就會在另一個世界團圓。

他的姑姑路貝嘉有次低聲說，講到談戀愛啊，你老媽真是個瘋女人。險些沒命呢。

現在輪到了奧斯卡。他老姊現身於他的夢中，說：**歡迎加入家族行列。真正的家族**。

眼前局勢很明顯，奧斯卡又能如何？他能否定自己的感受嗎？他是否輾轉難眠？對。他是否會在重要時候連續數小時沒法專心？對。他是不是放棄閱讀安卓・諾頓[68]的書，連開場屌得要命的《守護

---

67 推想類型（speculative genres）是一個概括性字眼，涵蓋科幻、奇幻、恐怖，抹消次類型的差別。推想類型的定義包括1.發生於未來世界。2.如發生於過去，必定屬於另類歷史。3.發生於另一個世界。4.如果發生在我們的世界，必定發生於歷史記載之前，或悖反既有的考古學知識。5.故事裡必有悖反自然定律之處。以上詳見http://danjalin.blogspot.com/2008/03/taking-notes-what-is-speculative.html

68 安卓・諾頓（Andre Alice Norton），美國已故的科幻女小說家。

者》最終篇都引不起他的興趣？是的。他是不是開始跟叔叔借車，長途驅車到海邊，停在桑迪胡克灣（奧斯卡還沒發胖，老媽還沒生病前，她常帶家人到這裡，老媽是何時開始不去海邊的）？是的。這份得不到回報的年輕愛情是否令他消瘦？不幸，這個選項並沒，奧斯卡一輩子搞不懂怎麼回事。當蘿拉跟金手套拳擊小子分手，暴瘦近二十磅。那個爛上帝究竟讓他享有何種遺傳歧視？

開始發生神奇事情。奧斯卡在穿越十字路口時昏倒，醒來時，看到整個橄欖球隊圍繞著他。有一次，米奇斯跑來哇啦哇啦，大言不慚他的角色扮演遊戲設計構想。這事說來複雜，主要是奧斯卡想效力的奇幻遊戲無限公司（Fantasy Games Unlimited）最近倒了，該公司曾考慮採用奧斯卡設計的某個遊戲模組放到PsiWorld裡，這一下，奧斯卡想成為第二個葛里．蓋加斯[69]的希望與夢想全成泡影。米奇斯說，看來，**沒搞頭啦**，兩人結交至今，奧斯卡第一次對米奇斯揮拳，狠狠正中門面，這夥伴當場口角流血。艾爾說，老天爺，你冷靜點！我不是故意的，奧斯卡說來毫不誠心，這是意外。米奇斯大叫**幹塔馬的，幹塔馬的**。一天晚上，安娜又在電話中泣訴曼寧的惡行，他沮喪到無以復加，跟安娜說，我得去教堂了，掛掉電話，跑到叔叔的房間（魯道夫正在脫衣舞酒吧爽呢），偷了他的老古董維吉尼亞騎兵，就是名頭超級響亮、當年殲滅印第安原住民的柯爾特點四四手槍，握在手裡，沉甸甸如厄運，還加倍醜陋。他把槍管塞進褲頭，在曼寧門前守了整個晚上。他們家的鋁製牆板，他都看到熟了。來吧，混蛋，他鎮定地說，這兒有個十一歲女孩等著你。他不在乎很可能被監禁終生，而且像他這樣的黑仔進了監獄，不是被強暴屁眼**就是**被強迫口交。也不在乎警察或許會搜他的身，發現那管傢伙是他叔叔的，違反假釋規定，回到監牢去。那個晚上，他啥屁也不管。他的腦袋一片空白，完全真空。他看到自己的寫作生涯在眼前閃過，到現在為止，他只寫出了一本像樣的東西，有關一個澳洲餓死鬼狩獵小鎮親朋的故事。他沒有機會寫出更好的作品了。寫作事業掰掰。說來還真是美國文壇之幸，那天晚上曼寧沒回家。

奧斯卡的心頭滋味很難解釋。媽的，他不僅認為安娜是他的最後幸福機會，而且，他這一生整整十八年的痛苦歲月，無論跟哪個女孩在一起，都不曾體會到這樣的感受。他跟老姊說，這是我等了一輩子的愛情，不知道多少次，我都認定**它不會發生了**。（《太空堡壘第一部麥克羅斯傳奇》[70]是奧斯卡生平第二愛的動畫，每當演到雷奇．杭特終於找到麗莎，他都當場在電視機前痛哭。他叔叔窩在後面房間偷吸那個你我都知道的鬼東西，大聲說，你哭啥，不是又有總統被幹掉了吧。）奧斯卡寫信給老姊說，這好像舔到了天堂一角，妳無法想像其中的滋味。

兩天後，奧斯卡徹底崩盤，跟老姊告白槍枝那件事。蘿拉剛從自助洗衣店回來，一聽當場抓狂。拉著奧斯卡，雙雙跪在祖父的牌位前（她自己做的聖壇），要他以母親之名發誓，此生永遠不會再幹這樣的事。蘿拉甚至哭了，她超擔心奧斯卡的。

69 葛里．蓋加斯（Gary Gygax），「龍與地下城」遊戲的作者。
70《太空堡壘第一部麥克羅斯傳奇》（*Robotech Macross*）是美國一個科幻動漫劇集，由三個故事改編而成。

你不能再這樣了，先生。

我知道，我根本神不守舍，你知道的。

那天晚上，他跟蘿拉睡在沙發上。蘿拉先睡著，她大概跟男友已經第十次分手，不過即使奧斯卡心亂如麻，也知道他們馬上會復合。天快亮時，他夢見自己無緣擁有的女友，成排成排相連，就像艾倫・摩爾《奇蹟人》（*Miracleman*）裡的神奇人的額外身體[71]。她們說，**你辦得到**。

奧斯卡醒來，喉頭乾渴，身軀發冷。

他們在水邊路的日本購物中心八百伴碰頭，那是奧斯卡在所謂「無聊遊車河」時發現的，現在他認為這是他與安娜的專屬風景，留待說與子孫聽。他都到這裡買動畫錄影帶跟機械模型。他們點了日式咖哩炸雞排，坐在可以遠眺曼哈頓的大型自助餐店，是店裡僅有的洋鬼子。

奧斯卡的開場白是：妳的胸部很美。

困惑，警懼。奧斯卡，你搞啥？

透過玻璃窗，奧斯卡遠眺曼哈頓西岸，像個有深度的黑仔。然後他說了。

安娜未露吃驚面色，眼神變柔和，伸手貼住奧斯卡的手，拉近椅子，牙齒上有咖哩黃色漬痕。她輕聲說，奧斯卡，我**已經**有男友了。

她載奧斯卡回家，他在門口謝謝她撥冗陪伴，步入屋內，癱在床上。

六月，他從唐巴斯科技術學校畢業。畢業典禮，家族全員到齊。他老媽已經開始變瘦（癌症纏上她），魯道夫叔叔嗑藥茫駭翻天，只有蘿拉看起來最棒，滿面笑容，快樂。你辦到了，先生。你辦到了。他聽聞整個派特森只有他跟歐嘉（可憐的衰尾歐嘉）連一場畢業舞會都沒參加。米奇斯開玩笑說，老兄，或許你該**邀請**歐嘉。

九月，他到羅格斯大學新伯朗士威校區報到，老媽給他一百美元，以及五年來的第一個吻。魯道夫叔叔給他一盒保險套，告訴他：用光，全部用光。又加上一句：用在女孩身上。大學的獨立滋味一開始很幸福，沒人拘束他，他媽的是孑然一人，樂觀期待幾千個年輕同學，總找到一二個像他的吧。不幸，沒有。白人同學看到他的黑皮膚、爆炸頭，以毫不人道的嘻笑態度對待他。有色人種同學呢，一聽到他說話，走路的模樣，就大搖其頭。你不是多明尼加人。他一再說，我是啊，我是啊！我是多明尼加人，多明尼加人，我是啊。他連續參加數次派對，除了被喝得爛醉的白人同學威脅，一無所獲。上了二十來堂課，沒一個單身女孩要看他，他的樂觀情緒逐漸消退，沒多久，他尚未警覺，就已經再度埋頭於他的高中強項，現在升級為大學版本——搞不到馬子上床。他的快樂時光都跟他癡迷的

71《奇蹟人》原名《神奇人》（*Marvelman*），由Mick Anglo於一九五四年首創，一九六三年停刊。八二年復刊，二代作家兼畫家是艾倫．摩爾。奇蹟人有複製的身體，存在宇宙的異空間，只要說出咒語，兩個身體與思想就會對換。

類型作品有關，譬如《光明戰士阿基拉》[72]在一九八八年出版。悲哀吧。他每星期跟老姊在道格拉斯學生餐廳吃飯，她在校園裡可是走路有風，認識所有人，管它什麼膚色，還參與所有抗議示威遊行。這一切對奧斯卡並無助益。碰頭吃飯時，蘿拉會給他建議，奧斯卡點頭安靜聆聽，之後，孤獨坐在E線巴士站，呆望著道格拉斯的美麗女孩，悲哀自問——我的人生怎麼了？他想歸罪書本、科幻小說，但是沒辦法，他太愛它們。儘管他早早發誓要改變這種宅男生活，他還是照舊大吃特吃，照舊遠離運動，講話超愛用些閃光彈字眼，兩個學期下來，他還是沒有朋友，只有他老姊，他加入了學校的電玩技客社團羅格斯大學玩家，他們在佛林海森大樓的教室聚會，自傲會員全男性。奧斯卡以為大學生活會比較好，至少桃花運會有改善，看來，頭兩年並沒。

第二章　威德塢（1982-1985）

驚天動地的改變永遠不是我們期望的改變。

事情如此開始：老媽在浴室叫妳來一下。這輩子妳都不會忘記當時妳正在幹嘛，妳在讀《瓦特希普高原》（*Watership Down*），兔子與雌鹿正奔著上船，妳不想丟開，這書明天就得還給老弟，當她以別—惹—毛—我的口吻再度大叫，妳氣得喃喃——是的，老媽大人。

她站在浴室藥櫃鏡子前，上半身全裸，胸罩像破帆垂在腰間，背上的疤痕廣闊如哀傷的大海。妳想裝作沒聽見，回去繼續看書，來不及了，她的眼神已經與妳相遇，妳長大後也會有那樣的迷濛大眼。她對著一邊乳房蹙眉，命令妳過來。老媽的乳房是奇觀，世界八大奇景之一。只有色情雜誌上的妞兒或者超級癡肥太太們有更大的奶。三十五吋３Ｄ罩杯，乳暈大得像淺碟，漆黑，邊緣雜毛怒生，有時她會拔掉，有時就任它們長著。跟她走在街上，妳無法不感覺那對乳房的存在，每次妳都覺

72《光明戰士阿基拉》（*Akira*）是日本導演大友克洋依據自己的漫畫改編的動漫電影，設定在未來世界，公認是動漫里程碑作品，影響許多作者。

得難堪。臉蛋與頭髮之外，乳房是老媽的第三大驕傲。她常吹噓妳老爸對這兩個奶簡直愛不釋手。不過，老爸在結婚三年後落跑，說明他是會釋手的。

妳畏懼跟老媽對話。她總是一味斥責，全場獨白。妳猜想這次叫妳進去，又是跟妳說教飲食之道。妳媽深信如果多吃大蕉，妳就會突然得到跟她一樣讓火車對撞的巍然第二性徵。即便在那個年紀，妳就已經是老媽的翻版，十二歲時就出落得跟她當年一樣高，脖子細長像朱鷺。妳有她的綠眼（比她的澄清），頭髮跟她的一樣直，讓妳不像多明尼加人，比較像印度人。妳也有她的屁股，五年級時，妳還懵懂不明屁股的魅力，男生就已經議論個沒完。妳的膚色也像老媽，黑得發亮。儘管有這麼多相似處，遺傳的波濤壯闊尚未撲上妳的胸部，只有一點點乳房的模樣，從任何角度看都是太平公主。妳想老媽又要老調重彈，不要再穿胸罩啦，窒息了乳房的發展，壓得它們蹦不出來。妳打算誓死不從，因為妳對胸罩與衛生棉自有想法，幾近偏執，現在妳都自己買衛生棉。

但是，她根本沒提大蕉，反而拉起妳的右手，引導妳按摸。老媽一向粗暴，這次卻非常溫柔。妳壓根不知道她也可以溫柔。

她以慣常的沙啞聲音問，摸到沒？

一開始妳只感覺到她的體熱，以及乳房質地結實得像不停發酵的麵團。她讓妳的手指揉捏乳房。妳從未這麼接近她，耳裡只有自己的呼吸聲。

摸到沒？

她轉頭看妳。幹，女孩，甭光顧著看，摸啊。

因此妳閉上雙眼，手指重按，想起小時妳想成為海倫．凱勒，生活得比她還像修女。毫無警訊，妳突然摸到某個東西，她的皮膚下面有個硬結，隱密如陰謀。就在那剎那，一種預感排山倒海而來，妳不明白為什麼，只知道妳的生命要改變了。妳頭暈腦脹，血脈賁張如節拍、如節奏、如鼓。一股亮光像光子魚雷[73]或彗星穿過妳。妳不知道自己為何明白，但毋庸置疑。真是令人興奮。

打小妳就有女巫的直覺力，連老媽都嫉妒。當妳幫姑姑挑的號碼中獎，妳媽說妳是李伯羅約[74]的女兒。妳還以為李伯羅約是哪個親戚。那時，妳還沒被送回聖多明哥，還不知道全能大神這碼子事。

我摸到了。太大聲。對不起。

就這樣，一切改變了。冬天尚未結束，妳摸的那個乳房就被醫師割掉，還切掉腋下淋巴結，此後，那隻手要舉過頭就很困難。她開始掉髮，一天，她乾脆把它們拔得乾淨，放進塑膠袋。妳也變了。不是馬上。但改變是必然的，它始於那間浴室。真正的妳也始於那裡。

73 photon torpedo，《星艦迷航記》的一種厲害武器，會自動導向追蹤。

74 李伯羅約（Loborio）是二十世紀的多明尼加聖璜地區的農夫，至今鄉下地方仍有許多人深信他是耶穌再生，他成立公社，被美國佔領軍掃蕩射殺。死後，坊間相傳他奇蹟復生，為了平息謠言，美軍將他的屍體挖出遊街示眾。全能大神的典故則來自描寫李伯羅約的書《聖璜谷的全能大神》（*Great Power of God in San Juan Valley*）。

龐克妞。這是現在的我。一個喜愛蘇西與冥妖[75]的龐克妞。街坊的波多黎各小孩看到我的頭髮就笑個不停，叫我「黑古拉」[76]，黑人呢，說不出我的名堂，就叫我魔鬼賤貨。呦，魔鬼賤貨，呦**呦**。路貝嘉姑姑認為我得了什麼神經病，邊炸餡肉餅邊說，女兒啊，妳可能需要**幫助**。老媽的反應最恐怖，她大叫這是壓垮駱駝的最後一根稻草，**最**。**後**。**一**。**根**。**稻**。**草**。不過她一貫如此。早上我下樓到廚房，老媽用波多黎各咖啡壺煮咖啡，聽WADO電臺，看見我就重新抓狂，好像睡了一晚，她忘了我昨日的模樣。老媽是派特森個頭最高的女人，怒氣也等高，伸出長鉗子掐住妳，妳只要露出一點軟弱，就完了。她厭惡地說，真是個醜女孩，把喝剩的咖啡啪地倒入水槽。醜女變成我的新名字。沒啥新鮮。真的。從小，她就這樣念我。我老媽是那種永遠不會得到模範嘉獎的媽媽。絕不騙你。說她是「缺席的媽媽」，一點也不為過。她不是上班就是睡覺，好不容易跟我們相處，只會尖聲怒罵與扁人。小時候，我們怕黑怕惡魔人，但是更怕老媽。她才不管什麼場合，有誰在場，拿起拖鞋與皮帶說打就打。現在她得了癌症，沒法為所欲為。她最後一次試圖巴我就是為了我的頭髮，這次我沒退縮也沒開溜，一拳揮向她的手。那是反射動作，可是揮拳後，我知道再也收不回來，永遠沒法，因此我握緊雙拳面對各種可能，提防她咬我，不是蓋的，她曾在派馬克超市痛咬一個女士。但是這次她只站著發抖，頂著可笑的假髮，裹著可笑的袍子，胸罩裡塞了兩個巨大義乳，假髮的焦味飄散整個房間。我幾乎可憐她了。她哭了，妳是這樣對待母親嗎？如果我辦得到，我會當著她的面撕毀自己的整個人生，我尖聲回嘴：妳是這樣對待女兒的嗎？

那年，我倆關係超壞。不然怎樣？她是舊世界的多明尼加媽媽，我是她唯一的女兒，她一個人拉拔我長大，這代表老媽的責任就是把我踩在腳下。那年我十四歲，想要擁有一塊跟她毫無干涉，屬於我自己的天地。我要兒時影集《藍色大彈珠》（*Big Blue Marble*）裡的那種生活，現實生活逼得我交筆友，還把學校的地圖集帶回家研究。我要衝破派特森、家庭與說西班牙語的生活。她一生病，我知道機會來了，我不會昧著良心道歉，我看到機會，我抓住它。如果你的成長背景跟我不同，你不會瞭解，如果你不瞭解，那你最好也甭批評。你不知道母親的箝制力有多強，就算老不在家的也一樣，應該說缺席的母親**更愛**箝制子女。什麼是完美的多明尼加女兒，簡單，就是多明尼加完美奴隸的美稱。你不會明白從小到大，老媽從未對妳、對孩子、對這個世界說過一句好話的滋味。她對世事永遠懷疑，總是打壓妳，把妳的夢想一撕兩半。當我的第一個筆友知子在第三封信後斷絕音訊，我老媽嘲笑：怎麼？妳擔心有人因為寫信給妳，就一命嗚呼嗎？我當然哭了，那年我八歲，暗自盤算知子的家庭會收養我。老媽當然一眼就看穿我所有的夢想，盡情嘲笑。她說，換作我，也不要跟妳通信。她就是那種母親：讓妳懷疑自己，妳只要稍有讓步，她就一把抹消妳。我也不打算昧著良心說話。很長一

75 蘇西與冥妖（Siouxsie and the Banshees），英國著名龐克樂團。

76 黑古拉（Blacula）是黑人加上吸血鬼德古拉。蘇西酷愛哥德式化妝。

段時間，她愛怎麼講我，就怎麼講我。更慘的是，我還認為她講的對。我是醜女。我一文不值。我是大白癡。從兩歲到十三歲，我相信她說的一切，因為信她不疑，我成為完美女兒。燒飯的是我。洗衣服的是我。打掃房子的是我。買菜的是我。寫信跟銀行解釋房貸為何滯繳的是我。翻譯的是我。我在班上成績卓越。就算那些黑女孩拿剪刀要剪掉我細直的長髮，我也不惹事。她去上班，我就在家，確保奧斯卡有飯吃，一切妥當。我一手拉拔奧斯卡長大。我自己養大自己。我才是母親。她說，妳是我女兒，這是妳的份內事。八歲時發生那件事，當我終於告訴她那人幹了什麼好事，她只叫我閉上嘴巴，不准再哭。我聽命是從。閉上嘴，夾緊兩腳，關上心扉，整整一年，我都不准告訴她那鄰居長什麼樣子，叫什麼名字。老媽說，妳成天只會抱怨。小姐。妳根本不知道人生是怎麼回事。六年級時，她答應我可以參加熊山的活動營，我相信了她，用送報賺來的錢買了一個背包，寫字條給巴比．山多斯，因為他答應晚上要溜到我的木屋，當眾吻我。到了參加營隊的那天上午，她宣布我不能去，我說可是妳答應了。她說，妳這個魔鬼女孩，我答應妳個屁。我沒對她扔背包，也沒挖出我的眼睛，結果，巴比吻了蘿拉．桑楊斯，不是我，我也是一句話不說，抱著我的笨蛋小熊熊躺在房間，小聲唱歌，幻想長大後就可以逃家。或許去日本，看能不能找到知子。要不去奧地利，我的聲音夠好，他們或許會因此重拍《真善美》。那段時間，我最愛的書都跟離家出走有關，《瓦特希普高原》、《一狗二貓三分親》（*The Incredible Journey*）、《山中歲月》（*My Side of the Mountain*），當邦喬飛推出單曲〈逃走〉（*Runaway*），我幻想那是他們為我寫的歌。只有我知道。我是全校最高、最呆瓜的女孩，每年萬聖節都打扮成神祕女超人，從來不說話。人們光看我的眼鏡與二手衣裳，絕對猜不出我實在有大能力。十二歲時，我開始有那種奇妙感覺，女巫的直覺，沒多久，我媽就病了，我一直壓著我的野性不迸發，猛做家事與功課，暗自承諾自己一旦進入大學，我愛幹什麼都可以，我將破繭而出。但是我壓不住它，它氾濫我全身的靜默角落。那是一種感覺，更是一種訊息，有如洪鐘：改變、改變、改變。

改變並非一夜發生。沒錯，我體內的野性讓我成日心臟狂跳。是的，當我走在街頭，它就在我身旁跳躍。是的，它讓我敢回瞪直視我的男孩。是的，它讓我的笑聲從小咳嗽變成高燒不退的長笑。但，我還是害怕。怎麼可能不害怕，我畢竟是我媽的女兒。她對我的箝制遠勝過愛。有一天，我跟凱倫．席碧達一起走路回家，那時她算是我的朋友，很會弄哥德式的裝扮，頭髮像羅柏特．史密斯[77]尖尖衝向天，一身黑，臉色蒼白如鬼。跟她一起走在派特森，就像跟鬍鬚女同行。每個人都瞪著她看，恐怖極了，我猜，就是因為如此，我才跟她走在一起。

走在緬街，大家都在瞪我們，我脫口說，凱倫，我要妳幫我剪頭髮。一說出口，我馬上知道，我血液裡那種感覺又開始興奮衝撞了。凱倫揚揚眉：妳媽會怎樣？要知道不只我，大家都怕貝麗西亞．狄．里翁。

我說，去她媽的。

77 羅柏特．史密斯（Robert Smith），英國著名樂團 The Cure 的主唱。

凱倫看著我，彷彿我是傻子。我從來不說髒話，不過，這也即將改變了。第二天，我們躲在她家的浴室，樓下傳來她老爸跟叔伯們看電視足球賽的喧譁。她問，妳想要什麼髮型。我注視鏡中女孩許久許久。我只知道我再也不想看到她。我把電剪放到海倫手上，打開開關，領著她的手剪髮，直到整頭光禿。

凱倫狐疑地問，所以，妳現在是龐克啦？

我說，是的。

第二天，老媽扔了一頂假髮給我。妳給我戴上這個。妳給我天天戴上。如果我看到妳沒戴，我就殺掉妳！

我沒說話。只把假髮拿到火爐。

我扭開火爐，她咒罵，妳敢——

假髮像是浸過汽油，也像蠢笨的幻想，轟地一聲燃燒起來，如果沒馬上扔到水槽，火就燒上我的手。味道臭得像伊莉莎白城工廠所有化學廢氣的集合。

就在這時，她一巴掌呼過來，我反擊她的手，她連忙縮回，好像我是那團火。

不用說，大家都認為我是全世界最壞的女兒。我叔叔與鄰居一天到晚說，女孩啊，她是妳媽，病得快死了。我不聽。抓住她的手的那一剎那，一扇門打開了，我可不會回頭。

上帝，我們鬧得可兇了！生病與否，掛點與否，老媽絕不輕易被打倒。她可不是屎蛋貨。我看過她大呼男人巴掌，把白人警察推得屁股著地，怒罵大聲喧鬧的人群。她獨力扶養我與老弟，兼三份差，才買下我們的房子。老爸拋家棄子，她熬過來了。她隻身來美，自稱小時曾遭痛毆、火燒，任其自生自滅。她寧可先殺了我，也不會放我自由。她說我是爛屎一塊。妳以為妳是誰啊，妳啥也不是。她死命尋找我的縫隙，打算像以往一樣將我一撕兩半，但是我不示弱，絕對不會。我當時的感覺是跨出這個門，世界在等我，因此我無畏無懼。當她丟掉我的史密斯合唱團（The Smiths）、慈悲姊妹樂團（Sisters of Mercy）海報——我的家裡不准有這種娘娘腔玻璃。我就買新的補上。當她威脅要撕破我的新衣裳，我開始將衣服藏在學校置物櫃或者凱倫家。當她命令我辭掉希臘快餐店的打工，我跟老闆說我媽開始作化療，腦筋不清楚，因此當她打電話到餐廳跟老闆說我不能再去上班，他只把電話交給我，尷尬地望著顧客。我開始晚歸，跑去「目光焦點」玩，我雖然只有十四歲，看起來卻像二十五。她換了家裡的鎖，我就敲奧斯卡的窗，叫他放我進去，他嚇得要死，因為老媽第二天會滿屋子跑著尖叫——見鬼，誰讓這個頭號婊子女兒進來的？誰？是誰？奧斯卡坐在早餐桌前結巴地說，我不知道，媽咪，我不知道。

她的怒氣讓屋子充塞沉滯的煙硝味，滲入我們的頭髮、食物，所有一切，好像學校說的那樣，總有一天核子爆炸，落塵會像雪花軟軟飄下。老弟不知道該怎麼辦，只會躲在房裡，有時諾諾問道，發生什麼事？沒事。妳可以告訴我，蘿拉。我只放聲大笑說，你該減肥啦。

最後幾個星期，我還算知道好歹，一步也不想靠近我媽。多數時候，她惡狠狠看我，有時出其不意掐住我的脖子不放，我得一根根扳開她的手指。她根本懶得跟我說話，只會口出死亡威脅。等妳長大，妳在暗巷裡碰到我，我會趁妳不注意，殺了妳，沒有人知道是我幹的！一臉幸災樂禍。

我說，妳瘋了。

她說，輪不到妳說我發瘋。然後喘氣坐下。

情況雖糟，接下來的發展卻出乎眾人意料，回想起來，其實很明顯。

這輩子我天天祈禱——讓我消失吧。

然後，有一天，我消失了。

我逃家，某種程度來說，是為了一個男孩。該怎麼描述他呢？他就像其他男孩：青澀，好看，毛腿兒長長的白人男孩，像隻昆蟲，一刻鐘也靜不下來，我們相識於「目光焦點」。

他叫艾爾多。

他十九歲，跟七十四歲的老爸住在澤西海岸。他的奧斯摩比汽車停在大學裡，就在後座，我拉高皮短裙，扯下網狀絲襪，車子裡全是我的味道，那是我們初次約會。高二那年春天，我們通信，每天至少通一次電話。我甚至跟凱倫開車到威德塢找他（她有駕照，我沒）。他住在海邊步道區，也在那裡工作，負責操作碰碰車，他們一共三個人，只有他沒刺青。那天晚上在沙灘，凱倫一人走在前頭，他對我說，妳應該留下來。我要住在哪裡？他笑了，跟我一起住。我說，你別扯淡。他望著海浪嚴肅地說，我希望妳來住。

他要求了三次，我有算，我知道。

那年夏天，老弟宣布此生要投入角色扮演遊戲設計。老媽則自手術後第一次兼兩份差，結果行不通，她常常回到家都筋疲力盡，我又不幫忙家事，家裡一團亂。路貝嘉姑姑有時週末來幫幫手，燒飯打掃，訓誡我跟老弟，她還有自己的家要照顧，因此多數時候，就我跟老弟過活。艾爾多在電話中懇求，來我這兒吧。八月，凱倫到賓州滑岩大學就讀，她提早一年從高中畢業，走以前跟我說，一丁點都不想再看到派特森。九月，開學頭兩週我就蹺課六次，不想上學。我身體裡有個東西一直叫我不要念書了。更慘的是我正在讀《源泉》，我覺得自己就是多明妮卡，艾爾多就是洛克[78]，反而更不好過。我確信自己這輩子就這樣了，我太懦弱，不敢縱身一試。不過那一天終於來了。吃晚飯時，老媽平靜地說，你們聽著，醫師要幫我做更多檢查。

78《源泉》（*Fountainhead*）是美國女作家艾茵．蘭德在一九三四年的作品，男主角洛克是個建築師、理想主義者，女主角多明妮卡飽受平凡生活約束，遇見洛克後，才釋放出自己的創作潛能，後與洛克相戀結婚。

奧斯卡垂下頭，快要哭了。我的反應呢？我看著她，說：麻煩把鹽巴罐遞給我。她猛地呼我巴掌，以我那陣子的表現，我不怪她，正是我想要的。我們互相撕打，餐桌翻了，雜錦肉湯潑在地上，奧斯卡站在角落大叫：別這樣，住手。住手！

老媽尖叫，妳這個臭娘兒的女兒。我說，希望妳這次死掉算了。

接下來幾天，家裡像戰場。週五，她終於放我出房門，獲准跟她坐在沙發一起看連續劇。她正在等血液恢復正常，不過，你絕對看不出來她正與死神掙扎。她看電視的神情彷彿全世界她只在乎這件事。只要劇中角色幹了不當的事，她就會猛揮手。你們阻止她啊！看不出這婊子有陰謀嗎？

我小聲說，我恨妳。她沒聽見，說，給我弄杯水，加塊冰。

那是我為她做的最後一件事。第二天一早，我坐上往澤西海岸的公車，身上揣著打工賺來的兩百元小費，還有魯道夫叔叔的刀。我怕得要命，止不住發抖。車行期間，我一直想天要劈開來了，老媽的手從天而降，抓住我猛搖。沒發生。除了走道那一邊的某男人，沒人注意我。他說，妳真的好漂亮，很像我以前認識的一個女孩。

我沒留字條。我對他們的恨就有這麼深。不是他們。是她。

那晚躺在艾爾多散發貓屎味的悶熱房間，我說：我要你跟我做那件事。

他開始解我的褲子鈕扣。確定嗎？我森冷地說，百分百。

他的老二又細又長，痛得我要死，我卻一直喊，噢，就是這樣，艾爾多，就是這樣。如果你**失身**

給所愛的人，難道不該這樣喊嗎？

這真是我生平幹過最蠢的事。我悲慘到斃了。乏味到想死。我當然不能承認，我是離家出走耶，我理當**快樂！快樂！**先前，艾爾多不斷要求我搬來跟他住，卻忘了提起他老爸恨他的程度絲毫不遜我恨我老媽。老艾爾多先生打過二次大戰，絕不原諒那些害死他朋友的「小日本人」。艾爾多說，妳聽我老爸的滿嘴狗屁，他這輩子從沒離開狄斯堡。與艾爾多同居期間，他老爸跟我說過的話大概不超過四個字。他是個惡毒的小老頭，居然還給冰箱上鎖。他告訴我，妳媽的給我遠離冰箱。我們連冰塊都沒得吃。艾爾多跟他老爸住的是那種最廉價的平房，我們的臥房同時也是他老爸放貓沙的地方，他養了兩隻貓。晚上，我們會偷偷把貓沙盆拿出去放在走道，他總是比我們早起，又把貓沙盆移回來——妳少碰我的狗屎玩意。雙關語，很好笑吧。不過當時一點都不好笑。我在步道區找到炸薯條的工作，除了熱油與貓尿，我啥也聞不到。休假日，我跟艾爾多出去喝酒，或者一身黑衣坐在沙灘上寫日記，我很確定當世界被輻射線炸成齏粉，我留下的日記將成為文明重建的基礎。有時，男孩們會跑到我身邊扔下這些話，媽的，妳家死人了嗎？或者，妳的頭髮呢？有時就坐在我身旁。妳長得很漂亮，該穿比基尼！是嗎？好讓你強暴我，是吧。有個男孩立即彈身而起，天老爺，妳有啥毛病啊？

直到今日，我都不明白是怎麼熬過來的。十月初，我被炸薯條店資遣，多數步道區商店都關門了，我沒事可幹，成天窩在比我高中學校還小的圖書館。艾爾多則到他老爸的修車廠打工，整日相處，更是互相看不順眼，怒氣就延伸到我身上。他們下工回家就是猛喝喜立滋啤酒，大罵費城人隊超特爛。他們沒有握手言和，然後輪姦我，想來還真是幸運。我盡量待在外面，等待我的直覺力重回，告訴我該怎麼辦。但是我整個人枯竭了，空無一物，看不到任何遠景。我開始認為書本上講的沒錯，失去處女身就失去魔法。之後，我就恨死艾爾多。我說，你是個酒鬼、白癡。他回嘴，那又怎樣？妳的屄才臭呢。那你就不要插啊。好啊！我快樂，我當然**快樂**！我一直在等待我的家人跑來步道區貼協尋海報，最高、最黑、胸部最大的是我媽，然後是棕色肥球奧斯卡，路貝嘉姑姑，連魯道夫叔叔都來了（要是他們有辦法讓他離開海洛因的話）。但是我只看到協尋失蹤寵貓的傳單。白人就是這樣。貓兒跑掉，就全城貼海報，我們多明尼加人，女兒不見了，也不會取消跟美髮師的預約。

到了十一月，我真的徹底不行了。我跟艾爾多還有他的厭物老爸一起看老影集重播，都是我跟老弟小時候看的，《三人行》（*Three's Company*）、《鮮事一籮筐》（*What's Happening*）、《傑佛遜一家》（*The Jeffersons*），頓時，沮喪情緒狠狠啃食我一度柔軟的五內。此外，冬天來了，冷風直直灌進我們的平房，鑽進你的被窩，甚至跟你一起洗澡。糟透了。我的腦海不斷湧現老弟奧斯卡自己燒飯的模樣。蠢吧。別問為什麼。因為我們家燒飯的是我，奧斯卡只會烤起司。我想像他瘦得跟蘆葦一樣，在廚房裡徘徊開櫥櫃，十分淒涼。我甚至夢到老媽，只是夢裡，她是小女孩，真的很小，小到可以放在手掌心。她喃喃想說些什麼，我將她放到耳邊，仍是聽不見。

我討厭自己的夢這麼明顯，直到今日，依然如此。

然後，艾爾多開始耍嘴皮。我知道我們相處不好，直到有一天他邀請朋友過來，我才知道我們的關係有多差。那天，他老爸去大西洋城，他跟朋友喝酒抽菸講蠢笑話，艾爾多突然說，你們知道龐帝克汽車（Pontiac）代表什麼？代表「可憐窮黑鬼以為那是凱迪拉克」（Poor Old Nigger Thinks It's a Cadillac）。他爆出這個梗的時候，看著誰？瞪著我啊！

那天晚上他想炒飯。我推開他的手。甭碰我。

別生氣，他拉著我的手摸雞雞，根本沒什麼。

然後他笑了。

幾天後，我幹了一件超蠢的事。我打電話回家。第一次沒人接。第二次是奧斯卡的聲音說，狄．里翁府，請問您的電話要轉給誰？你瞧，這就是我老弟。人們就是恨他那麼聰明。

蠢貨，我啦。

蘿拉。他突然無聲。我發現他在啜泣。妳在**哪裡**？

你不想知道的。我把聽筒換到另一邊耳朵，盡量讓聲音正常。你們都好嗎？

蘿拉，老媽鐵定要**殺了**妳。

蠢貨，你就不能小聲點嗎？媽咪不在，對吧？上班。

我說，喝，真意外。老媽上班呢。世界滅亡那天的最後一小時的最後一分鐘，我老媽鐵定還在上班。當飛彈咻過天空，她呢？上班呀。

我鐵定是太想念奧斯卡了，要不，就是超想見見真正熟知我的人，再不然，貓尿讓我理智全失，我給了奧斯卡步道區一家咖啡館的地址，要他幫我帶點衣服與書本來。

還有錢。

奧斯卡頓了一下，我不知道媽咪把錢放在哪裡。

先生，你知道的。帶來就是。

他怯怯地問：多少？

全部。

那是很多錢耶，蘿拉。

帶來就對了，奧斯卡。

好啦，好啦。他大聲喘氣。至少得讓我知道妳是否還ＯＫ？

我還ＯＫ，對話至此，我差點哭了。我靜默一陣子，直到能夠正常出聲為止。我問奧斯卡他要如何逃開老媽的視線，偷偷跑來看我。

奧斯卡有氣無力地說。妳知道我雖是個大拙蛋，卻是一個有辦法的大拙蛋。

我早該知道小時候超愛看《百科全書布朗》[79]的人，根本不能信任。但是我沒想太多，急著想見他。

我那時的計畫是說服奧斯卡跟我一起逃家，到都柏林。我在步道區認識幾個愛爾蘭男孩，他們讓我迷上這個國家。我將成為U2合唱團的合音天使，主唱波諾（Bono）跟鼓手都愛上我，奧斯卡將成為多明尼加的喬伊斯（James Joyce）。我真的相信如此。可見我當時的妄想症多嚴重。

第二天我踏進咖啡館，整個人煥然一新，一眼就看到奧斯卡，帶著大背包。我笑著說，奧斯卡，你實在有夠胖！

他羞愧地說，我知道。我好擔心妳。

我們擁抱了大概一小時那麼久吧，他開始哭了，蘿拉，**很抱歉**。

沒關係。就在這時，我抬起頭，看到我媽、路貝嘉姑姑、魯道夫叔叔走進店裡。

我尖聲叫，奧斯卡！來不及了。老媽一把抓住我。她又瘦又疲憊，簡直是個醜老怪。她緊抓著我不放，好像我是她最後的一文錢，紅色假髮下的綠色眼眸冒出**怒火**。我呆呆看著她，老媽刻意打扮過。真是她的標準作為。她尖叫：妳這個魔鬼女孩！我拖著她跑出咖啡店，她抽回手，打算呼我巴掌，我趁機拔腿，死命飛跑。我可以感覺到她在我背後，趴倒在地，撞到人行道邊石，咔擦一聲，我

79《百科全書布朗》（*Encyclopedia Brown*）是Donal Sobol寫的系列書主角，是一位小偵探，因為知識豐富，鄰居小孩都叫他「百科全書布朗」。

沒回頭看，繼續跑。小學時舉行體育比賽，我永遠跑第一，家裡掛滿獎狀。他們說不公平，我個頭太高，我才不理他們。我若是死命跑，還可以贏過男生。所以，病弱老媽、毒蟲叔叔、肥胖老弟根本沒法追上我。我要死命跑，讓修長的雙腿帶我跑出步道區，跑過艾爾多的爛房子，跑出威德塢，跑出紐澤西，絕不停步。我要**飛**。

總之，結局**應該**如此。但是我回頭看了。我按捺不住。我當然有讀《聖經》，知道那個回頭就變成鹽柱的故事。如果妳是妳媽的女兒，而她獨力拉拔妳長大，舊習慣就很難戒絕。我只想確定我媽沒摔斷手臂或者腦殼開花。我的意思是說，有誰想讓自己老媽意外身亡啊？這是我回頭看的唯一原因。她趴倒在地，假髮飛得老遠，可憐的禿頭在日光下好像什麼丟臉醜事曝光，她跟迷途的小牛一樣哞哞叫：女兒啊，女兒啊。我站在那裡，想要奔向未來，正是需要直覺來引導我的時候，但什麼直覺也沒，只有我，而我就是沒有那個卵巢膽[80]。她趴在地上哭得像小孩，大概只有一個月好活；而我是她唯一的女兒。我能怎麼樣呢。所以我往回走，彎腰扶她時，她兩手箍住我。這時我才發現她根本沒哭。她在假裝！笑得像頭母獅。

她說，逮到妳了，忽地拔地而起，一臉勝利。逮到了。

這就是我淪落到聖多明哥的原因。老媽可能認為待在四面環海的島上，一個人也不認識，要跑，可就難多了。她想得沒錯。我在這裡六個月了，這段期間，我試圖以哲學的角度來看整件事。就算我不喜歡，到頭來還是得讓步。我姥姥說，妳這是以卵擊石，贏不了啦。我甚至還註冊上學，雖說派特森不會承認這裡的學歷，上學至少讓我有事可忙，遠離麻煩，認識同年齡的人。姥姥說，妳不必成天跟我們這些老傢伙在一起。我對這個學校又愛又恨。首先，它讓我的西班牙文大幅進步。這是個私校，妄想成為卡羅摩根[81]第二，卡羅斯．摩亞叔叔管那裡的小孩叫媽寶、爸寶[82]。如果你認為在派特森做個哥德風女孩很苦，你試試在多明尼加的私立學校做個多裔紐約佬看看。從沒見過那麼多那麼婊的女孩，成天在我背後說閒話，整死我，換作別人早就崩潰了，但是有過威德塢的經歷，我可沒那麼脆弱，才不讓這些事情打倒我。天字第一號諷刺的是我還加入了**田徑隊**。我的朋友蘿西歐來自洛斯米那，拿獎學金的，她說光憑我那雙腿，就可以在田徑隊贏得一席之地。根據她的預言，這可是一雙冠軍「高蹺」呢。她鐵定有我不知道的知識，沒多久，我就成為四百米以及其他短跑項目的第一名。我在這種雕蟲小技上的天分還真是令我吃驚。要是凱倫看到我把同學遠遠甩在後面，然後柯提茲教練

80 原文ovaries，卵巢的複數，新興起的俚語說法，男人有膽氣叫做有卵葩（balls），女人有膽氣叫做有卵巢。
81 Carol Morgan，是聖多明哥著名的高級國際學校。
82 原文mami y papi，媽媽與爸爸，拉丁美洲人有些會暱稱親近的人為媽咪、爸比。

在旁邊先用西班牙語，再用加泰隆尼亞語喊著「呼吸」、「呼吸」、「**呼吸**」，她保證厥過去吧。我現在渾身沒一吋脂肪，強健的雙腿，人人側目，連我自己都吃驚。我不能再穿短褲上街，交通會為之停擺。有一次姥姥忘了帶鑰匙，我們被鎖在門外，她轉身沮喪地跟我說，女兒啊，一腳踹開門吧。我們兩人都笑了。

過去幾個月裡，我的心跟我的神志都改變許多。蘿西歐教我如何打扮成「真正的多明尼加女孩」。幫我弄頭髮、化妝，有時我望著鏡子，認不出自己。我沒有不高興的意思。此刻若是有熱氣球一口氣帶我到愛爾蘭U2的家，我還不見得要去。（我也還沒跟叛徒弟弟說話。）事實是，我還考慮在多明尼加多留一年。姥姥也不想我走，她說，我會想死妳。口氣如此簡潔，令妳無法置疑。我媽則說我愛待多久都沒關係，想回家的話，當然歡迎。路貝嘉姑姑說，老媽撐得很辛苦，又回去打兩份工。他們寄全家福照片給我，姥姥裱起來，每次看到照片，我就忍不住眼角濕潤。照片裡，我媽沒穿義乳，看起來好瘦，我都快認不得。

上次我們通電話，老媽說，我要妳知道，我為妳死都可以。我還來不及回話，她就掛掉話筒。

但是，我要說的不是這些。引起威德塢瘋狂事件的那種感覺又回來了，女巫的直覺力在我骨頭裡唱歌，好像血水碰到棉花，瞬間把我吸得乾淨。它告訴我，生命的一切即將改變。那種感覺回來了。前天，我從亂糟糟的睡夢醒來，它就在我的血管裡砰動。我猜肚子裡有小孩的滋味就是這樣。一開始我很害怕，以為自己又要逃家。但是我每次看看這個屋子，看到姥姥，那種感覺就很強烈，因此我知道這跟上次不一樣。當時，我跟一個善良的黑人男孩馬克思・桑契斯約會，是我去洛斯米那拜訪蘿西歐時認識的。他身材矮小，笑容與穿著品味卻大大彌補了缺點。因為我來自紐約[83]，他就大談將來要如何致富，我說我不在乎他有錢沒錢，他看著我，認為我瘋了。妳等著看，將來，我會有一輛白色賓士。我真正愛的是他的工作，衝著他的工作，我才跟他戀愛。聖多明哥經常二、三家戲院聯映同一部電影，拷貝只有一支，第一家戲院放完第一本拷貝，就交給馬克思，他騎摩托車瘋狂趕路送到第二家戲院，然後再回到第一家戲院拿第二本拷貝，以此類推。如果他耽擱了或者被塞在路上，第一本播完，第二本來不及抵達，觀眾就會開始丟瓶子。他親吻聖米蓋爾鏈墜，說，目前為止，他都很順利，然後吹噓說，因為有他，一部電影可以變成三部。我是讓電影拼湊完成的人。馬克思並非來自我姥姥所謂的上等家庭，我那些眼睛長在頭頂上的婊子同學如果看到我們走在一起，鐵定會掛了，不過，我喜歡他。他會幫我開門，說我是他的黑女孩，當他勇氣十足時，會溫柔地摸摸我的手臂，然後閃電般縮回。

總之，我以為那感覺源自馬克思，因此有一天我跟他說帶我上賓館吧。他高興得差點跌下床，第一件事就是看我的屁股。我實在不知道我那個大屁股會電翻人，他親吻我的屁股，四次還是五次吧，他的呼吸讓我起雞皮疙瘩。他說，真是稀世奇珍啊。幹完事後，他在浴室洗澡，我站在鏡子前，頭一

83 原文用 Nueba Yol，是多明尼加人稱呼紐約的俚語。

次仔細端詳我的屁股。稀世奇珍，我重複馬克思的評語，稀世奇珍啊。

回到學校，蘿西歐問我，怎麼樣？我快速點點頭，她抓住我猛笑，那些我討厭的死婊子都回過頭來看。安怎？我快樂啊，當幸福來臨，它的力量超過聖多明哥所有婊子娘的集合。

我還是困惑，因為那股感覺越來越強，讓我寢食不安，不得片刻寧靜。我開始輸掉比賽，生平第一次。

別隊的女孩對我齜牙咧嘴，妳沒那麼強，是吧，美國妞。我只能頭低低。柯提茲教練很不高興，悶坐車上，不理會我們。

我簡直快瘋了。一晚，馬克思帶我去海堤大道散步（他沒錢帶我去別的地方），我們看著棕櫚樹梢左右亂飛的蝙蝠，一艘舊船往遠處駛去。他靜靜地說他也要去美國，我在一旁拉筋。約會完，回到家，姥姥坐在起居室桌旁等我。雖然她仍舊全身黑衣悼念年輕時代就死去的老公，她還真稱得上是我見過最美的人。我們頭髮的分線都像雷劈痕跡，但是打從我在機場頭一眼看到她，我就知道沒事。妳瞧她的模樣，如此自矜自持。她看到我說，女兒啊，妳走了以後，我每天都在等妳。然後她擁抱我親吻我，我是妳的姥姥，不過，妳可以叫我茵卡。

那天晚上站在她的身旁，看著宛如雷劈裂痕的頭髮分線，一股巨大的溫柔竄上我的心，我擁抱她，發現她在看相簿。是我們美國家裡沒有的老照片。我媽年輕時候的照片，還有其他人，我拿起一張，老媽站在中國餐館前，雖然穿著圍裙，看起來卻很屌，一副知道自己即將出人頭地的模樣。

我閒閒說，她以前真漂亮。

姥姥哼了一聲，我這個樣子叫漂亮，妳媽那個樣子是女神。就是脾氣忒硬。她在妳這個年紀的時候，我們簡直沒法相處。

我不知道耶。

她倔脾氣……我呢，要求高。不過結局不錯，她嘆了口氣，妳媽經歷過那些事，最後有了妳跟妳弟弟，別無所求啦。她從相簿拔出一張照片，這是妳外祖父，就是我的堂哥——

她張口欲言，卻又停止。

就在此時，我的那股**直覺**好像颶風掃過身體。我站直身體（老媽總叫我抬頭挺胸啊）看著姥姥，她的模樣很無助，設法擠出正確的話，我無法移動身體，也無法呼吸。好像比賽盡頭的最後幾秒，整個人快炸開。她即將傾吐，而我即將面對。我的人生將在此刻真正展開。

第三章　貝麗西亞・凱布爾的三次心碎（1955-1962）

你瞧公主

在蘿拉與奧斯卡的美國故事之前，在派特森市如夢展現之前，在放逐我們的那個島嶼的號角尚未響起之前[84]，先有他們母親的故事——伊帕蒂雅・貝麗西亞・凱布爾：

這女孩如此高大，光是瞅見她的腿，你的骨頭就疼了。

她的膚色如此之黑，彷彿造物女神（Creatrix）在創造她時，不小心眨了眼。

她跟後來出世的女兒一樣，得了「澤西不安症」[85]，無法澆熄想要置身他處的熱望。

置身海底

那時她住在巴尼，不是現在這個仰賴多裔美國佬（Do Yos）維生、瘋狂吵鬧的巴尼。這些多裔美國佬啊，多半定居在波士頓、普洛維斯登、新罕布夏，潮水般湧進巴尼。不是的。早年的巴尼美麗可愛，自尊自重，堅決抵抗黑人文化，不幸，本故事最黑暗的主角卻住在這裡。靠近中央廣場旁的某條大街，有一棟現在已經不見的房子，那是貝麗跟姑姑（兼養母）的家，生活雖不盡滿意，卻算得上平靜安謐。一九五一年開始，這對「母女」在廣場附近經營一家有名的糕餅店，把褪色窒悶的家打點得漂漂亮亮。（在這之前，我們這位孤女住在寄養家庭，如果傳言可信，那家人簡直是怪物，那也是貝麗的黑暗時代，她跟姑姑都不願再提，這是她們的空白頁[86]。）

那真是一段**好日子**。不管茵卡姆媽是在赤手揉捶麵團，屋內只有摩亞的收音機打破寂靜時，或者替貝麗背部的大片傷痕塗抹油膏時，都會細數她們家的輝煌史。（妳的父親！妳的母親！妳的姊姊！還有你們的房子！）那真是流著蜜與奶的時代。留下的照片不多，她們的模樣卻不難想像，排排站在漁人街的整潔屋舍前，彼此並不碰觸，因為不符此地的風俗。大人的面孔嚴肅到得用小焰火槍才能切開，小孩的戒慎恐懼則巍聳如米那斯提力斯，整個魔多傾巢而出才能攻克[87]。他們可是南方好人，每

84 原文為“the trumpets from the Island of our eviction”，典故來自波多黎各裔美國文人Martin Espada的著作《*Trumpets from the Islands of their Eviction*》（1987）。

85 原文為Jersey malaise，紐澤西州與紐約僅一河之隔，許多電影與文學作品經常描述紐澤西人想要逃離此處，奔往閃亮的曼哈頓。

86 典故見注釋101。

87 米那斯提力斯（Minas Tirith）是《魔戒》裡的剛鐸首都，高度戒備。魔多（Mordor）則是索倫所住的地方。

星期上兩次教堂，週五到巴尼公園散步，在值得懷念的楚希佑執政時代，公園裡沒有小搶匪，而且還真的有優雅樂隊演奏。貝麗跟茵卡同睡在一張彈簧下陷的床，早上，茵卡姆媽還眼茫茫摸尋拖鞋，貝麗已經打顫地走到大門前，茵卡姆媽煮咖啡時，貝麗便倚在欄杆上張大眼睛看。看什麼？鄰居？逐漸揚起的塵煙？還是世界？

女兒啊，來啊！

叫了四、五次之後，茵卡姆媽只好來找她，此時，貝麗才肯轉身回屋。

貝麗覺得很煩，問，您這麼大聲叫，做啥啊？茵卡姆媽推著貝麗朝屋內走：妳瞧瞧這女孩說話的口氣！自以為是什麼大人物呢。

貝麗顯然屬於歐婭女神一族[88]，永遠躁動不安，要她安靜，敬謝不敏。換作任何一個第三世界女孩，擁有她那樣的生活，鐵定是要感謝神聖的上帝，畢竟她的姆媽不打她。茵卡不知是出於內疚或者性情所致，簡直把貝麗寵上天，給她買漂亮衣裳，讓她在糕餅店打工，還付她薪水，我必須說那數目雖然小得可憐，卻比百分之九十九從事類似工作的小孩賺得多，他們有啥個屁薪水。我們的女主角可說是**成功**了，但是她並無同感。確切原因為何，她自己也不明白，到了故事敘述的這個階段，她已經完全無法忍受糕餅店工作，以及做「巴尼地區最尊貴女士」的女兒，她不想再忍了。就是如此。生活的點點滴滴令她不耐，總是想要**別的**。她記不起這股不滿始於何時，後來她跟女兒說，她一**輩子**都如此躁動不滿，但是誰又知道她說真的還是假的？她對自己的期許僅有模糊概念：不平凡的生活，當然；英俊有錢的老公，當然；漂亮可愛的孩子，當然；身材發育良好，那更是自然。如果你要我說，我認為她最大的期望其實跟她**被剝奪的童年**渴望並無二致，就是「脫逃」。**逃離什麼呢**？列舉起來並不困難——糕餅店、學校、悶到爆的巴尼、跟姆媽同睡一床、沒錢買自己想要的衣服、十五歲才能燙直頭髮，姆媽對她不切實際的期許，還有，她不想一歲就父母雙亡（傳言是楚希佑幹的好事），不希望童年時代是沒人要的孤兒，不想背部在當時留下恐怖的疤痕，更不想要自己都看不起的一身黑皮膚。至於，拋開這一切，逃到**哪裡**去，她也沒有想法。只是，我認為她當時的身分如果是住在雄偉城堡的公主，或者楚希佑賜還他用歐米茄光從她父母手中奪來的卡薩哈提貴莊園，她也還是要逃。

每天上午都一成不變：伊帕蒂雅・貝麗西亞・凱布爾，過來。

貝麗則小聲回應，妳過來，妳才給我過來。

貝麗的熱望其實與其他年輕夢想者（或者整個世代）一樣散漫無目標，我問你，那又他媽的怎樣？再多夢想都無法改變一個事實，她是個少女，活在獨裁者中的獨裁者、天字第一號獨裁王拉裴爾・萊昂尼達斯・楚希佑・莫利納獨裁政權下的多明尼加。這個國家與這個社會的設計，基本上，就是個逃脫無望的安地斯山版惡魔島[89]。蕉幕上毫無漏洞，胡丁尼都只能興嘆[90]。當年的泰諾族人選擇

---

88 歐婭女神（Oya）是非洲Yoruba信仰的女神，掌戰爭、雷電、火與繁生。她製造龍捲風、颶風、地震。

89 惡魔島（Alcatraz），位於美國加州舊金山灣內的一座小島，四面峭壁，深水環繞，對外交通不易，曾是聯邦監獄所在。

有限，易怒瘦削、資源有限的黑膚少女更是沒有選擇。（如果你願意把她的躁動不安放大來看，她的窒息之苦正是同世代多明尼加青年感受的難以呼吸，這要拜楚希佑當權二十多年所賜。她的世代也是後來的革命世代，但是當時他們正因缺氧而臉色發藍。她的世代在一個沒有群體意識的社會達成了共識，也是她的世代在眾人皆曰不可能的時代，**觸發**了所有改變。貝麗晚年因癌症纏綿病榻時會談及早年的閉鎖生活，她說好像活在海底，漆黑無光，壓力排山而來。因為久處這樣的情境，大家不以為異，完全忘記水面還有另一個世界。）

貝麗又能如何？媽的，她只是個女孩，沒有權力，沒有美貌（尚未），沒有才藝，也沒有能幫她提升地位的家族，她只有茵卡姆媽，茵卡可不打算幫她逃脫。相反的，老兄啊，氣派尊貴、裙子熨得筆直的茵卡自有中心目標，她要讓貝麗牢牢立足巴尼的鄉間土地，家族的黃金時代將成為她不可分割的一部分。那是貝麗還在襁褓時就已經失去而且一無所知的家族。（記住，妳爸爸是醫師，**醫師**。妳媽媽是護士，**護士**。）茵卡期望這個慘遭殲滅的家族的僅存遺孤能扛起復興大旗，完成不可能的拯救歷史任務。但是除了那些倒胃口的故事，貝麗對這個家族知道個啥。再說，她在乎個屁？她又不是該死的西古阿帕，腳掌朝後長，她的腳掌可是朝前，她一再告訴茵卡姆媽，我的腳朝向未來。

茵卡不為所動，繼續說，妳爸可是醫師，妳媽是護士。他們擁有拉維加最大的房子。

貝麗才不聽。晚上當信風吹進窗內，你可以聽到我們的女主角在夢中呻吟。

我們學校的那一個女孩

貝麗十三歲，茵卡在巴尼的頂尖學校「救贖者中學」為她申請到入學獎助金。從書面資料看，貝麗儘管是孤兒，還是非常符合入學資格。她出身希巴歐谷地最好的家族，是他們最小也是僅存的女兒，她不但應該接受良好教育，這還根本是她的天賦權利。茵卡希望念書可以消除貝麗的躁動不安。上新學校跟全山谷裡最尊貴的孩子做同學，就是治療她的良方，不是嗎？但是貝麗出身雖高貴，卻不是在父母的上流環境長大。她根本就沒教養，直到父親最愛的堂妹打探到她的下落（說是拯救，可能更正確），才讓她超脫黑暗，迎向巴尼的陽光。過去七年，謹慎拘謹的茵卡努力治療貝麗在外阿索亞省時代所受的傷害，不過，這女孩還是渾身稜角，粗暴又瘋狂。她有你渴望的上流傲氣，嘴巴卻犀利如雜貨店女皇，沒什麼來由，就可以咒罵活吞了你。（想來得「歸功」外阿索亞省的日子。）救贖者中學的學生多為白人，出身竊國者侯的豪富家庭，把貝麗這麼一個黑皮膚、鄉氣未脫的女孩放到這麼好的學校，理論可行，實則悲慘。老爸以前是很棒的醫生，那又怎樣，貝麗總被視為怪物。換成別人，身處這麼微妙的環境，會調整自己的性格，以求融入，每日頭低低，不管同學與老師對她萬箭齊

90 蕉幕（Plátano Curtain），作者自創的名詞，用來對照「鐵幕」，這個島四面都是大蕉。胡丁尼（Houdini）是擅長表演逃生術的魔術師。

發，當作沒看見，換取生存。貝麗卻不。她嘴裡不承認，卻覺得自己在學校赤裸裸，那些白人的蒼白眼睛就像蝗蟲齧啃她的黑皮膚。無助之下，她重拾求存的老伎倆，戒備、反攻，過度反應。你只要稍稍暗示她的皮鞋不登大雅，她就會說你一雙賊眼，跳起舞像屁眼裡塞了石頭的山羊。哎呀。你不過是在開玩笑，我們這女孩卻從擂臺繩圈跳下來壓死你。

也就是說，到了第二個學期，貝麗在教室走廊間不用再畏懼同學譏笑，壞處則可想而知，她完全沒有朋友。（這可不是《蝴蝶時代》[91]，沒有米拉寶姊妹挺身做她的朋友。這裡沒有米蘭達，大家對她避之惟恐不及。）[92]貝麗初上學時懷抱大志，要做班上第一名，成為畢業舞會皇后，跟英俊的傑克．波侯斯共舞。但是她馬上發現自己在意志對抗比賽中出局[93]，被流放到大宇宙的骨牆之外[94]。她甚至未能被貶到可悲一族，就是連輸家都要欺負你的特大輸家。不，她的處境比那還糟，她的流放地是遙遠的天王星第十七號衛星。跟她同屬超級賤民的還有那個躺在鐵肺裡的白癡微笑男孩，每天早晨由僕人扛到教室最後一排，以及那個中國女孩，她老爸擁有全國最大的雜貨店，大家懷疑他根本就是楚希佑人馬。這位魏姓女孩在學校待了兩年，只懂非常簡單的西班牙語，儘管學習有障礙，她還是盡責地每天上學。一開始，同學拿俗爛的亞洲人笑話欺負她，笑魏的頭髮（油膩膩！）、魏的眼睛（瞳孔黑烏烏，真的看得見嗎？）、魏的筷子（我拿兩根樹枝給妳當筷子！），魏的口音（各式洋濱腔）。男同學特別喜歡模仿她，把眼睛拉得細細的，吐出暴牙，咧嘴大笑。好迷人啊，哈哈。這類笑話層出不窮。

新鮮感過後（魏始終沒有反應），她被流放到幻影區[95]，**中國佬**、**中國佬**、**中國佬**的嘲笑聲也逐漸不聞。

初中頭兩年，貝麗跟魏比鄰而坐，連魏都對她有意見。

妳**黑黑**，她摸摸貝麗的細瘦臂膀。妳**黑黑黑**。

不管貝麗怎麼努力，都無法從她宛如輕質鈾的生活裡生出炸彈級的鈽。失去的那段童年裡，她沒受教育，這種空白似乎影響到她的神經通路，讓她無法全神關注手邊的事。如果不是茵卡姆媽的固執與期望，貝麗才不會被綁死在旗杆柱上，她孤獨得要命，成績還比魏爛。（茵卡抱怨，我還以為妳至少能贏

91《蝴蝶時代》（*In the Time of the Butterflies*）是Julia Alvarez的小說，以米拉寶姊妹的故事為本，穿插虛構情節。蝴蝶是這三姊妹在地下抗暴活動的代號。

92 作者注：米拉寶姊妹（The Mirabal Sisters）是那個時代的偉大烈士，帕翠雅・莫希德斯（Patria Mercedes）、米娜娃・阿罕提娜（Minerva Argentina）、瑪麗亞・德瑞莎（María Teresa）是薩瑟多（Salcedo）村的米拉寶三姊妹，她們勇敢對抗楚希佑而被謀殺。（薩瑟多村女子性格剛烈，任何人都惹不起，楚希佑也一樣。）她們的殉難加上社會的疾呼，成了楚希佑政權下臺的引爆點，人們決定不再忍耐。譯者注：米蘭達（Miranda）是《蝴蝶時代》的人物。

93 原文用Ritual of Chüd，典故出自史蒂芬金的小說《牠》，要打敗怪物牠，必須進行一種比賽，人與怪物互咬對方的舌頭，講謎語，誰先笑，誰就輸了。

94 骨牆（bone wall）是電玩遊戲暗黑破壞神二代（Diablo II）裡以骨頭堆砌的防衛性城牆。大宇宙（macroverse）是Platinum Comic Studio出版的系列漫畫。

95 Phantom Zone，《超人》漫畫裡的宇宙監獄，被關在此處的人不老，也不必吃喝，但是無法跟正常宇宙互動。

過那個中國女孩。）考試時，同學們低頭奮力疾書，貝麗只會呆望波侯斯小平頭後腦勺上面的髮旋。

凱布爾小姐，妳寫完了嗎？

先生，還沒有。她這才勉強自己注視試題，活像腦袋被強壓到水底。

她的街坊鄰居絕對猜不到她有多恨上學。茵卡自然不知。救贖者中學跟她居住的樸素勞工住宅區天差地遠。此外，貝麗還努力將學校勾勒成人間天堂，是她與其他不朽人物雀躍居住之地，奉入神殿之前，在此要待滿四年。她變得更加驕傲。以前，茵卡得糾正她的文法，禁止她說俚語，現在呢，貝麗可是下巴尼區措詞與發音最高尚的人。（茵卡跟鄰人吹噓，她現在講起話來，簡直像塞萬提斯呢。我早說過刻苦上那個學校，絕對有收穫。）貝麗幾乎沒有朋友，除了朵卡，她的母親是茵卡的清潔女傭。朵卡啊，窮到連雙鞋都沒，膜拜貝麗走過的每一吋土地。為了朵卡，貝麗上演前所未見的大戲。她成日制服不離身，直到茵卡姆媽逼她脫下來。（妳以為這衣服**不要錢**啊？）她還有說不完的同學故事，將她們勾勒成交情深厚的密友。就連那四個最漠視她、排擠她，我們稱之為「至高特遣隊」[96]的女孩，在她的故事裡都變樣了，一開始她們是仁慈的仙女，不時造訪貝麗，提供她關於學校與私人生活的可貴忠告。後來。她們非常嫉妒她跟波侯斯的關係，（當然，她提醒朵卡，她跟波侯斯是一對戀人），最後，特遣隊總有某個成員屈服於人性弱點，想要搶走貝麗的男友，波侯斯當然斥責她的卑劣企圖，說，我真是**吃驚**啊，國際知名醫師的女兒貝麗．凱布爾對妳這麼好，妳居然如此回報。然後他甩了那個輕佻女孩。每個故事裡，她與特遣隊員經過長長的冷戰，對方總是匍匐於貝麗的腳邊，乞求她的原諒。貝麗審慎思考許久，饒恕了她。她跟朵卡說，她也是情不自禁，意志軟弱啊。波侯斯又那麼帥。她編織出來的世界實在美麗！有派對、游泳池、馬球賽，晚餐盤上堆滿帶血的牛排，葡萄更是不值什麼，跟橘子一樣普通呢。其實，她是下意識在描繪她無緣參與的卡薩哈提貴莊園上等生活。朵卡聽了豔羨不已，常常說，我真希望有天能跟妳一起上學。

貝麗嗤笑。妳瘋了嗎！妳太笨！

朵卡垂下頭，看著沾滿灰塵的拖鞋與平板的腳丫。

茵卡期望貝麗成為女醫師，（妳不會是第一個女醫師，但妳會是有史以來最棒的！）想像她的乖女兒拿著試管迎光而照，貝麗的學校生活卻是浪擲在幻想身邊的各式男孩。（她現在不敢大刺刺瞪著男孩看，因為老師寫了一封信給茵卡姆媽，她被訓了一頓。妳以為妳在哪裡啊？妓院嗎？這可是巴尼區最好的學校。女孩啊，妳這樣做會聲名掃地！）貝麗如果不是想男孩，就是想像她確信總有一天會擁有的美麗房子，在腦海裡布置每一個房間。茵卡希望她能拿回歷史悠久的卡薩哈提貴莊園，貝麗遐想的房子卻是簇新又活潑，沒有歷史包袱。在她的瑪麗亞・蒙泰絲[97]式白日夢裡，一個類似尚・皮耶・歐蒙[98]（他正好跟波侯斯長得一模樣）的歐洲人瞥見她在糕餅店工作，瘋狂愛上她，帶著她奔往

96「至高特遣隊」（Squadron Supreme）是漫威公司所設計的一群具有超異能的英雄，他們來自Earth-712，存在於另一個空間的平行地球。這群超異能者中有四個女性，分別是擁有心電感應能力的Amphibian，力氣超凡的Power Princess，可以飛的的Lady Lark，以及可以影響另一個量子空間的Arcanna。

他的法國城堡。

（醒來，女孩！含水麵包要烤焦了！）

她不是唯一做白日夢的女孩。因為這種荒謬玩意兒瀰漫於**空氣**中，日夜餵養女孩們的就是此種狗屎幻夢。抒情曲、情歌與詩節日日在她腦海強力放送，《紀事報》的社交聞人版攤在眼前，你叫貝麗還能想些什麼其他事情？十三歲的貝麗對愛情的信念就有如一個失去家庭、丈夫、孩子、財產的七十歲老女人對上帝的信仰一樣堅強。我們的女主角比起同儕，可說是更著迷於情聖熱浪，**根本就是個男孩瘋**。（在聖多明哥被稱為男孩瘋可是殊榮，代表你經得起迷戀的折磨，這種迷戀可是會讓一般北美人化為灰燼呢。）她緊盯著公車上的不良少年，祕密親吻帥哥常客在店裡買的麵包，吟唱各種美麗的古巴情歌。

（茵卡牢騷說，如果妳以為**男孩**可以解決妳**所有的問題**，那，上帝拯救妳的靈魂吧。）

至於男孩這碼子事，煩惱頗多。如果她愛慕的對象是巴尼街坊的黑仔，沒問題，那些男孩鐵定熱於回報她的浪漫情懷，二話不說就撲上她的身體。茵卡希望救贖者中學的精緻氣氛能改善這女孩的性格，效果就好像用濕皮鞭痛笞數十下，或者關在冰冷酷寒的修道院三個月。悲哀的是，茵卡的期望只在挑選男孩這方面開花結果，因為十三歲的貝麗只瞧得上波侯斯。通常這種戲碼，上等男孩是不會回報她的熱望的，而貝麗也沒啥本錢從那些富有對手裡奪下她的魯比羅薩。

什麼爛生活啊！簡直度日如年。她咬緊牙關忍耐學校、糕餅店，以及與茵卡姆媽的窒息獨處。她饑渴瞪視其他城市來的訪客，張開雙臂迎接微弱到難以察覺的徐風，晚上，她則像《聖經》裡的約伯痛苦迎戰排山倒海的壓力。

奇摩塔！[99]

那，到底發生何事？

97 作者注：瑪麗亞．蒙泰絲是著名的多明尼加女星，遷居美國，在一九四〇到五一年間演過二十五部電影，包括《一千零一夜》、《阿里巴巴與四十大盜》、《蛇蠍美人》，以及我個人偏愛的作品《亞提蘭斯的妖婦》。影迷與電影歷史學者封她為「七彩綜藝體女王」。她的本名叫做瑪麗亞．艾非卡．葛西亞．維達，一九一二年六月六日出生於巴拉漢拿，藝名靈感來自十九世紀著名的高級妓女羅拉．蒙泰絲，後者跟許多人有一腿，最著名的對象就是帶有海地血統的法國作家大仲馬。以現代眼光來看，瑪麗亞．蒙泰絲就是珍妮佛．洛佩茲的原型，（或者你所屬時代、足以讓你眼睛暴凸的熱火加勒比海尤物。）她也是多明尼加第一個國際巨星，後來嫁給法國佬（對不起啦，Anacaona），二次大戰後移居巴黎。三十九歲那年死於家中澡缸，沒有掙扎的痕跡，也沒有謀殺的證據。她曾與楚希佑合照過數次，不過兩人應該並無牽扯。有一點值得注意，蒙泰絲搬到法國後，顯露書呆子本質，寫了三本書，兩本已出版，第三本手稿在她去世後失逸。譯者注：Anacaona是泰諾族的女領袖，曾英勇對抗入侵的殖民者。

98 尚．皮耶．歐蒙（Jean Pierre Aumont），法國影星。

99 奇摩塔（Kimota）出自漫畫《神奇人》（*Marvelman*），男主角只要唸出「奇摩塔」就可以變成超人。奇摩塔（ki-mota）是原子（atomic）倒過來讀的同音字。

一個男孩。
她的初戀。

第一號

當然是傑克．波侯斯：他是全校最帥的男生（意指：最白的），是純歐洲血統、高䠷瘦削的梅尼波內島民[100]。他的雙頰宛如大師精心捏製，皮膚上沒有疤痕、疣痣、瘢點或雜毛。他的乳頭呈完美粉紅色橢圓形，好像切片香腸。他的父親是楚希佑鍾愛的空軍上校，巴尼區大人物。（革命期間，是他下令轟炸首都，屠殺手無寸鐵的平民，包括我可憐的凡尼西歐叔叔。）波侯斯的母親是選美皇后，身材勻稱如委內瑞拉女郎，活躍於教堂，曾親吻過主教的戒指，也是孤兒們的大恩人。傑克是長子，尊貴後裔，俊美孩兒，聖潔受膏者（anointed one），女親友個個崇慕他，對他的讚美與縱溺如雨季傾盆不斷，他的特權意識因而如春筍猛竄。他走起路來大搖大擺，彷彿身體有兩倍大，講起話來趾高氣揚，宛如鋼釘鑽進你的身體，亂令人受不了的。長大後，他會投效魔鬼巴拉格爾[101]，獲賜巴拿馬大使頭銜，不過此時，他只是學校裡的阿波羅，眾人的光神（Mithra）。老師、職員、女學生、男同學不約而同將讚美的花瓣撒落於他形狀完美的腳邊：他的存在足以證明我們的主——偉大的上帝雖然是所有民主的中心與圓周，但是祂，並未對子民一視同仁。

貝麗跟她狂戀的對象，互動又是如何呢？完全符合她直來直往的死腦筋：她拿著書本遮在剛開始發育的胸口，眼睛瞪著地板，在走廊上假裝沒看到波侯斯，一頭撞上他的神聖軀殼。

老天，他氣極敗壞地說，轉身，看清楚原來是貝麗這女孩，正彎腰撿書本，他也彎下腰，（他這

---

100 梅尼波內（Melniboné）出自Michael Moorcock的永恆戰士（Eternal Chnampion）系列，為主角Elric的故鄉。梅尼波內的島民不是人類，而是傳說中的地精，擁有魔法，非常美麗。

101 作者注：到目前為止，華金・巴拉格爾（Joaquín Balaquer）在這個故事裡無足輕重，對多明尼加百姓卻非如此，儘管我超想朝他的臉噴尿，還是得提他一提。多明尼加長者常說，**任何事物，第一次呼它的名，都會招來魔鬼**。當多明尼加百姓在二十世紀第一次吐出「**自由**」兩字，就招來魔鬼巴拉格爾。（又名變異人，選舉作票王——理由可詳見多明尼加一九六六年的大選。）楚希佑政權時代，巴拉格爾只不過大領袖麾下較有效率的戒靈（ringwraith），他以才智敏捷（顯然讓「失敗的盜牛賊」大有好感）與堅定禁慾聞名（**他**強暴小女孩時可是默不作聲的）。楚希佑死後，他繼續扛起「打造多明尼加大計畫」，於一九六〇到六二年間擔任總統，又分別於六六到七八年、八六年到九六年二、三度掌政（他在最後一任總統任內早已瞎得跟蝙蝠一樣，活木乃伊一個）。當地人直接稱呼他的第二次任期為「那十二年」。在那期間，他嚴厲整肅多國左派，槍決數百人，迫使數千名左派分子逃離國門，現在我們所謂的多國人士「大播遷」，巴拉格爾是發動者與監督者。巴拉格爾被視為多國的天才之士，但是他極端仇恨黑人，還積極為種族大屠殺、選舉作票辯護，他**其實**是殺人兇手，寫的比唱的好聽（譯注：巴拉格爾著作等身），也是他下令殺死記者奧蘭多・馬丁尼茲（Orlando Martinez）。可是巴拉格爾在後來的回憶錄裡說，他知道是誰主導此次暗殺（當然不是他），還特地在回憶錄裡留下一頁空白頁，待他死後才能填空。（我們該**赦免**他嗎？）巴拉格爾死於二〇〇二年，那頁至今仍舊空白。尤薩（Vargas Llosa）的《公羊的盛宴》（*The Feast of Goat*）裡，刻意將巴拉格爾設定成讀者能有共感的角色（sympathetic character）。跟所有變異人一樣，巴拉格爾沒結婚，也沒後裔。譯者注：變異人（Homunculus）應是指「龍與地下城」遊戲裡，以創造者部分身體製造的複製物。

人啊，徹底是個紳士嘿），他的怒氣開始消散，轉為困惑。老天爺，凱布爾，妳究竟是啥，瞎眼蝙蝠嗎？妳，**走路**，給我，睜大眼睛。

他的額頭高處有條抬頭紋（後來大家都稱它為「髮線」），眼睛是最深的天藍色，亞特蘭提斯城之眼。（有一次，貝麗聽到他跟一群女粉絲吹噓：喔，這雙眼睛啊，遺傳自我德國籍祖母。）

說真格的，凱布爾，妳是哪裡有毛病？

她則咒罵——都是你的錯。話中帶話。

波侯斯的禁衛軍之一打趣說，如果烏漆墨黑，或許她還看得比較清楚。

說的也是，世界整個黑掉算了，因為波侯斯完全不理會她的目的，當她隱形人。要不是高二那年夏天，貝麗的生理變化中了頭彩，她可能永遠都是波侯斯眼中的隱形人。那個夏天，她的第二性徵顯現，整個人脫胎換骨。（駭人之美。）[102] 以前，貝麗瘦高得像長腿鷺，自有特殊美感，夏天尚未結束，她卻蛻變成全方位美女，發育出馳名巴尼的好身材。她父母的基因還真是迎合羅曼．波蘭斯基[103]的狗屁品味。貝麗就像她那個素未謀面的姊姊，一夜之間出落成不足齡的尤物，要不是楚希佑已經不舉，很可能會把她當目標，一如傳言他曾經獵捕過她的姊姊一樣。總之，我們的女主角在那年夏天得到的身材，超殺，其瘋狂爆炸程度，唯有春宮電影或者漫畫家才能理直氣壯勾勒出來。每個街坊都有波霸，貝麗卻能讓她們全部黯然失色，她是霸中之霸：她的海咪咪是巨大到難以置信的圓球，慈悲者不免憐憫它們的主人是否負擔太大，也讓左鄰右舍的正常男人開始重新評價自己是不是白活了。貝麗擁有的可是露巴之乳（三十五吋3D罩杯）[104]。還有那個超音速級[105]的屁股呢？它可以立即扯出黑仔嘴裡的話，順便把他媽的眼珠子從眼眶扯出來。她屁股的拉扯力賽過一群公牛，我的上帝啊。就連讀者諸君的卑微觀測者在下我，瀏覽她的舊照片，都忍不住震驚，真是媽的超正點的妞[106]！

魔鬼走開！茵卡姆媽驚嘆，女兒啊，妳到底**吃**了啥東西長這麼大？

如果貝麗是個普通女孩，成為街坊最矚目的波霸，可能會讓她害羞，甚至陷入他媽的憂鬱。一開始，貝麗就是這兩種反應，還有伴隨青春期免費贈送如大雨傾盆而來的羞恥、羞恥、羞恥。她不肯跟茵卡姆媽一起洗澡了，這可是她們每日早晨必做的事。好吧，妳也夠大了，可以自己洗澡了。茵卡的語氣雖輕快卻很受傷。關上澡間的門，漆黑中，貝麗哀傷地在她的「新大陸」上畫圓圈，盡量避免觸

---

102 此處原文用Terrible beauty，典故出自葉慈的詩作〈*Easter 1916*〉，"All changed, changed utterly: A terrible beauty is born."

103 羅曼・波蘭斯基（Roman Polanski），知名導演，因為與未成年少女上床，被美國列入黑名單。

104 breasts of Luba，露巴是赫南德茲兄弟所繪《愛與火箭》系列第十四輯〈征服者露巴〉（*Luba Conquers the World*）的主角，乳房非常巨大。

105 原文用super sonic，典故可能來自Sega的遊戲「音速小子」（Sonic the Hedgehog）過程中音速小子獲得七個渾沌寶石後，就會變成無堅不摧的超音速小子（super sonic）。

106 作者注：此處容我對傑克・科比講句題外話。第三世界的人對觀測者Uatu感覺很親切，他躲在月亮的藍色區，而我們這些暗黑區的居民，套句Édouard Glissant的話，是活在「地球隱匿的那一面」。譯者注：Édouard Glissant法屬馬丁尼克作家。

碰敏感的乳頭。現在每當貝麗必須外出，就覺得自己像置身危險房[107]，裡面有男人的雷射光眼睛，還有利如剃刀的女性耳語。來往汽車對她大按喇叭，險險讓她跌跤。面對這個天上掉下來的負擔，貝麗怨恨世界，也怨恨自己。

至少第一個月的確如此。慢慢的，貝麗理解是什麼東西驅使男人對她吹口哨，或者大喊我的天，殺好大，瞧瞧那對乳頭，瞧瞧那個大奶女[108]。有一天從糕餅店回家，茵卡姆媽走在她旁邊，叨念著收據的事，貝麗突然領悟：男人喜歡她！不僅喜歡，還他媽的喜歡得要命！證據來自常客本地牙醫付錢給她時夾了一張字條，寫著：我想見妳。就這麼簡單。貝麗既害怕又反感，同時還有點暈淘淘。牙醫有個胖老婆，幾乎每個月都會跟茵卡姆媽訂蛋糕，不是給她七個小孩之一，就是給她八百個表親之一，不過最有可能是她自個兒享用了。她的脖子像火雞肉垂，中年屁股龐大到挑戰所有座椅。雖然牙醫禿頭，肚腩比賽馬賭徒還大，兩頰血管交錯暴凸，貝麗還是望著字條出神，好像那是上帝之子的求婚信。牙醫如往常一樣踏入糕餅店，眼神卻不停搜索，哈囉，貝麗小姐！他的招呼散溢出欲望與威脅，貝麗心臟跳得好大聲。牙醫來過兩趟之後，貝麗一時起意，寫了一張小字條，好的，你可以在ＸＸ時間到公園接我，找零時順便塞給他，約定時間到了，她使出一切手段要茵卡姆媽跟她一起到公園。她的心臟簡直要炸開，不知道會發生何種場面，只有瘋狂的期望，正當她們要離開公園，貝麗看到牙醫坐在一輛別人的車上，假裝讀報，眼光無望地飄向她。貝麗大聲說，姆媽，妳瞧，牙醫先生呢，茵卡轉身，還來不及揮手，牙醫便瘋狂啟動車子，一溜煙開走。茵卡說，真是奇怪呢！

貝麗說，我不喜歡他，他老瞪著我看。

現在，換成牙醫太太來拿蛋糕。貝麗假裝天真地問，牙醫先生呢？他老婆大聲喘氣說，那個懶貨不想跑腿。

貝麗這輩子癡心等待的就是這麼一副好身材，一旦了悟，簡直高興到**翻過去**。她的吸引力無可置疑，實實在在，就是權力。就像無意間發現了大魔戒[109]，或者不小心發現巫師沙贊的洞穴，又或者找到綠燈俠撞毀的太空船[110]。伊帕蒂雅．貝麗西亞．凱布爾終於找到自我，以及屬於她的力量。她開始走路挺胸，穿上最貼身的衣裳。每次她出門，茵卡就喊，上帝啊，老天為何選中這個地方，選中妳，給妳這麼大的負擔！

想要貝麗不展露曲線，就像要一個備受壓迫的胖孩子不使用他新近得到的變種人異能。力量越大，責任就越大[111]……**狗屎**！我們的女主角勇闖這副新身材所代表的新未來，從此不再回頭。

---

107 Danger Room，《X戰警》（X-Men）裡面設有各種機關，用來練功的房間。

108 原文用pechonalidad，是西班牙文胸部（pecho）與人物個性（personalidad）合起來的字，用來形容某女子的特性完全建築在大胸部上。

109 托爾金《魔戒》裡的大魔戒（One Ring），不僅可隱形，還可測知其他魔戒佩戴者的心思。

110 綠燈俠（Green Lanterns）是DC漫畫公司創造出來的一系列超人英雄，他們是地球正義的維護者。Martin Jordan這位綠燈俠是巧遇太空船墜毀的外星人Abin Sur，後者把能力傳給這個最正義無私的地球人。

111 典故出自《蜘蛛人》。

追獵光明騎士

嗯哼，現在貝麗天賦本錢完全展現。結束暑假回到救贖者中學，震驚全校師生，她慎重其事獵捕波侯斯，一如亞哈船長追獵你知道的那個東西。（在所有白色事物中，這男孩是代表，你還訝異為何獵捕如此激烈嗎？[112]）換作別的女孩，舉動可能會比較細膩，讓獵物自投羅網，但是貝麗對追求的種種過程一無所知，也沒那個耐性。她一股腦地坦現自己，對著波侯斯大力擠眉弄眼，眼皮差點抽筋。只要逮到機會，就把海咪咪端到他的視線前。她現在走起路來款擺有致，老師氣得責罵，男職員與男同學則飛奔而至。波侯斯卻不為所動，深沉如海豚的雙眼看著她，毫無舉動。貝麗原以為波侯斯會馬上拜倒裙下，一個星期下來，她簡直要瘋了，絕望之下，她厚顏假裝上衣的釦子不小心鬆開，露出她從朵卡那裡偷來的蕾絲胸罩（後者現在發育得也不錯）。可是貝麗還來不及展現她有如波動砲的深壑乳溝，魏就漲紅了臉衝過來，幫她扣上衣釦。

妳，露出來了！

波侯斯漠不關心地走開。

她試過各種方法，無效。只好故技重施，在走廊跟侯波斯對撞。他微笑地說，凱布爾，妳走路小心點啊。

她想大喊，我愛你啊，我想跟你生一堆小孩。我想做你的女人！說出口的卻是，**你**才是走路小心點。

她十分哀傷。九月過去了，令人吃驚，這是她在學校表現得最好的一個月。學業方面，英文是她的強項（多諷刺啊）。她學會美國五十州的名稱，知道如何用英文要咖啡、問時間，以及廁所與郵局的方向。她的英文老師是個怪胚，向她保證她的發音**優秀，優秀啊**。其他女孩忍耐這位老師的碰觸，貝麗則不，現在她對男性的諸種怪行知之甚深，堅信唯有王子才配得上她，每次都躲開這位老師的怪手。

某老師要他們思索即將來臨的新時代。你們預見這個國家和我們偉大的總統將如何？你們的未來又是何等模樣？大家都聽不懂他的問題，他只好拆成簡單的兩個部分。

她的同學馬里西歐．賴達斯梅捲入大麻煩，家人得把他偷偷送出國。他平日很安靜，坐在某名至高特遣隊員旁，對她的愛是悶火慢燒，或許他認為這篇作文可以讓她深感佩服，（並非異想天開哦，因為沒多久，多國的新一代年輕人想要耍酷，不是與眾人一般，而是當個切．格瓦拉。）或者他只是受夠了。他以未來革命詩人的塗鴉筆跡寫著——我希望我的國家像美國一樣民主。我希望我的國家不再有獨裁者。同時，我相信是楚希佑殺了葛蘭德茲[113]。

---

112 典故出自《白鯨記》的“And of all these things the Albino whale was the symbol. Wonder ye then at the fiery hunt?”亞哈是獵捕白鯨的船長。

這樣就夠了。第二天，馬里西歐跟老師一起不見。大家噤口不言[114]。

貝麗的作文比較沒有爭議。**我會嫁給一個英俊有錢人。我會成為醫師。我將擁有自己的醫院，並以楚希佑命名**。

回到家裡，她持續跟朵卡吹噓她的男友，當波侯斯的照片出現在校報上，她以勝利之姿將照片帶回家。朵卡豔羨到整晚在她家哭泣，哭泣，悲不自勝。貝麗聽得清清楚楚。

然後，十月初，當全城忙著準備慶祝楚希佑的生日，貝麗聽到傳聞，波侯斯跟女友分手了。（貝麗早就知道他有女友，在別的學校念書，你以為她在乎個鳥嗎？）她很確信這是謠言，她不需要更多的妄想來折磨自己。結果顯然不是謠言，也不是妄想，因為兩天後，波侯斯主動在走廊攔住她，好像頭一次真正看見她。他低語說，貝麗，妳真**漂亮**。古龍水味道刺鼻如酒精。貝麗說，我知道。整張臉火熱燃燒。波侯斯將手指埋進完美漂亮的直髮裡，說，那敢情好。

沒多久，波侯斯就駕著嶄新的賓士轎車載貝麗兜風，掏出褲袋內的整捆鈔票給她買冰淇淋。依法，他還不足齡，不能開車，但是你認為聖多明哥有誰敢沒事就攔下上校的兒子？尤其這位老爸上校據說還是楚希佑兒子的親信呢[115]？

113 作者注：正如那陣子的新聞報導所說的，葛蘭德茲（Jesús de Galíndez）是出身巴斯克的書呆子，哥倫比亞大學研究生，博士論文令人膽寒，主題是什麼？不幸、倒楣，悲慘加三級的，他的論文研究主題是拉裴爾·萊昂尼達斯·楚希佑·莫利納。西班牙內戰期間，葛蘭德茲屬於效忠共和政府者，一九三九年到聖多明哥尋求政治庇護，並在政府擔任高職，對楚希佑政權有第一手觀察，一九四六年離開多明尼加時，他已經對楚希佑這個「失敗的盜牛賊」有幾近致命的過敏反應，以至於他認為揭露楚希佑政權的殘酷真貌是他的最高責任。學者Robert Crassweller形容葛蘭德茲為「蛀書蟲，拉丁美洲政治運動中並不乏見的人物……也是得獎詩人。」換言之，就是我們生活在高等區域者所謂的「第二級書呆子」。但是葛蘭德茲不止如此，這位老兄是堅定的左派分子，儘管身處危境，依然困苦在他的博士論文裡英勇揭發楚希佑的惡行。獨裁者跟作家之間，究竟怎麼回事？早在凱撒大帝與渥大維的齷齪鬥爭之前，獨裁者跟作家就始終齟齬不斷，其恆久對抗有如驚奇四超人（Fantastic Four）與宇宙魔王（Galactus）、X戰警與邪惡變種人同盟（Brotherhood of Evil Mutants）、少年悍將與史萊德（Teen Titans and Deathstroke）、佛爾曼與阿里（Foreman and Ali）、莫里森與克羅奇（Morrison and Crouch）、山米與瑟吉歐（Sammy and Sergio），足以奉入「格鬥名人堂」。作家魯西迪曾說，獨裁者與作者是天生仇敵，我覺得此說過於簡化，作家顯得很無辜。就我的觀察，獨裁者性好戰鬥，作家也一樣。換言之，**他們認得出彼此是同路人**。長話短說，楚希佑得知葛蘭德茲的論文題目，先是賄賂他不要寫，此計不成後，便派出他的納茲古戒靈（Nazgûl）也就是收屍者菲列斯·勃納迪諾（Felix Bernardino）前往紐約，數天後，就將葛蘭德茲捂口、捆綁、拖回多國首都，傳說，當葛蘭德茲從哥羅仿迷藥醒來時，發現自己全身赤裸，頭下腳上懸吊於**油鍋**上，大首領則拿著他那本令人不快的論文站在一旁。（你以為你的論文口試委員很難搞，是吧？瞧瞧這個。）哪個神志正常的傢伙會搞出他媽的這麼超恐怖的一招？我猜楚希佑想跟這個死之將至的書呆子來場沙龍對談。這個對談可真是驚心動魄，是吧？我的天。總之，葛蘭德茲失蹤，在美國社會引起大騷動，眾口皆曰是楚希佑幹的好事，他照例力表清白，總之，這就是貝麗的同學馬里西歐·賴達斯梅在作文裡想說的事。但是記住，一群書呆子烈士中，總會有幾個成功的。就在葛蘭德茲慘遭謀殺不久後，一群高倡革命的書呆子登陸古巴東南海岸的河口沙洲。沒錯，那就是卡斯楚與他的革命軍，與獨裁者巴蒂斯塔（Fulgencio Batista）進行第二回合決鬥。八十二個革命烈士中只有二十二個能活著慶祝新年的到來，包括那個愛讀書的阿根廷仔。那是浴血戰役，巴蒂斯塔甚至槍決投降者。不過事實證明，二十二人，夠用了。

愛！

她後來當然發現這中間沒啥浪漫處。聊了幾次天，趁全班同學野餐時，兩人單獨到沙灘漫步了一次。接著，他們就開始在放學後躲進櫥櫃間，波侯斯拿出恐怖的東西塞到她身體裡。這麼說好了。她終於明白大家為什麼叫他「砂礫路傑克」（Jack the Ripio）[116]，就連她都看得出波侯斯的陰莖大得要命，濕婆級的林伽[117]，世界級的毀滅武器。（可是那段時間，她還以為他的綽號是「傑克開膛手」〔Jack the Ripper〕呢，喝！）後來跟大歹徒在一起，她才明白波侯斯根本瞧不起她。不過當時她缺乏對照比較，以為做愛就該像是被彎刀劈成兩半。第一次，她害怕得要命，痛到不行（爆炸級的[118]），卻抹滅不掉一種感覺——她終於遂心如意，前途即將展開，這是第一步，她將成為大人物。

做完愛後，她想抱波侯斯，撫摸他的柔髮，他卻轉身擺開。快點穿衣服，如果被逮，我鐵定火燒屁股了。

真有趣，這**正是**貝麗的屁股此刻的感覺。

接下來一個月，他們使用學校的所有角落，盡情吞噬對方，直到某個老師接到學生密報，在清潔用具間當場逮到這對衣不遮體的男女。你們想像一下：貝麗赤溜溜，背上傷疤之大，前所未見，傑克的褲子褪到腳踝邊。

醜聞啊！各位要知道那是什麼時代，什麼地方：那是五〇年代末的巴尼啊。還要考慮以下因素。

譯者注：佛爾曼與阿里，是指一九七四年的拳王爭霸戰，在薩伊（現在的剛果）舉行，佛爾曼（George Foreman）是當時的重量級世界冠軍，阿里（Muhammad Ali）則是前世界冠軍。莫里森與克羅奇應該是指諾貝爾文學獎得主、美國黑人女作家童妮．莫里森（Toni Morrison）與美國黑人文化評論家史坦利，克羅奇（Stanley Crouch），後者曾批評莫里森是贗品，名為非洲中心主義者，實為文學界販賣蛇油者。山米與瑟吉歐，應是指Sam Viviano與Sergio Aragonés，兩人同為《*Mad*》雜誌的漫畫家，以快速生產單格漫畫聞名。愛讀書的阿根廷仔應該是指切．格瓦拉。

114 作者注：這讓我想起拉菲爾．耶佩斯（Rafael Yépez），他在聖多明哥的一所小小的預備學校擔任校長，約莫三十來歲，這所學校離我的老家很近，專門為楚希佑培養小賊。某日災星高照，耶佩斯要學生寫作文，任何題目都可以。耶佩斯是心胸開闊型的人物，有點像貝當希斯。正如大家所料，某學童寫了一篇讚美楚希佑跟他老婆唐娜．瑪麗雅（Doña Marña）的文章。耶佩斯犯了大錯，在課堂上說，多明尼加所有女人都該得到唐娜．瑪麗雅所獲得的讚語，而且跟他學生一樣的年輕人，將來都有可能成為跟楚希佑一樣偉大的領袖。我想耶佩斯搞不清楚自己住在哪個聖多明哥吧。當晚，憲兵就把這位可憐的教師、他的妻女，還有全部男學生拉起床，塞進卡車，運往歐薩瑪堡壘，嚴加拷問。學生最後被釋，但是耶佩斯與他的妻女從此不知下落。

譯者注：貝當希斯（Ramón Emeterio Betances y Alacán ）是波多黎各獨立運動的國父。

115 作者注：阮菲斯．楚希佑（Ramfis Trujillo）是Rafael Leónidas Truijillo Martínez，大首領的兒子，出生時，他老媽的先生還是別人，一個古巴仔。這位古巴仔否認阮菲斯跟他有血緣關係，楚希佑這才承認是他的兒子（謝謝你啊，老爸）。他是楚希佑最有名的孩子，四歲就當了陸軍上校，九歲成為准將（人們叫他小屎蛋臉），長大後，阮菲斯以擅打馬球和喜愛搞北美女星聞名。（他的上床對象包括金露華，我要問金露華，妳這是為什麼啊？）喜愛跟老爸鬧脾氣，人權意識指數為零，親自指揮一九五九年（即古巴入侵）那場不分對象的拷問與屠殺。一九六一年，他老爸被暗殺，阮菲斯大舉拷問陰謀分子。根據一份現今在甘迺迪總統圖書館可公開查閱的美國領事祕密報告指出，阮菲斯「精神不正常」，年幼時就喜歡用點四四手槍轟掉雞腦袋。楚希佑死後，阮菲斯逃離祖國，靠著老爸的髒錢過活，一九六九年死於車禍。他駕的是自己設計的車子，對撞的車上有阿布基奎女伯爵、Teresa Beltrán de Lis。你瞧瞧，阮菲斯這個小屎蛋臉到死都還在謀殺。

一，傑克．波侯斯是巴尼城地位最崇榮（意即最貪污）的波某家族的天之驕子。二，他不是跟同階層的女孩搞三捻七被逮到（儘管這也是個麻煩），那女孩是個拿清寒補助金的，還黑得跟煤炭一樣。（跟貧窮黑女孩亂搞是菁英階層必經歷程，前提是保持低調。我們稱之為史強．瑟蒙德[119]招式。）波侯斯當然把一切罪過推給貝麗。坐在校長辦公室裡，他詳細解釋貝麗如何引誘他。他堅稱，不是我的錯，都是她！真正的醜聞是波侯斯其實已跟女友訂婚，那個現在心如槁灰、出身巴尼另一個強勢家族蕾某的蕾貝嘉．布里托，波侯斯被逮到跟黑膚女孩在儲物間亂搞，這已確保兩方的婚約徹底焦鍋了。（女方家族是非常愛護名譽的天主教徒。）波侯斯的老爸既憤怒又丟臉，一照面，就狠抽兒子一頓，不到一星期，波侯斯就被送去波多黎各的軍校，據上校的說法，波侯斯在那裡，可以學到責任的意義。自此，貝麗沒再見過波侯斯，只有一次在《紀事報》上看到他的新聞，那時他們都四十來歲了。

波侯斯可能是個賤屁眼的鼠輩，貝麗的反應卻值得記載於史書。我們的女主角不僅**不**羞愧，遭到神父、修女、清潔工神聖三位一體的徹底盤問，她依然拒絕認罪！就算她能夠轉頭三百六十度、吐出綠色豌豆湯，也不會比這個更轟動。貝麗秉持倔強個性，聲稱沒幹壞事，這是她的權利。

貝麗固執地說，我可以跟我的丈夫做任何事。

顯然，波侯斯答應貝麗兩人畢業就結婚，而貝麗深信不疑，吞下魚餌，對方收線，上鉤。我所認識的貝麗作風硬派，像女鬥牛士，跟你玩真的，很難想像她曾如此愚笨輕信。但是你必須知道，那時她還年輕，而且**深陷愛河**。還真是個幻想家，她真以為波侯斯是真心的。

不管老師如何努力，都榨不出一絲錯在女孩的證據。她只會猛搖頭，固執一如宇宙定律——不，不。反正到頭來也無關緊要，貝麗得滾出該校，茵卡姆媽期望將貝麗打造如乃父一般的才華與諸種卓越能力，這個夢想也為之終止。

換作別個家庭，發生這種事，代表貝麗鐵定被揍得體無完膚，立馬得送醫院，一旦復元出院，就再揍到她**住院**。茵卡不是這樣的父母，她的個性雖拘謹嚴肅，是同階層的佼佼者與傑出女士，卻沒法體罰小孩。你說這是宇宙障礙物也好，說它是心理疾病也好，總之，茵卡就是下不了手。以前不會，將來也沒辦法。她只會兩手朝天哀嘆。怎麼會發生這樣的事？怎麼會？**怎麼會**？

貝麗哭喊，他說會娶我。我們還要生孩子。

茵卡大叫，妳**瘋**啦？女兒，妳腦袋變**糨糊**啦？

116 Ripio是西班牙語的砂礫路，未鋪水泥的。這個綽號一來代表波侯斯的陰莖大得跟馬路一樣，二來，代表他性交時可能很粗暴。

117 lingam，印度教裡的男性生殖器。

118 此處原文用4d10，「龍與地下城」遊戲裡四個十面體骰子的數字總和，表示受創程度超大。

119 史強．瑟蒙德（Strom Thurmond），美國已故參議員，早年以支持黑白種族隔離政策聞名，還曾參選總統，死後才爆出他有個黑白混血的私生女。

一陣子風波才平息，街坊當然議論紛紛（我早跟你們說過，黑仔變不出好花樣啦），但是時間久了，事情終究會過去。此時茵卡才召開會議，討論貝麗的前程。首先，茵卡第五億五千五百萬次罵她，痛責她判斷力太差，道德感太差，什麼都差，劈劈啪啪熱完身，茵卡才頒下聖律：妳給我回學校去。不是救贖者中學，是派卓畢因尼附近的一所學校，差不多一樣好。

因失去波侯斯而雙眼紅腫的貝麗笑了，我才不回去上學，永遠不去。

她難道忘懷因為失去的童年，她在追求教育的過程裡受了多少苦？付出多少代價？她難道忘了背上的疤痕？（**灼傷**。）或許她真的忘了。新世紀的特權驅走了舊時代的誓言，讓它們顯得無關緊要。總之，退學後那幾個紛鬧星期，她因失去「丈夫」而輾轉心碎，驚人的混亂變成震撼彈，她學到了第一課：愛情是脆弱的，男人則是超級懦夫。幻滅與痛苦中，她發下第一個成人誓言，這個誓言伴隨她長大、飄洋過海到美國——我絕對不再卑屈服侍。往後，她只遵循自己的主張。神父、修女、茵卡姆媽，甚至她可憐的過世雙親都無法指揮她。她低語，我只聽從自己。**我自己**。

這個誓言讓她振作。繼就學一事攤牌後，她偷穿茵卡姆媽的洋裝（幾乎撐破了），搭便車到中央公園。不是啥了不起的旅程，但是對貝麗這樣的女孩來說，已經是個開端。

傍晚她回到家宣布：我找到工作了！茵卡嗤之以鼻，我猜啊，酒店永遠都缺人。

不是酒店。貝麗在街坊的觀念裡可能是個大爛貨，但她可不是妓女。不。她在公園那邊的餐館找到女侍工作。餐館老闆是穿著體面的矮胖中國人，叫作任胡安。老實講，餐館不需要幫手，甚至連他都可以捲鋪蓋走人。他哀嘆生意爛透了。這裡政治至上。政治對任何人都不是好事，政客除外。沒閒錢聘人。況且，餐館的冗員已經太多。

貝麗可不容許拒絕。我能做的事可多了。她肩膀朝後縮，胸部一挺，強調自己的「資產」。

碰到稍不正經的男人，這可是公開邀請，胡安卻哀嘆：我們會試用妳。先講好，我們對妳無義務。妳只算實習。我可沒答應妳任何事。此地的政治形勢常讓「允諾」成為空談。

我的薪水呢？

薪水！沒薪水！妳，女侍，妳，小費。

小費有多少？

再度，陰鬱的答案。不確定。

我不明白。

胡安的老哥荷西原本埋頭體育版，現在抬起充滿血絲的雙眼。我老弟的意思是小費得視狀況而定。

茵卡搖頭：女侍。女兒啊，妳可是麵包師傅的孩子，妳根本不懂得端盤子！

茵卡猜想貝麗近來對做麵包、打掃、上學都毫不感興趣，可能要慢慢變成寄生蟲。但是她忘記我們的女主角以前幹的就是服侍人的女僕工作，泰半人生裡，她**只知**死命埋頭工作。茵卡預估她幹不了幾個月就會辭職，事與願違。貝麗在這份工作上充分展露本性：從不遲到早退，從不裝病請假，死命幹活到大屁股都乏力。嘿，她**喜歡**這份工作。雖不是當多明尼加總統，但是對一個亟欲逃離家庭的十四歲女孩來說，這份工作可賺錢，讓她有安身立命之處，等待璀璨的未來實現。

她在「北京皇宮」做了十八個月。（該餐館原名哥X布之寶，以紀念這位艦隊長未能實現的壯志，任氏兄弟後來聽說艦隊長的名字是個符枯，連忙改名！胡安說，中國人，詛咒，不愛。）貝麗總說她是在那個餐館成熟蛻變的，某種程度來說，的確如此。她跟任氏兄弟學會打骨牌，擊敗眾男人，她也證明自己負責任事，這對兄弟才敢把餐館丟給她，讓她管廚房與外場，他們好偷跑去釣魚，或者跟肥腿女友約會。爾後歲月裡，貝麗經常嗟歎為啥跟她的「支那佬」失去連絡。她對奧斯卡與蘿拉嘆氣說，他們對我真好。跟你們那個一文不值、老是佔人便宜像吸水海綿的老爸大大不一樣。胡安個性傷感，好賭，老是滔滔不絕上海總總，宛如一首情詩，獻給吝於青睞的美女。胡安還是個短視的浪漫分子，每任女友都海削他。他從未學通西班牙語，奇怪的是，老年時他移居伊利諾州史考基市，總是用喉音過重的西班牙語吼叫已經完全美國化的孫輩，孫兒們嘲笑他，以為他在說中國話。胡安教會貝麗玩骨牌，他的唯一基本信念就是機關槍也打不穿的樂觀主義：要是艦隊長當年先來我們的餐館，就可省掉後來的那些麻煩！死幹活幹的胡安、溫柔的胡安，如果不是有他老哥荷西罩著，八百年前就保不住餐館了。荷西是謎樣人物，像股暴風惡意盤旋周遭事物：英俊又憤怒的荷西以火爆之姿捍衛餐館跟餐館樓上的房間，他的妻兒在三〇年代死於軍閥手中，龐大的哀傷耗竭了他所有的溫柔、希望，以及打屁閒談的興致。他對貝麗及其他員工並無好感，由於貝麗並不怕他（我跟你一樣高呢！），荷西便回報以實用的教誨：妳想一輩子當個沒用的女人啊？他教貝麗釘釘子、修理插座、做炒飯、開車，等到貝麗成為「多裔播遷之后」，這些本事實用極了。（荷西後來勇敢投入革命，不幸的，我必須向各位報告，他是站在人民的對立面。一九七六年，荷西因胰臟癌病逝於亞特蘭大城，死前，淒厲吶喊妻子的名字，一頭霧水的護士以為那是中國人的胡言亂語，更加深她們對**亞洲黑膚人**的錯誤印象。）

餐館另一個女侍是莉莉燕，飯桶一樣的矮胖身材，唯有目睹人性的腐敗、殘忍與虛偽超乎她的預期，她對這個世界的怒氣憎惡才會轉為嘻笑。一開始，她與貝麗並不友好，視她為敵手，後來多少對她以禮相待。她是貝麗見過第一個愛讀報的女人。（奧斯卡的讀書癖屢屢讓她想起莉莉燕。貝麗會問，**今天，世界表現得如何**？莉莉燕的答案永遠是爛斃了。）另一個侍者是印第安班尼，個性沉默，做事一絲不苟，散發一股習於夢想大幻滅的哀傷氣息。傳言他娶了一個胖大淫蕩的寄生蟲，成日趕他出門，她好跟新歡肉搏戰。印第安班尼只笑過一次，那是玩骨牌時打敗荷西。兩人都是砌磚大師[120]，因此也是宿敵。印第安班尼也加入革命戰鬥，地主隊，據傳「祖國解放運動」那年夏天，班尼總是咪咪笑，儘管海軍陸戰隊的狙擊手射爆了他的腦袋瓜，噴到隊員身上，他的臉上還是掛著笑容。現在來談談廚師馬可·安東尼歐，他只有一條腿、沒耳朵，**醜**怪如《歌門鬼城》[121]的人物。他的解釋是出車

120 原文用 tile slinger，砌瓷磚的工作，此處應當是拿來比喻骨牌的堆砌。

121《歌門鬼城》（*Gormenghast*），是 Mervyn Peake 寫作的奇幻故事三部曲。

禍。他的心態就是瘋狂反對所有希巴歐谷地人，他深信這些人以出身地區為傲，其實是掩飾卑劣如海地人的復辟陰謀，他們想謀篡整個國家。我告訴妳，這些基督徒想建立自己的國家。

貝麗成日應付各式男人，精練出既粗俗又堪為社會中堅的「好」脾氣，所有人都為她傾倒。（包括餐館同事。但是荷西會趕跑他們：敢碰她一下，我就讓你的腸子從屁眼流出來。安東尼歐辯解，你開玩笑吧，我就算兩腿俱全，也攀不上她那座高峰。）顧客對她的反應簡直是瘋狂，她則回報以男人永不饜足的態度——美麗女人帶著母性慈愛的戲謔熱情。至今，巴尼還有不少黑仔老顧客想起她就愛。

貝麗的墮落讓茵卡至為痛苦，公主變女侍，這世界怎麼啦？現在，兩人在家幾乎不交談，茵卡試圖講道理，貝麗不想聽，茵卡只好以祈禱填塞屋內的靜寂，期望召喚奇蹟，將貝麗變回負責任的好女兒。命運的結果卻是貝麗一旦脫離掌握，上帝就算派遣再多的賈拉賈拉酷役[122]也抓不回她。茵卡偶爾會現身餐館，一人獨坐，軀幹筆直如講經臺，一身黑，舉杯喝茶間，不時以哀傷眼神望著我們的女主角。或許，她企圖讓貝麗羞愧，重回復興凱布爾家族的大計畫，但是，貝麗只管以平日的服務熱誠忙進忙出。茵卡看到貝麗的改變，大概十分心痛吧。這女孩以前從不敢在大眾面前講話，安靜如日本能劇人物，而今卻哄騙話語滔滔不絕，樂翻餐館眾多男客。曾經逛過百老匯大道與一四二街交口的人一定知道她那種語言，那種下里巴人切口，粗率又不敬，能讓多明尼加的高雅之士，在四百織純棉床單上噩夢連連。茵卡以為這一切早就伴隨貝麗結束外阿索亞省的生活而徹底消失，現在死而復活，好像從未離開——你給我聽著，你家裡不是有個胖婆娘嗎，甭告訴我，你還餓著呢。

終於，她佇足茵卡的桌前：還要點什麼嗎？

只要妳回學校去，我的女兒。

貝麗拿起茵卡的杯子，胡亂抹抹桌子，說，對不起，我們從上週起就不招待笨蛋顧客了。

茵卡付了兩毛五，走人。貝麗如釋重負，再度證明她做對了。

那十八個月裡，貝麗認識了自己。儘管她夢想成為全世界最美麗的女人，所經之處，男人迫不及待跳窗而出，但是這個貝麗．凱布爾一旦陷入愛河，就不會輕易跳出。英俊的、平凡的、醜陋的男人大批湧進餐館，企圖贏得她的芳心，與他們步入禮堂（或至少答應跟他們打炮），她的一顆心卻只屬於波侯斯。原來，我們的女主角內心深處是潘妮若普[123]，而非巴比倫妓女。（當然，茵卡成日目睹男人在她家門前廝混，可能不會同意這樣的評語。）貝麗經常夢想波侯斯從軍校回來，到她工作的地點等她，坐在桌前對她盡情吐露，好像傾倒劫掠而來的成堆珠寶，帥臉掛著笑容，亞特蘭提斯之眼凝視她，只停留在她一人身上。**我的愛，為了妳，我回來了**。

貝麗發現波侯斯雖是個大笨蛋，她仍真心不變。

---

122 Caracaracol，泰諾族神話中，雙手粗礪，善於抓住滑溜東西的僕役。

123 典故出自希臘神話中等待奧迪賽歸來、堅貞不二的妻子Penelope。

但是，這代表她遁隱自己，遠離男人嗎？（我們這位姐妹雖然很「忠貞」，卻不喜歡男人不注意她。）那段日子雖苦，貝麗還是有熱於伺候她的王子，以及願意突破她的感情地雷區鐵絲網的兄弟，只期望越過殘酷的貝丘，極樂天堂之門就在望。都是一群可憐迷惑的笨蛋。大歹徒後來當然是從一壘直攻本壘，但是，在他之前的這些癩蛤蟆能撈到貝麗的擁抱，就算他媽的幸運了。讓我們從這個笨蛋深淵撈出兩例來說明：首先登場的是飛雅特汽車商，白膚，禿頭，面帶微笑，像凡人版的伊波里特．梅西亞[124]，文雅有騎士精神，極端鍾情北美棒球賽，願意冒生命風險或者斷手斷腳之虞，偷聽違禁的短波收音機轉播球賽。他對棒球的信念熱愛有如青少年，深信未來會有更多的多明尼加球員馳騁大聯盟，跟曼托、馬立斯[125]之流的球員競技。他預言：馬里榭（Juan Marichal）只是第一個，多明尼加人將再度征服大聯盟。貝麗嗤笑他與他鍾愛的球賽，你瘋了嗎。或許是想要尋求對立，她的另一個情夫與車商恰恰相反，就讀多京自治大學，那種念了十一年書的城市大學生，永遠只差五個學分就能拿到學位。說來，大學生現在不值啥，但是當年的拉丁美洲進入游擊年代已經一年半，阿本斯[126]被推翻、尼克森的車隊被砸石頭[127]、馬埃斯山裡游擊隊流竄，再加上美國豬玀走狗搞不完的陰謀運作，在在鞭笞著整個拉丁美洲幾近瘋狂，那時候的大學生跟現在大不同，他們是改變的觸媒，是穩重的牛頓重力世界裡的震動量子弦。大學生阿德奇米斯就是如此。他也聽短波收音機，不是為了道奇隊的比數，甘冒生命風險是為了聆聽來自古巴的消息，那牽繫著未來。**大學生**阿德奇米斯是鞋匠與接生婆的小孩，終生都在搞革命，扔石頭，燒輪胎。當個大學生可不是好玩的，尤其是一九五九年古巴進攻大潰敗後，楚希佑與強尼・艾貝斯[128]開始搜捕眾人。阿德奇米斯日日活在危險中，他沒有固定地址，總是毫無預兆出現在貝麗的值班日，大家都叫他阿奇，他的頭髮一絲不苟，戴著艾克特・拉歐型的眼鏡，跟採取南灘減肥法[129]的人一樣專注不移。他滔滔辱罵北美強國無聲侵略多明尼加，也辱罵國人甘於臣服北美

---

124 伊波里特・梅西亞（Hipólito Mejía），多明尼加前總統，任期為二〇〇〇年到二〇〇四年。

125 此處講的是Mickey Mantle與Roger Maris兩位美國傳奇棒球員。

126 阿本斯（Jacobo Árbenz Guzmán）是瓜地馬拉總統（1951-1954），被美國中情局陰謀推翻，而後美國扶植軍政府上臺。

127 一九五八年，尼克森時為美國副總統，積極反左派，在南美洲巡迴友好訪問時，到處都碰到學生抗議，在委內瑞拉還遭到抗議學生以石頭砸車隊。

128 作者注：強尼・艾貝斯（Johnny Abbes García）是楚希佑最寵愛的戒靈王，官拜眾人最畏懼、勢力最大的祕密警察（SIM）頭目。艾貝斯公認是多明尼加史上最會嚴刑拷打的人，他對中國酷刑技術深感興趣，謠傳他身邊有個侏儒可以一口咬碎受刑者的睪丸。艾貝斯成日對楚希佑的敵人搞陰謀，殺害許多年輕革命分子與學生（包括米拉寶三姊妹）。艾貝斯奉楚希佑之令，陰謀暗殺委內瑞拉民選總統貝當固（Rómulo Betancourt）（貝當固與楚壞蛋是宿敵，四〇年代便交惡，楚希佑的祕密警察曾企圖在哈瓦那街頭給貝當固注射毒劑。）二次謀害貝當固也不成功，滿載炸彈的綠色奧茲莫比在加拉斯加街頭炸翻貝當固的凱迪拉克座車，駕駛與一路人死亡，貝當固沒死！還真是惡棍黑幫作為！（委內瑞拉佬，可別再說我們多明尼加人跟貴國在歷史上素無瓜葛，我們不僅讀相同的長篇小說，五〇、六〇、七〇、八〇年代，多國老百姓也曾不斷湧上貴國海岸謀求工作，我國的獨裁者還曾企圖暗殺貴國的總統呢！）楚希佑死後，艾貝斯被任命為駐日本領事（只是為了把他弄出國），結果他為加勒比海地區另一個大噩夢工作——海地獨裁者杜瓦利埃（François "Papa Doc" Duvalier），他對杜瓦利埃的效忠度遠不及對楚希佑，企圖出賣杜瓦利埃不成後，被杜瓦利埃下令槍決並誅殺全家，之後再炸掉他的房子，我想杜瓦利埃非常清楚他對付的是什麼人物。多明尼加老百姓不相信官方說法，認為艾貝斯並未死於爆炸，至今仍好好活在世界某角落，等待楚希佑復活再臨，屆時，他也將自暗處再起。

的併吞。我們被瓜卡納加利[130]詛咒了!!至於他最喜歡的理念者是兩個超級不愛黑仔的德國佬，那完全無關宏旨。

貝麗跟兩位老兄來往可密切呢。親自造訪他們的窩與汽車經銷處，頒下他們每日必服的「不可褻玩」苦藥。每次約會終了，車商總是拜託貝麗讓他摸一下。他喵喵哀求，我只用手背碰它們一下就好。每次都被貝麗宛如野手選擇的美技封殺出局。阿德奇米斯同樣被拒，但至少展現一點風骨。他不會噘嘴不樂或者喃喃抱怨——我把錢撒到陰溝裡幹嘛？他寧可表現他的哲學水平。先是悲哀地說，革命不是一天造成，然後忘掉不快，開始講他躲避祕密警察的故事取悅貝麗。

即使波侯斯是個大笨蛋，她仍真心不變。但是，她最終還是忘懷了他，她雖浪漫卻不是笨蛋。當她逐漸恢復理智，一切卻變得不確定。國內政情騷動，繼一九五九年的入侵未遂，接著破獲一個青年地下陰謀政變組織，到處都有年輕人被捕、嚴刑拷打、殺害。胡安啐說，政治，他瞪視空蕩蕩的餐館，**政治**。荷西沒說什麼，只是躲在樓上房間擦拭史密斯威森手槍。阿德奇米斯則冒風險露面，說，我不知道逃得過這一關嗎，企圖博得貝麗的憐憫**雨露**。貝麗哼地推開他的擁抱，說，你不會有事的。貝麗說得沒錯，阿奇是少數熬過動盪，沒被剮掉卵葩的人。（他到今天仍活得好好的。我跟好友帕德諾開車遊首都時，無意間看到阿奇在某激進分支黨派的海報上露齒微笑。該政黨唯一的政見就是讓多明尼加共和國恢復電力。帕德諾嘲笑說：這個鼠輩小賊能混到哪裡去？）

二月，莉莉燕辭掉工作，回鄉下照顧生病老媽。根據莉莉燕的說法，這位女士從來不在乎女兒的死活，不過，女人的宿命就是要受苦，舉世皆同。莉莉燕走了，只留下她曾勾劃過的免費月曆。一星期後，任氏兄弟雇人替補莉莉燕。新來的女孩叫康絲塔提娜，二十幾歲，開朗可親，大肚腩扁屁股，套句當時的用語，是個「歡場女孩」。數不清多少次，康絲塔提娜徹夜狂歡，滿身香菸與威士忌臭味就來上午班。女孩，跟妳說，妳絕對不敢相信昨晚我發生何事。她這個人超酷，罵起人來，烏鴉都會嚇成白色。康絲塔提娜可能覺得我們的女主角是她在這個世上唯一的「心靈血親」，第一眼看到她就喜歡。她稱呼貝麗為：我的小妹妹。妳是全世界最美麗的女孩。證明上帝是我們多明尼加人。

是康絲塔提娜從貝麗口中挖出那段波侯斯哀歌。

她的建議？妳忘掉那個狗娘養、舔卵葩的傢伙，走進這兒的每個爛男人都會愛上妳。妳想要媽的全世界都不成問題。

世界！這正是她全心企望的，何能致之呢？她望著廣場的車流，不知道答案在何方。

有一天，出於少女的一時歡樂衝動，她們下班後，拿著薪水跑到街尾的西班牙店，買了同套的洋裝。

康絲塔提娜讚美說，嗯，妳現在看起來超殺的。

貝麗問，現在我們要幹嘛？

---

129 南灘減肥（South Beach Diet）是一種戒除壞碳水化合物與壞脂肪的飲食法，第一階段必須戒除所有澱粉、醣類與果糖的吸收，非常挑戰減肥者的毅力。

130 Guacanagarí，哥倫布首次登陸美洲大陸時碰到的大頭目，哥倫布的船在現今的海地撞毀，瓜卡納加利收容了他。

康絲塔提娜露出暴牙，笑著說，我啊，要去好萊塢俱樂部跳舞。門房是我的好朋友，據說，那兒一堆有錢男人沒事幹，排隊等著愛我呢，就是這話。她一邊說話，手一邊游移到屁股上。接著她收起玩笑態度，怎麼，私校小公主真的想跟著來嗎？

貝麗想了一會兒。想到茵卡姆媽在家等她。想到內心的傷痛逐漸淡去。

對啊，我想去。

就這樣，**這個決定改變了一切**。纏綿病榻時，她對女兒蘿拉敞開心防，我只不過想跟著去跳舞，下場卻變成這樣——她張開手指著醫院、孩子、癌症，以及美國。

好萊塢俱樂部

好萊塢是貝麗第一次見識真正的俱樂部[131]。試想一下：那個時代，好萊塢俱樂部是巴尼地區最熱門的地方，融合了亞歷山大俱樂部、亞特蘭大咖啡館、噴射機俱樂部於一爐。燈光曼妙，裝潢富麗，帥男穿著體面，女人繽紛如天堂鳥，臺上的樂隊周遊世界各國的節奏，臺下舞客兩腿釘在舞池，好像跟死亡說掰掰——好萊塢俱樂部什麼都有。這個地方對貝麗來說是高攀了，不管是點酒喝，或者坐到吧檯高腳椅，都不免讓她的便宜鞋子曝光，但是只要音樂一開始，一切都無所謂了。一個肥胖的會計師伸出手邀舞，接下來的兩小時，貝麗忘掉自己的侷促、困惑與不安，盡情**狂舞**。我的天，她可是跳瘋了。掀翻屋頂，舞伴一個個不支退下。黑白混血的樂團指揮是跑遍拉丁美洲與邁阿密的老手，也忍不住對她大喊：瞧瞧這黑妞著火了。這黑妞著火了。貝麗終於綻放笑容：你給我印在腦海裡，這可不是天天有的景象。大家誤以為她是古巴芭蕾舞者，專業表演者，無法相信她也是多明尼加人。不可能的，妳一點都不像……。

然後，踏著輕快舞步，飄散古龍水香味，我們男主角帥氣登場了。貝麗坐在吧檯，等康絲塔提娜到外面抽菸回來。她的洋裝皺成一團，頭髮朝天亂翹，腳痛的好像剛剛上了纏小腳的入門課。他呢，完全相反，自在酷帥。里翁家與凱布爾家的第二代：就是這個男人竊取了你們創世之母的芳心，把你們的母親以及她的孩子投進播遷之路。他穿黑色晚間便服、白褲，一副好萊塢鼠黨[132]打扮，全身沒有一點汗漬，好像剛從冰箱走出來。他的帥氣類似四十許的大肚皮好萊塢邪惡製片人，垂著眼袋的灰色雙眼看盡一切，一絲不漏，而且掃描她不下一小時，貝麗絕非一無所覺。這傢伙顯然是個大人物，俱樂部裡人人向他致敬，他身上的閃亮金飾足夠贖回阿拓瓦帕[133]了。

這麼說吧，他們的初次相逢看來沒啥遠景。他說，有幸給妳買杯酒嗎？她像個粗魯女孩，轉身就走，他用力抓住她的臂膀說，黑女孩，妳要到哪裡去？這句話就夠了。貝麗的體內迸出惡狼。首先：

131 作者注：此書手稿寫就，母親才告訴我，「好萊塢俱樂部」也是楚希佑喜愛流連之處。

132 六〇年代的好萊塢影星死黨，包括Frank Sinatra、Dean Martin、Sammy Davis Jr.等。

133 阿拓瓦帕（Atahualpa）是印加王國最後一任國王，被西班牙人Francisco Pizarro逮捕，用以挾制印加人與整個帝國。

她不喜歡別人碰她。一點都不喜歡。從來就不喜歡。第二，她不是黑人。（就連那個車商都知道該稱呼她為印度女孩。）第三，她本性就暴躁。當大人物揪住她的臂膀，貝麗的怒氣在零點二秒間由零加速至暴力。她尖聲大叫：**別**。**碰**。**我**。對他潑酒、扔杯子、砸皮包——如果身旁有嬰兒，她鐵定也會順手扔過去。接著，她丟擲雞尾酒紙巾墊，又扔了大約上百支橄欖叉，當眾人停住舞步觀看，她又使出快打旋風的連續刺擊。面對前所未見的連番出擊，大歹徒只是蹲地不動，偶爾偏偏頭躲避針對他臉面的攻擊。當貝麗打夠了，他才像狐狸把頭探出洞口，一隻手指放在嘴唇上，嚴肅地說，妳漏了一個地方沒打。

就這樣。

這只算中等對決，返家後與茵卡姆媽的對決才更具意義。茵卡沒睡，拿著皮帶在等門，當貝麗舞得滿身疲憊回家，就看到煤油燈下的茵卡姆媽揚起皮帶，貝麗鑽石般晶亮的眼睛瞪著她。這是世界各國都會上演的原始母女衝突。貝麗說，阿媽，妳打啊。茵卡卻辦不到，全身力氣洩光。女兒啊，妳如果再如此晚歸，就不能住在這個屋子。貝麗說，別擔心，我很快就會走的。那天晚上，茵卡拒絕與貝麗同床，睡在搖椅上，第二天也不跟她說話，獨自上工去，失望之情有如蕈狀雲籠罩她頭頂。照理，貝麗該擔心的是茵卡姆媽，但是接下來一星期，她不斷想著那個不幸的胖男人，以及他的愚蠢，套句她的話，這男人搞砸了她的狂歡夜。她發現自己每天跟車商和阿德奇米斯複述當天的情景，每說一次就怒氣更甚，貝麗心裡未必如此想，卻覺得應該如此表現。畜生，禽獸。膽大包天，居然敢碰我！把他罵得根本稱不上是人，只是個舔雞巴的混蛋！

他打妳？車商企圖拉她的手去摸他的大腿。或許我也該這麼做。

貝麗說，那你的下場就會跟他一樣。

阿德奇米斯則躲在壁櫥裡跟她對話（以防祕密警察衝進來），宣稱大歹徒是典型的小資產，他的聲音穿過重重布料傳出（都是車商買給她的衣裳，她堆放在阿德奇米斯家）。（他問，這是**貂皮**？貝麗鬱鬱不樂回答，兔毛而已。）

她跟康絲塔提娜說，我真該刺他一刀的。

女孩，我認為他才該刺**妳**。

妳他媽的什麼意思？

我的意思說，近來妳一直在談他。

她激烈辯駁，**沒有**，根本不是這樣。

那就甭再提他。康絲塔提娜假裝看手表，然後說，五秒鐘，創紀錄了。

她希望嘴裡不再冒出他的事，但是管不住嘴巴。她的手臂會在最奇怪的時候隱隱作痛，甚至感覺到他的鬼祟眼睛四處窺視她。

那個星期五餐館最忙，多明尼加黨地方黨部在餐館辦活動，員工從早忙到腰都快斷掉。貝麗喜歡這樣的忙碌嘈雜，表現出對賣力工作的熱誠，就連荷西都沒待在辦公室，跑到廚房幫忙。荷西送了一瓶所謂的「中國萊姆酒」給黨部的人，其實只是撕掉標誌的強尼走路。高階黨員大啖炒飯，非常喜歡，鄉巴佬黨員則悲哀地撥弄麵條，一再問：有沒有紅豆燜飯？當然沒有。總之，活動十分成功，讓人無法想像外面正在進行惡劣戰爭，當最後一名醉客被抬上計程車，一點都不累的貝麗問康絲塔提娜：我們可以回去嗎？

哪裡？

好萊塢啊。

但是得換衣服耶——

別擔心，我都帶了。

就這樣，她站到他的桌前。

跟他共進晚餐的一個同伴說：嗨，狄歐尼西奧，這不是上星期海扁你一頓的女孩？

大人物陰鬱地點點頭。

他的同伴上下打量貝麗。為了你好，我希望她不是來第二回合，我不認為這次你熬得過。

大人物說，妳還等什麼，拳擊賽鐘響嗎？

跟我跳舞。這次輪到她抓住他的手臂拖到舞池。

他穿了燕尾服，或許看來厚胖肥重，舞姿卻十分輕盈。妳特地回來找我的，是吧？

是的，她說。這時她才發現她的確如此。

我很高興妳沒說謊。我不喜歡騙子。他用手指碰碰她的下巴，妳叫什麼名字？

她擺開頭，我叫伊帕蒂雅．貝麗西亞．凱布爾。

他以舊派皮條客的魅惑語氣說，不，妳的名字是**美麗**。

眾人尋找的大歹徒

沒人知道貝麗對大歹徒究竟認識多少。她說他自稱是生意人，我當然相信他，怎知並非如此。嗯，他是生意人沒錯，也是楚希佑的忠僕，還不是小角色。但是別搞錯，我們的男主角雖非戒靈，但也不是區區半獸人而已。

由於貝麗不談此事，家族其他人提到楚希佑政權也都惶恐不安，有關大歹徒的資訊都是片段，我只能告訴你我所挖掘的一切，餘者，恐怕只能等到白紙會說話的那一天。

大歹徒於二〇年代初出生於薩馬納，父親是送牛奶的，他是家中第四個男孩，哭鬧不休，肚裡長蟲，沒人期望他會成個人物，顯然他的父母也如此認為，才七歲便趕他出門討生活。人們總是低估長期飢餓、無權無勢、飽受屈辱，可以激發出年輕人多大的性格潛能。到了十二歲，骨瘦如柴、貌不驚人的大歹徒已經展現這個年紀罕見的機智謀略與無畏無懼。他聲稱「失敗的盜牛賊」是啟發他的偶像，此言引起祕密警察的注意，你還來不及說辛殺拉賓[134]，我們的男主角就已經滲透工會，密告成員，左右派通殺。十四歲時，他首次殺了共產黨員，向恐怖的菲列斯．勃納迪諾[135]邀功，這次暗殺顯然非常驚人，轟動到媽的巴尼地區半數左派分子迅速逃離多明尼加，到紐約尋求安身。大歹徒以賞金買了一套新西裝跟四雙鞋子。

從那時起，這個年輕壞蛋只差不能登天而已。爾後十年，他不斷進出古巴，涉入偽造、竊盜、勒索跟洗錢，全為了尊榮不朽的楚希佑。傳說，大歹徒是楚希佑的殺手，幫他在一九五〇年於哈瓦那幹掉了馬瑞西歐．巴伊斯，此說從未經過證實。誰又知道真假？不過不無可能，一九五〇年時，大歹徒已經跟哈瓦那的地下社會建立良好關係，剷除那些狗娘養的，他根本不會良心有愧。儘管要掌握他暗殺別人的確實證據，很難。他是強尼．艾貝斯與波菲里奧．魯比羅薩的好友，則是鐵證如山。他有總統府核發的特別護照，官拜祕密警察某部門的少校。

背信忘義成為大歹徒的拿手好戲，但是他首屈一指、打破紀錄、撈金無數的本事是皮肉生意。要知道當年的聖多明哥出美女，就像瑞士出巧克力一樣。無論是捆綁女人、販賣女人、貶抑女人，都能激發出大歹徒的大潛能，他在這方面超有天賦與直覺——封他為擅抓屁股的賈拉賈拉酷役，也不為過。才二十二歲，他便坐擁首都內外的連鎖妓女戶，在三個國家有房有車。無論金錢、阿諛，或者賣春事業的分紅，他都對楚希佑豪邁捐輸。有一次僅因某人念錯楚希佑母親的名字，他就把那人剮了。據說，楚希佑曾讚美大歹徒是個真男人，有本事的。

大歹徒的忠心奉獻並非沒有回饋。四〇年代中期，他不再是個僅靠違法營生大賺錢的人，還是個響噹噹的人物，有照片為證，他跟楚希佑政權的三大巫王強尼・艾貝斯、華金・巴拉格爾、菲列斯・勃納迪諾都有合照。儘管未跟楚希佑留影，但是他跟楚偉人利益均霑還能閒話家常是毋庸置疑的。否則邪眼大王（Great Eye）[136]也不會將委內瑞拉、古巴等處的家族事業交給大歹徒管理。在楚希佑的殘暴統治期間，多明尼加的「賣屁股行業」激增為三倍。四〇年代，大歹徒正值巔峰，他的形跡從羅沙里奧到紐約，遍及整個美洲，所到之處，一副皮條大亨舉止派頭，住最好的旅館，搞最熱火的女性（不

134 辛殺拉賓（SIM-salabim）典故來自《*Johnny Quest*》這個科幻動畫影集，男主角Quest博士領養了一個印度男孩Hadji，他有許多奇異能力，只要唸出「辛殺拉賓」，就擁有催眠與心電感應力。

135 作者注：菲列斯・勃納迪諾（Felix Wenceslao Bernardino），出生於拉羅馬，是楚希佑最邪惡的前鋒之一，安格馬巫王。流亡古巴的多明尼加勞工領袖馬瑞西歐・巴伊斯（Mauricio Báez）被刺殺於哈瓦那街頭時，勃納迪諾正擔任駐古巴領事。據傳，勃納迪諾也策劃暗殺流亡海外的多國政治領袖安祖・莫拉里斯（Angel Morales），暗殺當時，莫拉里斯的祕書正在刮鬍子，殺手誤認滿臉泡沫的他就是莫拉里斯，把他射成蜂窩。又據傳，葛蘭德茲從紐約哥倫布圓環地鐵站返家途中失蹤，當時，勃納迪諾跟他的姊姊蜜拉瓦（Minerva Bernardino，聯合國成立之前，世界上第一個女大使）也正在紐約。你說吧，這不是《有槍就能橫行》（*Have Gun, Will Travel*）嗎？我們只能說，終其一生，勃納迪諾都有楚希佑的勢力庇護，活到很老才死於聖多明哥。一生都是個楚希佑信徒，雇用海地人不給薪水，而是淹死他們。

譯者注：安格馬（Angmar）是《魔戒》小說的虛構王國，由戒靈首領統治，他就是安格馬巫王（Witch-King of Angmar），效力於黑暗大君索倫。蜜拉瓦・勞勃迪諾也是四位簽署聯合國憲章的女性之一。《有槍就能橫行》是美國西部電視影集。

136 Great Eye，黑暗大君索倫的號。此處指楚希佑。

過他始終秉持愛好黑膚女子的南方習性），與世界各地的大罪犯在四星級餐廳共餐。

他是孜孜不倦的投機者，不管到哪裡，都要搞生意。經常提著裝滿鈔票的手提箱往返首都。大歹徒的生活並非永遠順遂快樂，遭遇過不少暴力，拳腳相向與兵戎相見。他數次遭到暗殺都幸運逃脫，每次逃過掃射，他總是梳梳頭髮，整理領帶，純粹的花花公子反應。他是貨真價實的歹徒，骨子裡就是街頭混幫派的，他過的真實生活，那些假幫派饒舌歌手只能唱唱而已。

就是這段期間，他跟古巴的長期往來，終於關係底定。大歹徒或許喜歡委內瑞拉的長腿黑白混血美女，也熱愛阿根廷的冰霜高大美人，更愛舉世無雙的墨西哥棕髮俏妞，但是古巴才是直中他心房的愛，讓他賓至如歸。說他一年有半年待在古巴，恐怕都保守了。由於他對古巴的偏愛，祕密警察部門給他的代號就是馬克希．戈麥斯[137]。一九五八年除夕夜當古巴獨裁者巴蒂斯塔落荒逃出哈瓦那，游擊隊攻佔聖塔克拉拉時，大歹徒和艾貝斯正在該城狂歡作樂，從稚齡妓女的肚臍裡吸酒喝呢，說他運氣不好，不如說必然如此，因為他太常待在古巴。幸好線民及時通報，大歹徒才得以落跑成功——你們最好現在就走，不然等著睪丸被倒吊。那是多明尼加情報史上的大砸鍋，艾貝斯差點就沒命呢，他們搭上最後一班飛機，大歹徒的臉緊緊壓住玻璃窗，此後沒再踏上古巴。

貝麗遇見大歹徒時，那晚的可恥出奔仍是他逐之不去的夢魘，古巴於他，不僅涉及大筆金錢投資，也是他的尊榮來源，他的男子漢氣概泰半建立於此。大歹徒到那時還不能接受古巴已經落入卑鄙下流的學生暴眾手中。雖然他心情時好時壞，只要聽到最新的革命消息，他就氣得扯頭髮、撞牆。他天天咒罵巴蒂斯塔（這頭牛！農夫！）、卡斯楚（禽山羊屁眼的共產黨！），以及美國中情局頭子艾倫・杜勒斯（那個娘娘腔！），因為他居然未能阻止巴蒂斯塔的錯誤決定，在母親節那天特赦了卡斯楚跟其他蒙卡達鬥士[138]，他們才得以纏鬥。他向貝麗發誓，杜勒斯若是此時站在我的面前，我就斃了他，再去幹掉他老母。

看來，命運對大歹徒揮出七傷拳，他完全不知所措。前景烏雲罩頂，伴隨古巴前政權崩潰，他感覺到楚希佑的必敗與自己的必死。這或許解釋了為何他一見到貝麗，便迫不及待撲上她。我的意思是說，哪個正常的中年兄弟不會企圖用青春妙屄給自己回春啊。如果貝麗經常對女兒吹噓的無誤，她下面那裡可是方圓五百里無人可敵。像地峽一樣彎曲有致的腰部曲線更可以窩藏一千艘木船，上等男孩可能對她有意見，大歹徒可是周遊列國見過世面的，他幹過的捲毛黑女，多不勝數，他才不在乎個屁。他只想吸吮貝麗的海咪咪，他只想幹她，直到她陰戶的芒果汁液滿溢如沼澤；他只想沒道理的寵溺她，直到古巴以及自己的挫敗從腦海消失。就如老人家說的，拿釘子換釘子，唯有貝麗這樣的女孩能抹去古巴導致的崩潰。

一開始貝麗對大歹徒並非毫無保留，畢竟她心目中的理想愛人是波侯斯，而大歹徒是個染黑頭髮

137 馬克希・戈麥斯（Max Gómez）就是馬克希莫・戈麥斯・巴埃斯（Máximo Gómez y Báez）古巴十年戰爭與獨立戰爭的重要角色，官拜少將。

138 Moncadistas是卡斯楚為跟隨他革命的志士取的名字，典故應該來自他們攻破蒙卡達（Moncada）戍衛部隊。

的中年卡力班[139]，肩膀與背部還有捲毛。說他是貝麗光明未來的阿凡達[140]，還不如說他像三壘裁判。但是千萬不要低估死纏爛打的威力，尤其搭配上金山銀堆與龐大勢力。大歹徒使出只有中年黑仔才懂的功夫追求貝麗，冷靜沉著，不自覺的陳腐老調，一點點瓦解貝麗的保留。他送上大把大把的鮮花，足夠給整個阿索亞省妝點花環了，簍火一樣的玫瑰遍布貝麗的家與上班地點。（康絲塔提娜嘆氣說，真是浪漫。茵卡抱怨說，俗氣。）大歹徒帶她上首都最上等的餐館，帶她去那種黑仔莫入（除非你是樂手）的俱樂部，這位老兄夠有力，可以打破黑人禁令。他帶貝麗出入「搖床」、「熱帶風情」等場所，可惜無法打入鄉村俱樂部，就連大歹徒也沒那種權勢。他以最上等的話語阿諛她（據說是找幾個研究所的大鼻子情聖捉刀），帶她去看舞臺劇、電影、跳舞，替她狂買衣裳，珠寶更是多如海盜的藏寶箱，大歹徒介紹她認識名人，包括小楚希佑。換言之，他讓貝麗見了世面（儘管還是在多明尼加這個偈限的小圈圈），因此你將吃驚，即使像貝麗這樣對愛情自有崇高看法的女人也會修正觀點，雖然只針對大歹徒。

大歹徒是個複雜（有人說是滑稽）、可親（有人說是可笑）的男人，但是他對待貝麗無盡溫柔與周到，在大歹徒的調教下，貝麗始於餐館的教育終於完成。他是喜愛社交的人，愛外出享樂，喜歡看人也喜歡被人看，跟貝麗的夢想簡直一拍即合。他是備受過往歷史困擾的人，但對自己的成就也驕傲非凡。他跟貝麗說，我可是白手起家，沒靠任何人。我有車、有房、電力、衣服、珠寶，小時，我連雙鞋都沒呢。一雙鞋都沒，我沒家，我是孤兒。妳懂嗎？

她也是孤兒，當然懂，理解極深。

另一面，罪惡深深折磨大歹徒。每次他喝得酩酊大醉（經常如此），會喃喃說要是妳知道我幹過啥魔鬼惡事，根本不會跟我在一起。有時半夜貝麗被他的哭喊吵醒——我不想這麼做！我不是故意的！

就在這樣的一個夜晚，貝麗抱著大歹徒的頭輕輕搖晃，抹去他的淚痕，她才驚覺原來她很愛這個壞蛋。

貝麗戀愛了！第二回合！跟波侯斯那次不同，這次是真的純粹不含雜質的愛，是眾人都在追尋、而她的一雙子女終生都為之受苦的**聖杯**。試想長久以來，貝麗饑渴盼望能夠愛人，而且**被愛**。（當然，說來是沒幾年，卻是貝麗的整個青春期。）失去的童年，她沒機會；接下來的歲月，她的渴望不斷倍增，好像反覆焠鍊的武士刀，鋒利賽真理。大歹徒的出現終於讓貝麗圓了夢。他們最後四個月的相處，愛意滿溢，誰又會訝異？這是可預期的，貝麗——墮落之女，受到最強烈的愛情輻射，她，愛到自爆。

通常這種炙烈可愛的玩物，大歹徒兩下就膩了，但是現在他被歷史的颶風狂掃倒地，居然對貝麗

139 卡力班（Caliban），莎翁劇《暴風雨》裡的醜惡奴隸。

140 Avatar，印度教人物，高層次的神通懷有特殊任務降臨人世間，意譯為「降世神通」。

回報相等的愛。人說，沒那個屁股就不要吃那個瀉藥，大歹徒對貝麗胡亂開支票，允諾共產黨帶來的麻煩一旦過去，就會帶貝麗去邁阿密與哈瓦那。我會在兩地幫妳買房子，妳才知道我有多愛妳。

她低語：房子？全身汗毛豎直。你騙我呢！

我不騙妳。妳要幾個房間？

她遲疑地回答：十間？

十間不算啥，二十間好了。

現在這個念頭牢植她的腦袋。真該有人把大歹徒拖去槍斃。相信我，茵卡超想這麼做。她說，這人愛說好聽話。欺騙妳天真無知！論點很確實，茵卡說的沒錯，大歹徒的確是個靠著貝麗的年輕無知盡情掠取的皮條客。如果換個較寬容的觀點，你**可以**說大歹徒愛戀我們的女主角，而這是她這輩子的最棒禮物，感覺超級美好，直達五內。（**生平第一次，我覺得真正擁有這身皮囊，它就是我，我就是它**。）大歹徒讓貝麗覺得自己很美，可欲，安全，從沒有人這樣對待她。沒有。晚上，大歹徒會一再撫摸她的裸體，愛戀挑逗他的女人。（他一點都不在意貝麗背上的傷疤。它看起來像幅颶風的圖，這就是妳，我的黑女孩，清晨時分的狂風。）這個好色的老山羊不停跟她做愛，從清晨到黃昏，教她認識自己的身體，認識高潮與節奏，大歹徒說，妳必須大膽。不管最後發生何事，大歹徒這點可是功不可沒。

這樁緋聞徹底讓貝麗在聖多明哥的名聲化為灰燼。巴尼沒人知道大歹徒究竟是誰，幹過什麼（他一向保密），不過，他是男人，這就夠了。街坊的想法裡，這個目空一切的捲毛女終於找到真正的航靠港，那就是做妓女。老一輩的曾告訴我，貝麗在巴尼的最後幾個月，待在賓館的時間還超過她這輩子待在學校的時間。我很確定這是誇大之言，不過可以反映出我們的女主角在街坊心中的評價有多低。貝麗的反應還火上澆油，真是個可憐的贏家，現在她躋身權貴行列，走起路來趾高氣揚，凡是跟大歹徒無關的人與事，她都無盡鄙夷。嫌自己的鄰里是「煉獄」，鄰居是粗漢跟豬玀。她吹噓自己很快就要搬到邁阿密，不必再忍受這個鳥地方。她對家更是點滴尊重不留。整晚在外流連，高興燙髮就燙髮。茵卡已經無計可施，所有鄰居都勸她狠揍貝麗一頓，打到血栓最好。（他們遺憾地說，或許還得宰了她。）但是茵卡無法釋懷數年前她發現貝麗時，她是被關在雞舍裡，那種景象不時介入，干擾一切，讓她無力對貝麗揮拳。雖然她並不放棄跟貝麗講道理。

那，上大學的事呢？

我不想上大學。

那妳想做什麼？一輩子做歹徒的女朋友？妳的父母（願上帝讓他們安息）對妳可是滿懷期待。

我告訴過妳甭提那些人，妳是我唯一的父母。

那妳又是怎麼對待我。妳對我可真好啊。或許大家說得沒錯，妳是個詛咒。

貝麗笑了。妳才是受了詛咒，不是我。

就連中國佬對她的態度也改變了。

胡安說，我們，讓妳走。

我不明白。

胡安舔舔嘴唇，再說一次，我們，讓妳走。

荷西說，就是妳被開除了。走以前，請把圍裙放在櫃檯上。

大歹徒聽說此事，第二天就派出麾下惡霸拜訪任氏兄弟，你猜怎樣，我們的女主角馬上被復用。不過，氣氛再也不一樣了。任氏兄弟不肯跟她說話，不再講年輕時代在中國與菲律賓的故事。幾天的冷漠對待後，貝麗明白他們的暗示，不再現身。

茵卡還要多此一舉地說，現在妳連工作也丟了。

我不需要工作。他要買房子給我。

你連這個男人的家都沒見過，他要買房子給妳？妳相信他？噢，女兒啊。

是的，我們的女主角深信不移。

何況，她戀愛了！現實世界快要裂成兩半，聖多明哥幾近瓦解，楚希佑政權步履踉蹌，警察封鎖各個道路，就連她班上那些最聰明的孩子也被恐怖整肅。贖罪者中學某女孩告訴貝麗，波侯斯的弟弟密謀推翻大領袖被捕，連上校的勢力都無法挽救這孩子被處電刑挖眼珠。貝麗不想聽這些。畢竟，她在談戀愛！戀愛！她像腦震盪的女人漂蕩過日。不過她沒有大歹徒的電話或地址（女孩們，這是惡兆一），他還不時毫無預警消失數天（惡兆二）。楚希佑與世界的鬥爭漸陷困境，大歹徒又覺得貝麗已是囊中物，他的消失時間經常從數天延為數星期，每當他出差回來，身上總散發菸味與恐懼的氣息，啥都不想，只想打炮。完事後，他會起身喝威士忌，站在賓館窗口喃喃自語。貝麗注意到他的頭髮全白了。

大歹徒玩消失，貝麗很火大。首先，這讓她在街坊間很沒面子，他們開始以甜蜜的口吻問，妳的救星，妳的摩西，去哪兒了？她極力捍衛大歹徒，沒有男人能找到這麼好的辯護者，可是他一旦現身，可有得他受的。大歹徒奉上鮮花，她嘟起嘴，強迫大歹徒帶她上最昂貴的餐館，不停叨念她何時才能搬離此地；過去X天，他死去哪裡；還有《紀事報》上刊登的婚禮消息。因此，茵卡在貝麗心中埋下的狐疑並非全無效用，她想知道何時才能去他家。大賤婆的女兒，妳少他媽的鬧我！現在可是在打仗！他穿著無袖汗衫揮舞手槍說，妳知道共產黨怎麼對付妳這種女孩嗎？會穿起妳的漂亮乳頭，把妳倒吊起來，然後割掉妳的乳頭，他們就是這樣對付古巴的妓女！

有一次，大歹徒許久未現身，貝麗無聊得要命，又超想躲避鄰人幸災樂禍的眼光，她最後一次踏上吊胃口之旅[141]，也就是探訪老情人。表面上，她是去正式結束彼此的關係。我猜她是極度沮喪，又渴望男性注意。這原本沒關係。不過她犯了典型錯誤，不該跟多明尼加男人提到新歡，又講她是多麼快樂。姊妹們，千萬別學樣。這就像面對即將宣判你刑期的法官，卻說你以前搞過他老媽的屄。一向

141 此處作者用blue ball express，發青的睪丸是俚語，指被撩起欲望又不得發洩，憋得睪丸都變成藍色。

溫和有禮的車商大怒對她砸酒瓶，嘶吼：我幹嘛要為妳這隻蠢笨的臭母猴開心！當時他們在車商位於海堤大道的家，後來康絲塔提娜開玩笑說，至少他還帶妳去他家。如果車商的右手準頭稍好，她可能被擊中腦袋、強暴，而後殺害，但是他的速球只擦身而過，現在輪到貝麗站上投手丘攻擊。她拿起車商扔過來的威士忌酒瓶，連續對他的腦袋使出四記伸卡球。五分鐘以後，她赤腳奔上計程車，喘氣不停，後來被祕密警察攔下，收了賄賂後放行，因為他們曾在附近見過她。一直到警察盤查，貝麗才發現自己還手持酒瓶，瓶口邊緣有車商帶血的金色直髮。

（他們聽到發生何事，馬上放我走。）

阿德奇米斯則以較成熟的態度退場。（或許是貝麗先去看他，態度還沒那麼囂張。）貝麗告白之後，只聽到「小小的聲音」從他躲避祕密警察的衣櫃傳出，沒別的。五分鐘靜默後，貝麗低語，我還是走吧。（後來，貝麗只在電視看過阿德奇米斯演講，沒再見過他本人。她偶爾會想，不知道阿奇是否跟我一樣，偶爾會想起彼此？）

大歹徒再次現身，問，近來妳都幹些啥？

沒幹啥，她抱住大歹徒的脖子，啥也沒幹！

事情爆開來的前一個月，大歹徒帶貝麗去他的老家薩馬納度假。這是他們首次一起旅行，是大歹徒失蹤甚久後的求和舉動，也樂觀象徵將來他們會到國外旅行。各位從未離開國道公路的首都住民，或者以為瓜瓦里就是宇宙中心的人聽著：薩馬納迷人至極。英王欽定版《聖經》的一位作者曾來訪加勒比海，我認為他執筆描寫伊甸園章節時，心裡想的鐵定是薩馬納這樣的地方。它的確是伊甸園，位於子午線上的福佑地，藍天碧海與綠地相結合，培育出一個頑強的族裔，再誇張的美譽都不足以形容[142]。大歹徒心情很好，剿滅顛覆分子的戰役打得很順。（他滿意地說，他們望風而逃，很快就會沒事。）

貝麗呢，她認為那次旅行是她在多明尼加最快樂的時光。每次聽到**薩馬納**，她就想起少女時代的最後一個春天，完美的春天，她還年輕還漂亮。薩馬納總讓她回想起大歹徒與她的床笫之歡，想起他的鬍碴下巴摩擦她的脖子，想起加勒比海的海濤浪漫撲打尚無度假別墅的完美海灘，想起她體驗到的安全感與希望。

那次旅行他們拍了三張照片，每張照片裡，她都笑容滿面。

他們幹了多明尼加人旅行時愛幹的事。吃炸魚排，涉足河水。在海灘漫步，狂喝萊姆酒直到眼珠子後面的肌肉都爆腫。這是貝麗第一次擁有完全屬於她的地方，因此當大歹徒躺在搖床上小寐，貝麗就忙著扮演妻子角色，為他們未來的家勾勒藍圖。早上起床，她奮力刷洗地板，在每個屋梁與窗戶掛上喧鬧茂盛的花朵，跑去跟村人討價還價買蔬果與魚，炮製出一餐又一餐的盛宴，展露她在失去童年

---

142 作者注：初稿裡，我寫的不是薩馬納，而是哈洛巴可拉，我當時的女友李歐妮精通多明尼加一切，她說哈洛巴可拉沒有海灘，只有美麗的河川。李歐妮也提醒我，小狗舞（詳見第一章第一段）要到八〇年代末、九〇年代初才風行，但是我沒有更正，因為小狗舞的景象太切合場景了。流行舞蹈的專家們，抱歉啦。

所習來的好廚藝，而大歹徒的滿足神情、輕拍肚腩、貨真價實的讚美，躺在吊床上釋放的軟聲屁，聽在她的耳裡都像天籟！（在她的想法裡，那個星期她是大歹徒貨真價實的老婆，雖然尚未合法。）

她跟大歹徒還來了一場推心置腹的談話。那是在薩馬納的第二天，大歹徒帶貝麗去參觀被颶風掃蕩成廢墟的老家。後來她問：你懷念有家的滋味嗎？

當時他們正在城裡唯一的好餐廳吃飯，（那也是楚希佑吃飯的地方，直到今日，他們都這樣吹噓。）大歹徒指著酒吧的人說，妳瞧見他們嗎？他們都有家，看他們的臉就知道，他們仰賴家人，家人也仰賴他們，對某些人來說是好事，對某些人來說是壞事，不過，最後的道理是他們當中沒有一人是自由的。他們不能愛做什麼就做什麼，也不能成為自己想做的人。我雖然沒有家人，但我有自由。

她從未聽過這種說法。楚希佑年代，「我有自由」可不是熱門字眼。貝麗卻深感觸動，讓她得以透視茵卡姆媽、鄰居，以及自己懸而未決的人生。

我是自由的。

數天後，他們一起吃貝麗用朝鮮薊醬煮的螃蟹，她突然說，我希望能像你一樣。當時他正在談古巴的裸體海灘，捏捏貝麗的乳頭說，妳鐵定會是海灘明星。

然後他問，妳想像我一樣，什麼意思。

我想要自由。

他笑了，擁抱貝麗，下巴靠著她的頭。我的黑美人，妳會得到自由的。

第二天，他們閒散生活的保護膜終於破了，現實世界的麻煩衝進來，一個大胖子警察騎摩托車抵達他們的小屋，綁著帽繩的下巴吐出：少校，總統府找你。顯然顛覆分子惹了許多麻煩。大歹徒說，我會派車來接妳。她說，等一等，我跟你一起走。不想再度被拋棄。但是大歹徒不知道是沒聽見，還是不在乎。她挫敗地大喊，媽的，等等我啊。摩托車並未減速。等等我啊！大歹徒允諾的派車也沒出現。幸好，貝麗有習慣趁大歹徒睡覺時從他的口袋偷錢，他鬧失蹤時，貝麗才能養活自己，否則就被困死在這個他媽的海邊了。她像個大笨蛋女孩苦等了八小時，拿起行李（大歹徒的狗屁東西則被她扔在小屋裡），在火熱的太陽底下步行，活像復仇女神。她感覺自己足足走了大半天，終於看到一個小店，幾個晒昏頭的農夫正在喝溫啤酒，小店東坐在唯一的陰涼處，揮汗趕蒼蠅。當他們注意到貝麗，連忙站起身來。此時，貝麗的滿腔怒火已經耗竭，只希望不必繼續走路。你們知道誰有車嗎？不到中午，她便坐上一輛滿是灰土的雪佛蘭，回家去。司機說，妳最好抓緊車門，免得它掉了。

那就讓它掉吧。全程，她都雙手抱胸。

途中他們經過一個被上帝遺忘、鳥不生蛋的小社區，連接大城市的大動脈經常會經過這類苦惱景象，舉目望去都是破爛木屋，維持它們被颶風或其他災難搞垮的模樣。唯一的商品是一頭山羊屍體掛在繩上，模樣極端倒人胃口，它全身被剝皮，露出橘色肌肉組織，羊臉皮還留著，看似喪禮面具。它剛被剝皮沒多久，蒼蠅聚集下的血肉仍在晃動。貝麗不知道是熱，還是小店主去找車主表親時，她在店裡喝下兩瓶啤酒，抑或這頭剝皮羊，又或者逐漸淡去的童年回憶在作怪，總之，她敢發誓她看到一個**無臉男人**坐在茅屋前的搖椅上對她揮手，她還來不及求證，車子便已絕塵離開這個小城。她問司機，你看見了嗎？司機嘆氣說，拜託，我連路都快看不清楚了。

回家第三天，她覺得胃冷冷的，沉甸甸有個東西在那裡。她不知道怎麼回事，每天早上她都吐。

茵卡最先發現。唉，妳終於完蛋啦。妳懷孕了。

貝麗抹掉嘴角的惡臭物，喘氣說，我才沒。

她當然是懷孕了。

揭曉

醫師證實了茵卡的恐懼猜測，貝麗發出歡呼聲。（醫師憤怒咆哮，小姐，這可不是遊戲。）貝麗滿心歡喜，**同時**又恐懼得要命。答案揭曉後，貝麗止不住感到驚奇，性格也變得柔順有禮，超奇怪的。（現在妳開心啦？上帝，女孩，妳真是個大蠢蛋！）對貝麗來說，這就是她日夜期待的奇蹟。她把手放在平坦的小腹，耳裡傳來響亮的婚禮鐘聲，心裡浮現大歹徒允諾她的房子，她夢想的房子。

茵卡說，拜託，別說出去。她當然告訴好友朵卡，後者則散播給全街坊。成功，不能錦衣夜行，失敗，更萬萬不能沒有目擊者。騷動的消息像野火瞬間傳遍她們住的巴尼區。

大歹徒再次現身時，貝麗打扮得漂漂亮亮，全新洋裝，內衣裡放了碾碎的茉莉花，吹了頭髮，還將眉毛修成兩條驚聳的連字號。反觀大歹徒則需要刮鬍子理髮，尤其他耳內的捲毛茂長，好像什麼值錢的穀物。大歹徒親吻她細柔的背頸，低語，妳好香，真想一口吞下。

貝麗開心地說，你猜怎麼一回事。

他抬起頭，什麼？

事後回想

就她的記憶，大歹徒從未說過拿掉孩子。但是後來她在紐約布朗區的地下室公寓凍個半死，奮力工作到手指都脫皮，她回想起大歹徒的確這麼**說過**。不過就像全世界的戀愛中人，她只聽到自己想聽的。

命名遊戲

我希望是個男孩。

大歹徒隨口應付，我也希望。

他們躺在賓館床上，天花板上數隻蒼蠅追逐轉動的風扇。

貝麗興奮地想像，中間名要叫啥？要嚴肅一點，他長大後會跟我爸一樣，當醫師呢。大歹徒尚未開口，貝麗就說，我要叫他阿貝拉。

他暴現怒容。什麼娘娘腔名字？**如果**是個男孩，要叫作馬紐爾，那是我祖父的名。

我還以為你不知道你的家人是誰。

他掙脫貝麗的擁抱。你他媽的少搞我！

貝麗備受傷害，抱住腹部。

事實與後果一

大歹徒跟貝麗講過許多自己的事，只漏掉一個重要細節，那就是他已經結婚了。我想你們也都猜到了。我的意思是，這位老兄畢竟是多明尼加人，是吧。但是你們永遠猜不到他娶了誰？

楚希佑家族的女人。

事實與後果二

真的！大歹徒的老婆是——請來一點緊張的鼓聲——**他媽的楚希佑的妹妹**。你還真以為從薩馬納來的街頭混混光憑死幹活幹就能登上楚希佑的左右手？黑仔們，拜託，這可不是他媽的漫畫。

是的，楚希佑的妹妹，眾人暱稱的醜八怪女。他們相識於大歹徒赴古巴尋歡作樂時，她比大歹徒足足媽的大上十七歲。他們攜手搞賣春，沒多久，她就突然愛上大歹徒那種凡人無法擋、頗知生活情趣的魅力。是他鼓動這段關係的，碰到好機會，他怎麼會放棄。一年不到，他們就共切結婚蛋糕，把第一塊放在楚希佑的盤子裡。熬過當年政變的倖存者說，醜八怪女在她老哥尚未崛起前，本來就是個妓女，聽來應該是誹謗，這就像說巴拉格爾有十二個私生子，用民脂民膏讓他們閉嘴——等一等，前者可能是謠傳，這件事可是真的。媽的，在這個混蛋國家，誰搞得清事情的真假。總之，她在楚希佑崛起前的生活讓她變成一個既強悍又殘酷的女人。她可不是軟腳蝦，貝麗這樣的女孩根本就是水麵包，她一口就能生吞。如果這是狄更斯的小說，她鐵定是妓院老鴇，——等一等，沒錯，她**的確**開妓院！不過，換成狄更斯的筆下，她可能會開孤兒院，唯有家天下的貪腐政權才能培養出這樣的角色，銀行裡鈔票堆積如山，靈魂卻窮得只剩下錢。做生意，她訛詐對手，連她老哥都敢騙，已經有兩個生意對手被她逼得提早進墳墓，連最後一毛錢都被她搜刮乾淨。她像蛛網裡的屍羅[143]坐鎮首都的巍峨豪宅，埋首帳簿，指揮臣民，偶爾會在週末邀請「朋友」沙龍聚談，一連數小時聆聽她那個超級大音盲兒子（跟前夫生的，她和大歹徒並無出）朗誦詩歌。總之，五月的某個晴朗日，僕人現身她的

143 屍羅（Shelob），《魔戒》裡的大蜘蛛怪。

房門口。

擱在那裡就好，醜八怪咬著鉛筆說。

僕人深呼吸，太太，有個消息。

天天都有消息，甭管它。

僕人先吐了一口氣，才說：有關您丈夫的消息。

藍花楹樹蔭下

兩天後，貝麗在大霧中閒逛中央公園，天氣真爛。她無法忍受與茵卡姆媽獨處，又丟掉飯碗，少了庇護所，只能出外閒蕩。貝麗陷入沉思，一手摸肚子，一手撫著頭痛重擊的腦袋。她回想上周跟大歹徒的吵嘴。當時他情緒低落，突然間吼叫，他不要讓新生命降臨這個鳥世界，貝麗大聲回嘴，邁阿密鐵定不這麼鳥。大歹徒氣得掐她脖子，這麼想去邁阿密，妳游過去啊。吵架後，大歹徒就沒再現身，她出外閒逛，就是希望能碰上他，好像他真的在巴尼出沒似的。她的腳發腫，止不住的頭痛直竄到脖子，突然間，兩個梳著飛機頭的高大男子抓住她的手臂，直拖到公園中心一棵老朽的藍花楹樹下，一個穿著華麗的老太太坐在樹下的板凳。戴著白手套與一串珍珠項鍊。眼睛像蠶蜥蜴眨也不眨地打量貝麗。

妳知道我是誰嗎？

誰知道妳是啥屁——

我姓楚希佑，也是狄歐尼西奧的老婆。我耳聞妳到處嘩啦說要跟他結婚，**而且**還有了孩子。我是來告訴妳，小猴子，這兩件事都不會發生。這兩位孔武有力的警察要帶妳去看大夫，等他清完妳那個臭爛屄，妳就沒娃兒可談了。為了妳自己著想，妳甭再讓我看到妳這張黑鬼屎蛋臉，要是妳敢，我就親自把妳扔去餵狗。不必再說了。見醫生的時間到了。妳告別吧，我可不希望妳遲到。

貝麗儘管被這個乾癟老太婆潑了滿身油，她仍是個有卵巢膽的，大聲叫，妳這個嘔心醜老太婆，妳舔我屁股吧！

貓王一號[144]說，走吧。反扭她的雙臂，在同伴協助下，押著貝麗走向停放在烈陽下的不祥轎車。她大叫，放開我。看見車裡還有個警察，那人一轉頭，貝麗發現**他沒臉**，整個人頓時脫力。對，身材較高的那個警察說，妳安靜點。

如果我們的女主角不是有幸看到荷西結束賭賽，臂下夾著報紙迤邐走來，下場不知會有多慘。她企圖呼救，但是就像你我都經驗過的噩夢，她喘不過氣來。那兩人逼著她進車，她的手臂貼到熱燙的車身，舌頭才恢復發聲，她低語，荷西，救我。

---

144 此處是指他們的飛機頭像貓王。

她掙脫無法言語的惡咒。兩個貓王猛敲她的頭與背，閉嘴！但是太晚了，荷西急忙跑過來，宛如奇蹟，他後面還跟著整個北京餐館的人，包括康絲坦提娜、印第安班尼、安東尼歐。那兩個豬玀企圖拔槍，貝麗整個人撲上去，荷西拿槍抵住較高大警察的腦勺，大家瞬間凍結，當然，貝麗例外。

你們兩個婊子娘養的！搞清楚！我懷孕了！明白嗎？懷孕了。她轉頭尋找剛剛判她死刑的乾癟老太婆，但是她**神祕消失了**。

貓王一號惱怒地說，這女孩被捕了。荷西拖開貝麗，說，沒這回事。胡安兩手各拿彎刀，說，她，放走。

聽著，中國佬，你們根本搞不清狀況。中國佬清楚得很。荷西拉開保險，那聲音恐怖如肋骨斷裂。齜牙咧嘴的臉反照他失去的一切。趕快跑，貝麗，跑。

貝麗拔腿就跑，眼淚狂飆，不過，臨走前，她沒忘記踢兩個豬玀一腳。

她後來跟女兒說，我的中國佬救了我一命。

猶疑

她應該繼續亡命跑下去，卻像蜜蜂直奔回巢。你相信嗎？就像這個故事裡的所有人物，她低估自己闖的禍有多大。

茵卡丟下炒菜鍋，抱住貝麗說，女兒，怎麼啦？妳得跟我說。

貝麗猛搖頭，喘不過氣。拴上門與窗戶，蜷縮在床，手上拿刀，邊啜泣邊顫抖，肚子陣陣寒意，活像裡面有條死金魚。她哽咽說，我要狄歐尼西奧，我要他現在就來。

怎麼啦？

我告訴你，她真該閃人的，但是她非要見大歹徒一面，聽他解釋。儘管她已被告知一切，仍妄想大歹徒可以擺平這事，他的粗啞聲音可以撫慰她的心，壓下啃噬她內臟的動物恐懼。可憐的貝麗，到現在都還相信大歹徒，對他忠心不二。因此數小時後，鄰居大喊，茵卡啊，那個男朋友來了。貝麗活像被加速器一推，火速從床上跳下來，穿過茵卡身旁，忘掉小心戒慎，赤腳跑到車旁。夜色中，她根本沒注意那不是大歹徒的車。

貓王一號銬住她的雙手，說，想念我們嗎？

她企圖尖叫，為時已晚。

神聖的茵卡

貝麗一奔出家門，鄰居報知她被祕密警察帶走，茵卡那顆堅定的心馬上知道這女孩完蛋了，凱布爾家族的厄運終於滲透到她身上。她站在街上，筆直如電桿，無措瞧著夜色，絕望的冷潮襲來淹沒她，有如人類欲望一樣深不見底。貝麗的下場有千百個理由，該死的大歹徒是頭一號，但是事情已經發生，說啥都沒用。茵卡被困在無邊夜色裡，她在總統府沒有親朋好友，連個名號地址都報不出來。她簡直要匍匐於現實之前，任由人們攙扶她起身，好像孩兒，又像一片馬尾藻漂離了信仰的明亮礁石，漂向無邊黑暗。就在這個苦難時刻，一隻手伸向她，她記起自己是誰，她是馬歐蒂絲·阿塔葛西亞·陶瑞碧歐·凱布爾，阿索亞省的響噹噹人物一名。她聽到死去丈夫的鬼魂在說，**妳必須救她，否則沒人會救**。

她甩脫恐懼，做了她這種出身背景的女人該做的事。她跪在阿塔葛西聖女像前，開始祈禱。我們這些後現代的多國男性常駁斥老人家的宗教虔誠是返祖，難堪的倒退嚕，回到遠古時代去了。但就是這種希望幻滅、逼到絕境的時刻，祈禱成為唯一之道。

讓我告訴你們這些真實信仰者，多明尼加史上從未見過這麼虔誠的祈禱。念珠有如漁夫的釣線飛快從茵卡的手指穿過。妳還來不及讚嘆三聲「真是神聖」，一大群女人就加入祈禱行列。年輕的、年老的、激動的、平靜的、嚴肅的、活潑的，就連先前在背後臭罵貝麗是妓女的女人都加入，她們不請自來，一言不發，開始祈禱。朵卡來了，牙醫老婆也現身，還有許多許多。沒多久，茵卡的屋裡就擠滿信眾，性靈充斥，據說連撒旦本人都幾個月不敢接近阿索亞。茵卡並沒注意，這時就算颶風颳走整個城，也不會打破她的專注。她的臉冒出青筋，脖子挺直，血液在耳裡隆隆奔騰。她太失落，她太想把貝麗從深淵虎口救回。她太憤怒，她太堅韌，好幾個女人跟不上她的速度，靈性枯乾，為之崩潰，再也無法感受大能之主的氣息。有一個女人甚至失去分辨是非的能力，後來擔任巴拉格爾的副手。破曉前，屋內僅剩三人還在祈禱，其中一人當然是茵卡、她的鄰居朋友摩蒙娜（她自稱能治癒疣，而且光是用眼瞧瞧就能讓雞蛋受精），以及一個大膽的七歲女娃，後者的虔誠程度頗受質疑，因為她超愛像大男人一樣甩鼻涕。

筋疲力竭，她們還是繼續祈禱，向皮囊死後還會再生的閃亮世界祈禱，痛苦之外，別無他物，當茵卡開始覺得自己的靈魂即將脫離世間羈絆，祈禱的圓圈即將崩解——

選擇與後果

車子往東行。那個年代，城市尚未像癌症一樣蔓延移轉，變成怪物，吐出黑煙，小屋像繁生的觸鬚伸延，那個時代，城市還維持柯比意風貌[145]，侷限在某個範圍，上一秒鐘，你還身處二十世紀（當然，是第三世界的二十世紀），下一秒鐘，都市像懸崖陡壁驟然止步，你被拋回一百八十年前，身陷波浪起伏的甘蔗田海。我告訴你，這還真像時光機器即時空間轉換那種狗屎玩意。人們說，那天是滿

145 柯比意（Le Corbusier），瑞士建築師，設計師，作家與畫家，被譽為現代建築先鋒，強調城市功能的組織與規劃，理性剛硬。

月，月光如雨灑落桉樹葉，映在地上鬼魅如錢幣。

車外的世界十分美麗，車內呢……

他們不斷揍她，貝麗的右眼腫成一條邪惡的細縫，右邊乳房更是誇張腫脹到要爆炸，嘴唇撕裂，下顎也不對勁，吞口水都像在熬酷刑。她每挨一拳就哀號一聲，但是沒掉淚，你明白吧。她的堅毅令我驚訝，她才不會讓敵人心滿意足。她其實嚇得要死，看到對手撈出手槍，或者半夜醒來，有人站在你床邊，你難道不會瞬間血液跑光光，但是她就像一個永不消失的延長音，害怕歸害怕，她牢牢撐住，拒絕露出懼色。她恨死這兩個人。終其一生，她對這兩人的仇恨永不消失，永不原諒，每次想到他們，她就陷入憤怒的漩渦。換作別人，會轉頭躲避拳頭，貝麗卻把臉頰奉上，忍受一拳又一拳，她弓起膝蓋保護肚子。撕裂的嘴唇喃喃說，你不會有事的。你會活下來的。

我的天！

他們把車停在馬路邊，押著她走進甘蔗田。一直往內走，直到身旁的甘蔗颯颯如風暴。我們的女主角不時甩開垂落臉面的頭髮，腦海只想到可憐的腹中兒，因為他，貝麗才開始啜泣。

胖大的豬玀把警棍交給夥伴。

動作快點吧。

貝麗尖叫，不要！

她究竟怎麼沒死，我真的不知道。他們狂揍她，好像她是奴隸，好像她是條狗。讓我跳過暴力細節，直接報告傷害程度：她的鎖骨凹陷，右肱骨折成三節（從此那隻手臂就沒啥力氣），五根肋骨斷裂，左腎臟挫傷，肝臟挫傷，右肺部凹陷，門牙飛出去。全身共一六七個傷處，純粹是運氣，那兩個豬玀沒有砸破她的頭蓋骨，雖然她的腦袋腫得像象人。這兩人有沒有抽空順便強姦一下？我猜有，但是永遠不能確定，這不是貝麗願意吐實的事。我只能說那狀況是言語無法形容，希望點滴不存。那樣的毆打會使人崩潰，徹底崩潰。

被押上車後的泰半路程，甚至一開始挨揍時，貝麗還傻想大歹徒會來救她，從黑暗中現身，揮舞手槍，赦免她的苦難。事實越來越明顯，沒有人會來救她，貝麗陷入昏迷前還幻想大歹徒會到醫院來探望她，兩人結婚，他穿西裝，她渾身裹石膏，不過肱骨的徹痛提醒她這是愚蠢幻想，蠢笨與痛苦是她僅剩之物。昏過去前，她看到大歹徒坐著摩托車再度揚塵而去，她再度胸口緊悶，大聲喊叫你等等，你等一等啊。也恍惚看見茵卡姆媽在房間禱告，她跟姆媽之間的沉默遠超過愛，昏昧間，她氣力漸消，孤絕感升起，那是比死亡還強烈的孤獨，那是可以抹去所有回憶的孤獨，她想起小時她連個名字都沒有，就是那樣的孤寂與孑然。她快速滑向這種孤獨，永遠爬不出來，永遠是寂寞的人，黑皮膚的醜八怪，拿著樹枝在沙地上塗鴉，假裝自己寫的是字，是自己的名。

希望點滴不存，各位信眾，此時，奇蹟宛如祖靈之手降臨。正當我們的女主角即將從地平線消失，正當冰冷的消失感爬上她的雙腿，她發現僅存的一絲力氣：這是凱布爾家族的奇蹟。她只要明白自己被騙了，矇騙於大歹徒、聖多明哥，以及自己的愚蠢欲望，光是這樣就足以點燃她的生存意志。

就像《蝙蝠俠：黑暗騎士再臨》（*Dark Knight Returns*）裡的超人碰到大寒核彈頭（Coldbringer），必須吸光整個叢林的光子能量，才能存活，貝麗也在憤怒中汲取生存力量。換言之，她的勇氣救了自己。

勇氣就像她體內的白光，像太陽。

她在明亮月色中甦醒。破碎的女孩，躺在破碎的甘蔗桿上。

渾身疼痛，但是她還活著。**活著！**

現在我們進入故事最詭異的部分。接下來的敘述可能是貝麗破碎想像力的造物，或者其他，我不知道。您的觀測者也會沉默，也會有等待塗寫的**空白頁**，甚少人可以跨越源頭牆[146]。無論真相為何，看官切記：多明尼加人是加勒比海人，面對任何極端暴力，都超有忍耐力。否則，你怎麼解釋多明尼加歷經種種，而我們居然能夠存活？正當貝麗穿梭於生死之間，身旁突然出現一隻友善的獴哥，但是牠雙眼金黃如獅子，全身皮毛漆黑，比同類巨大，智慧之爪放在貝麗的胸口，注視她。

妳得站起來。

我的孩子，貝麗啜泣，我的寶貝兒子。

伊帕蒂雅，妳的孩子死了。

不，不，不。

獴哥輕輕拉扯貝麗沒有骨折的那隻手。**妳得站起來，否則妳永遠不會有兒子與女兒。**

貝麗哭著說，什麼兒子？什麼女兒？

等著降生的兒子與女兒。

四邊黑暗無光，貝麗雙腳抖顫，軟弱如煙。

妳得跟我走。

牠穿入甘蔗田，貝麗噙著眼淚，不辨何方是出口。可能有讀者知道甘蔗田不好玩，連最聰明的大人也會失陷於無邊的甘蔗迷宮，幾個月後，屍骸才如浮雕出現。絕望中，貝麗又聽見那動物的聲音，像女人在唱歌，口音難辨，可能是委內瑞拉，也可能是哥倫比亞。夢想，夢想，夢想，妳的夢想是什麼？攀住甘蔗桿，貝麗顫巍巍起身，像老人家辛苦地爬出吊床，她大口喘氣，踏出第一步，暈眩襲來，差點昏過去，她踏出第二步。步步都是危機，她知道倒下去就永遠不會站起來。有時，她看到那動物的眼睛在蔗桿間閃爍。妳的名是破曉之夢。甘蔗田當然不想放她走，割破她的手掌、刺進她的脅腹，撕抓她的大腿，甜膩味道更整個塞住她的喉嚨。

146 Source Wall，DC漫畫世界裡的一堵牆，位於普羅米修斯銀河系的宇宙盡頭，越過此牆，就是建構一切的基礎物質，一切的源頭。理論上這堵牆可以穿越，但是所有企圖越過此牆的人都被困在裡面。

每次她快要倒下，就專心想像獴哥允諾她的未來——兩個孩兒——從中得到力氣，繼續前行。她從希望、仇恨、毅力、永不屈服的心汲取力量，每一個力量都驅使她向前行。當這些力量耗竭，她踉蹌往前撲，像拳擊手即將頹然倒下，她伸出沒受傷的那隻手摸索，迎接她的不是甘蔗，而是充滿生命力的空曠世界。破皮的腳底下是柏油碎石路面，還有風。風！她只有一秒鐘可以品味享受，因為一輛沒亮燈的卡車正突破黑暗，轟隆隆衝過來。貝麗想，什麼狗屎人生啊，吃了那麼多苦頭，到頭來卻要像隻狗喪命車輪下。但是她沒被壓扁。駕駛後來發誓說，他看到一隻獅子模樣的動物站在暗處，眼睛閃亮如琥珀做成的大燈，他急忙踩煞車，只差幾吋就撞上滿身是血、赤身裸體、踉踉蹌蹌的貝麗。

各位注意聽了：卡車上是一支傳統樂隊[147]，剛剛在奧科亞地區的婚禮表演完畢，他們沒有馬上把卡車掉頭，一溜煙跑掉，算是勇氣十足。團員喊：是一頭畜生！是西古阿帕！是海地人！主唱的聲音壓下眾人——是個女孩！團員讓貝麗躺在樂器中間，用襯衫裹著她，拿水替她洗臉，這水本來是準備給散熱器續水，還有沖淡甘蔗酒用的。他們低頭凝視貝麗，若有所思摸著嘴唇，焦慮地攏攏稀疏的頭髮。

你想，她發生什麼事？

遭到攻擊。

駕駛說，被獅子攻擊。

可能是跌出車外。

比較像是**跌到**車輪下。

貝麗低語，**楚希佑**。

團員驚惶互視。

我們應該把她留在那裡的。

吉他手同意。她可能是顛覆分子。警察如果發現，會連我們一起殺了。

駕駛哀求，把她放回路邊吧。

沉默！主唱點燃火柴，搖曳光線下，他看到一個面目模糊的女孩，金黃色的眼珠好像黑白混血兒。他以奇怪的希巴歐谷地口音說，不能丟下她。直到那刻，貝麗才確信自己獲救了[148]。

147 原文用的是perico ripiao conjunto，這是merengue conjunto的俗稱，原來是一種鄉間舞蹈，楚希佑當政時刻意扶植，成為代表多國的民樂藝術。

148 作者注：獴哥是宇宙中最不穩定的分子，也是偉大的旅者。牠伴隨人類從非洲播遷至印度，待了很長一段時間，又遷移到另一個印度——加勒比海。有關獴哥的最早手抄史料是在西元前六七五年，以撒哈頓（亞述王朝亞斯那巴王的父親）收到一封信，裡面提到這種動物。由於獴哥不受王室豢養，也不受鎖鏈束縛，是人類的好朋友。我們這些宇宙觀測者因此懷疑獴哥可能來自另一個世界，不過，尚未找到獴哥宇宙遷移的確切證據。

符枯還是煞化

直至今日，不少多明尼加島上或海外的多國人仍相信貝麗慘遭毒手，十足證明凱布爾家族中了絕殺級符枯惡咒，堪稱是多國的阿垂阿斯家族[149]。短短幾十年內，連續兩次遭到楚希佑毒手，不是符枯，還會是啥屁？也有人質疑這個邏輯，貝麗能夠死裡逃生，證明符枯被打敗。受到詛咒的人不可能遍體鱗傷還逃得出甘蔗田，然後三更半夜裡湊巧碰到富有憐憫心的樂團，把她弄上卡車，連夜送回給她的姆媽，而她的姆媽還湊巧跟醫界關係不錯？這些人說種種巧遇只說明一件事，貝麗是受到福佑的。

那她夭折的腹中兒又該怎麼說？

拜託，這個世界充滿悲劇，黑鬼的不幸還需要訴諸惡咒啊？

茵卡完全不質疑這個論點，直到死前都還深信貝麗並未受符枯詛咒，她在甘蔗田裡遇見的是天主。

貝麗只是謹慎回答，我的確是看到怪東西。

回到活人世界

我可以告訴各位，貝麗天天與死神搏鬥，直到第五天才化解危機。當她終於醒來，她尖叫又尖叫。她的手臂活像被石磨從手肘整個扯下來，腦袋被熱銅鐵緊緊箍住，肺部有如爆裂的瓦盆——耶穌基督！她馬上哭起來，我們的女主角根本不知道過去幾天，巴尼地區最好的兩個醫師暗地裡照料她，他們都是茵卡的朋友，也是徹底的反楚希佑分子，替她的手臂打石膏，縫合她腦袋上的恐怖傷口（一共六十針），擦抹傷口的紅藥水足足夠替一個軍旅消毒，給她打嗎啡與破傷風。經歷數寐的提心吊膽，現在看來，貝麗已脫離險境，剩下的就是養傷。兩位醫師與茵卡讀經團的虔誠助手造就了奇蹟。（醫生收起聽診器，說，真慶幸她的身體底子壯。帶領禱告者收起《聖經》說，是上帝之手照顧她。）我們的女主角並不覺得受到福佑。歇斯底里地啜泣數分鐘後，她接受了躺在病床的事實，適應了她的生命真相，低聲呼喚茵卡姆媽。

床邊傳來茵卡冷靜的聲音：現在別說話，除非妳是想謝謝救主。

姆媽，貝麗哭著說，**姆媽**，他們殺了我的寶貝，還想殺了我——

茵卡說，他們的確想殺妳，但是並未得逞。茵卡撫摸貝麗的額頭。

現在妳安靜點，躺著不要動。

那晚活像中世紀的酷刑。貝麗時而安靜啜泣，時而暴怒到差點摔下床，綻裂傷口。像個中魔的女人，她僵直如木板躺在蓆上，沒受傷的那隻手不斷搥打雙腿，啐口水，咒罵。儘管肺部塌陷，肋骨斷

---

149 Atreus，希臘神話中的阿垂阿斯家族，冤冤相報惡性循環，極具悲劇性。

裂，她仍不斷哭喊，哭喊——姆媽，他們殺了我的孩子。我好孤獨。我好孤獨。

孤獨？茵卡湊近說，妳要不要我幫妳叫大歹徒來啊？

不，她低聲回答。

茵卡低頭望著她，就算妳要，我也不肯。

那晚，貝麗漂浮在寂寞汪洋裡，時而絕望嚎哭，時睡時醒，她夢見自己真的死了，永遠死了，跟她的腹中兒同躺一棺，完全清醒後，天色已亮，街上傳來她從未聽過的號哭，好像自破碎的靈魂人性中逃出，撲天蓋地而來。整個地球在唱送葬曲。

姆媽，她驚聲叫，**姆媽**。

姆媽！

冷靜點，女孩！

姆媽，他們在為我哭嗎？我要死了嗎？告訴我，姆媽。

女兒，少荒謬了。茵卡的手像兩個笨拙的連字號，環抱住貝麗，輕聲耳語：楚希佑死了。

她低語，就在妳被綁架的那一晚，他被狙殺了。

詳情不知，只知道他死了[150]。

150 作者注：據說楚希佑那晚是去找女人。誰會覺得奇怪？他到死都是個愛玩女人的政客（culocrat），大首領死到臨頭的那一晚，舒服地癱在寶艾（Bel Air）汽車後座，腦海裡想的可能是他要去大牧場基金會碰頭的馬子，或許什麼都沒想。誰知道？總之，一輛黑色雪佛蘭宛若死神急速貼近，滿載美國撐腰的高級刺客，現在兩車都快接近城市邊界，過了城市標界就沒有路燈了。（換言之，現代化在聖多明哥城外軋然而止）。城外漆黑處是牛市集，十七個月前，有個年輕人企圖在此暗殺楚希佑。大首領叫司機沙卡瑞亞斯打開收音機，多巧啊，正在播放詩歌朗誦，聲音斷斷續續。或許讓大首領聯想起葛蘭德茲。

或許不會。

黑色雪佛蘭閃燈，狀似無害，要求超車，沙卡瑞亞斯以為是跟班的祕密警察，當兩車貼近，安東尼歐．杜．拉．馬沙猛地開槍。（驚奇，驚奇，他的老哥死於葛蘭德茲遭暗殺一役，這說明暗殺書呆子，千萬得小心，你永遠不知道誰會來找你報仇。）根據傳說，大首領大叫，媽啦，痛死我。第二槍射中沙卡瑞亞斯的肩頭，他又驚又痛之下差點停車。接下來是傳說中著名的對白，大首領說，拿槍來，跟他們拚了。沙卡瑞亞斯說，不，首領，他們人太多了。大首領繼續說，跟他們拚了。他大可下令沙卡瑞亞斯掉頭，開車駛回安全的首都，他卻像東尼．蒙塔納（Tony Montana），走下彈痕累累的車子，拿著點三八手槍。剩下的，就是歷史了，如果拍成電影，就會是吳宇森那種慢動作。他被連續掃射二十七次——喝，多典型的多明尼加數字——受到四百點傷害，據說，受到重創的拉裴爾．萊昂尼達斯．楚希佑．莫利納朝他家鄉聖克里斯多堡的方向邁了兩步，大家都知道一個孩子無論好壞，落葉總要歸根，但是他想了想，又轉身走向他心愛的首都，最後一次頹倒在地就不再起來。沙卡瑞亞斯的腹部中了一發點三五七，射飛到路旁草叢。奇蹟，奇蹟，沙卡瑞亞斯居然沒死，活著傳述結局。杜．拉．馬沙可能想到被陷害的可憐兄弟，拿起楚希佑的手槍，把他的臉蛋射成蜂窩，之後吐出以下名言——這隻死鷹以後再也無法獵殺小雞了。

楚希佑的屍體呢？被殺手塞到後車廂了，還用說嗎？

屎蛋臉就這樣死了，楚希佑年代也多少就這樣過去。

我多次造訪楚希佑受伏擊的地點，除了在海納租來的旅行車每次穿越高速公路，都把我的屁股震到快破裂，並無其他收穫，無啥可向各位報告。不過我似乎聽到大首領最畏懼的——百姓之聲。

衰頹的茵卡

各位蕉農，聽著，一點沒錯，茵卡祈禱的神聖力量救了這女孩，她撒出A+級的煞化對付凱布爾家族符枯。而她付出多少代價？左鄰右舍都可以告訴你，貝麗前腳才剛逃離多明尼加，茵卡就因為改造這女孩失敗悲傷不已，就像受到魔戒迷惑的凱拉崔爾女王，她逐漸委頓。有人歸因於那一夜不眠不休的辛苦禱告。不管何種說法為實，貝麗才逃離多國，茵卡就一夜間白了頭髮，等到蘿拉前來跟她住，茵卡已經失去昔日的大能力。是的，她的確救了貝麗，那又怎樣？貝麗還是很脆弱，在《魔戒三部曲：王者再臨》裡，一陣大風吹走索倫的邪惡，不再糾纏主人翁們[151]。但是楚希佑太有力太毒，他的輻射威力無法輕易去除。即便死了，惡靈依然**徘徊不去**。二十七次掃射讓楚希佑的身體扭曲舞動，數小時後，他的爪牙大抓狂，實踐了他的遺願，大肆報復。瘋狂黑暗降臨這個島國，這是卡斯楚上臺後，他的信徒第三次遭到血洗，被楚希佑的兒子阮菲斯圍剿，許多人死於難以想像的殘暴手段，這是兒子獻給老爸的恐怖祭品盛宴。儘管茵卡的意志強如精靈之戒，也有自己的領地羅斯洛立安[152]，卻明白她無法保護貝麗抵抗魔眼的正面攻擊。有啥會攔住殺手回來完成任務嗎？畢竟，他們殺死了世界知名的米拉寶姊妹[153]，那可是有頭有臉的人物，有什麼理由不殺死這個可憐的黑膚孤女？茵卡可以感覺危險逼近。或許是禱告後的虛脫，茵卡發誓每次她回頭看貝麗，就看到一個陰影站在那裡，凝神再看便消失無蹤。恐怖的黑暗陰影擄住她，日益擴散。

茵卡必須採取行動，她雖尚未自上次跪求聖母馬利亞的祈禱中恢復，依然召喚祖靈與耶穌的救助。她再度祈禱，並禁食以示虔誠，像嬤嬤艾貝吉兒[154]一樣。她每日只吃一個橘子與喝開水，獻出她最後的點滴虔誠之後，茵卡雖然性靈得以昇華，卻仍不知何去何從。她的心有如獴哥，但畢竟是凡人。她跟朋友磋商，有人建議把貝麗送到鄉下，那裡比較安全。她請教神父，神父說，妳該為她祈禱。

第三天，神蹟終於來了。她夢見跟亡夫在他溺死的海邊。他的膚色黝黑，每年夏天都這樣。

妳得把她送走。

到了鄉下還是會被找到。

妳得送她到紐約。大神告訴我這是唯一辦法。

譯者注：東尼．蒙塔納是電影《疤面煞星》的男主角，靠走私毒品致富，死於亂槍掃射。作者所謂二十七是多明尼加數字，因為該國獨立紀念日為二月二十七日。

151 作者注：「正當眾將領凝視南方的魔多之域，烏雲陰暗處升起一股巨大的黑影，頭部雷電爆閃如皇冠，填滿整個天空。它龐然俯瞰世界，對眾人伸出威脅的魔掌，看似恐怖，實則毫無大能，因為一陣狂風將它吹散，越過眾人，而後靜默無聲。」

152《魔戒》中的精靈屬地。

153 作者注：米拉寶姊妹死於何處？還用說嗎？當然是甘蔗田。之後屍體放到車裡，假造撞車。讓她們再死一次。

154 Mother Abigail是史蒂芬．金小說《末日逼近》裡的角色，集眾善於一身，上帝的先知，率領船長病毒瘟疫之後的善良存活者。她死前得到神啟，卻未能告知信徒結局是什麼。

然後，他傲然跨步走回海裡。茵卡喚他回來，拜託，回來，但是他沒聽。丈夫來自異世界的建議，恐怖到難以想像。流放到北美！到紐約！這城市遠得要命，連她都沒有卵巢膽走訪。這女孩到了紐約鐵定會音訊全無，茵卡的偉大任務是療癒潰敗的傷口，讓凱布爾家族起死回生，屆時鐵定會失敗。而且這女孩如果跟美國佬雜處，誰知道會發生什麼事？茵卡的想像裡，美國遍地是歹徒、妓女跟無用廢物。都市裡不是工業就是機器，那兒的人臉皮厚得跟聖多明哥的氤氳之氣一樣。美國根本就是一個披著鐵甲、口吐黑煙的魔怪，冷淡幽深如井的雙眼底閃亮著錢錢錢！茵卡苦苦掙扎了好幾個無眠長夜，哪一邊是雅各，哪一邊是天使？畢竟，誰說楚希佑人馬會繼續掌權？眼前看來，他的惡魔勢力就已經開始衰退，風流雲散。謠言跟棕櫚即鳥（ciguas）一樣滿天亂飛，古巴要進攻了，海軍陸戰隊都登上了海岸線。誰又知道明天會有什麼好事？何必把深愛的女兒送走？何必**匆促**？

茵卡發現自己的困境跟貝麗的老爸十六年前一樣，那是凱布爾家族首次碰撞楚希佑的惡勢力，不知道該採取行動，還是動不如靜。

不知何去何從，她再度祈禱神明的指導，外加三天禁食。要是那些貓王豬玀沒再度造訪，誰曉得茵卡會是什麼決定？她很可能跟嬤嬤艾貝吉兒一樣掛點了。幸好，一天她在打掃門庭時，兩個豬玀突然現身。妳是馬歐蒂絲．陶瑞碧歐嗎？油亮的飛機頭活像甲蟲殼，淡色夏日西裝下是黝黑的非洲肌肉，夾克下面露出抹過油的手槍吊袋。

貓王一號咆哮，我們要跟妳女兒說話。

貓王二號說，現在。

她回答，沒問題。當她再度從屋內現身，手上握了彎刀，貓王們咯咯笑退回車裡。

貓王一號說，老太婆，我們還會回來。

貓王二號說：妳等著看吧。

貝麗躺在床上，雙手抱著已無胎兒的小腹，問：誰啊？

茵卡回答，沒人，把彎刀放到貝麗的床邊。

第二天晚上，這個「沒人」把茵卡家大門打穿了一個窺視孔。

接下來幾晚，茵卡與貝麗同床睡，那個星期結束前，她跟貝麗說，無論發生什麼事，我要妳記住——妳的父親是醫生，**醫生**。妳母親是護士。

結論出爐：妳得離開這兒。

我想離開，我恨死這裡。

此時，貝麗已經能跛行上公廁。她變了許多。白天，她無語坐在窗邊，跟茵卡姆媽剛作了寡婦時一樣。她不笑不語，甚至跟好友朵卡也不講話。黑紗籠罩她整個人，像冰淇淋泡在咖啡裡。

女兒，妳不明白，我是說離開這個**國家**。如果妳不走，鐵定死在他們手上。

貝麗笑了。

噢，貝麗；妳別輕率，妳別莽撞：妳對美國有啥認識，妳又知道播遷代表何意？妳知道紐約長什麼樣嗎？那裡還有依據舊法建造的老公寓，冬天沒暖氣，那兒的孩子自我憎恨到崩潰發狂。女士，妳懂得**飄洋過海**的意義嗎？別笑，我的黑女孩，因為妳的世界即將改變。大大改變。駭人之美，諸此等等。妳相信我吧。妳之所以笑，是因為靈魂已被掠奪到幾近空無，因為妳的頭生子始終沒誕生。妳笑，因為妳已經沒了門牙，而妳發誓此後不再笑。

我真希望我的傳述不必如此，但是我有錄音帶為證。茵卡姆媽說妳必須離開這個國家，而妳笑了。

劇終！

多國的最後日子

回憶起她在祖國的最後幾個月，除了痛苦與絕望（還有，希望大歹徒翹辮子），似乎沒有其他。黑暗成日籠罩她，她像一片陰影飄飄度過白天。除非被逼，她等閒不離開家裡，這正是茵卡以前最期望的，只是現在貝麗在家，跟茵卡還是無話可說。有啥好說的？茵卡嚴肅討論北行之事，貝麗卻覺得自己早就飛離此處。遠離了聖多明哥、家、茵卡姆媽，以及放在她嘴裡的炸絲蘭[155]，剩下的，只等世界追上她的步伐。只有一次，她恢復昔日自我，那是她看到貓王豬玀們在鄰近鬼祟徘徊，嚇得死命尖叫，他們則掛著嘲蔑的微笑驅車而去。我們很快就會再見。很快哦。晚上，貝麗一直夢見恐怖甘蔗田，沒臉的人，當她從惡夢中醒來，茵卡姆媽總在身邊。冷靜點，女兒，冷靜。

（有關那些貓王豬玀：他們為什麼收手不幹？或許是楚希佑政權垮臺，他們擔心報復。或許是畏懼茵卡的勢力。或許是來自未來世界的力量，保護這個家族的么女？誰知道？）

那幾個月，茵卡沒一晚好眠。隨身攜帶彎刀。我們這位老友啊，她熟知世事。貢多林淪陷，你可不會坐等炎魔來敲門[156]，媽的，你會快快採取行動。茵卡就是如此。文件備妥，指印蓋過，入境許可下來。換成別的時代，貝麗不可能成功，但是伴隨楚希佑的垮臺，香蕉鐵幕綻裂，各式奔逃都出現了。茵卡把住在布朗區的一位好友的照片與書信拿給貝麗，要她到了紐約就去投靠。這些訊息都沒進入貝麗的腦袋。她懶得理那些照片，也沒讀那些信，因此當她抵達艾德韋機場，根本不知道要找誰。可憐的小東西。

楚希佑殘餘勢力與**鄰國**的對決抵達高峰時，我們的女主角也被法庭叫去問話。茵卡在貝麗的鞋子裡放木瓜葉，希望法官不要叨叨問。整個詢問過程，我們的女主角都站著，面色麻木，魂兒不知飄去哪裡。一星期前，她終於跟大歹徒在首都一家賓館碰了面。這家賓館是中國人開的，路易·狄亞茲有

---

155 yucca，一種植物，可食，口感像馬鈴薯，又名Adam's needle。

156 貢多林（Gondolin）出自《魔戒》，是精靈隱匿的城堡。

首著名歌曲就是描寫它。這不是她期望的團圓。他撫摸貝麗的頭髮，低語，我可憐的小黑女孩。以前這樣的舉動會帶來電流，現在只是直髮上面躺著大歹徒肥胖的手指。妳跟我啊，我們被人出賣了。大大的出賣！她想談死去的孩兒，他則揮手要小鬼魂走開，開始摸索掏出貝麗盔甲式胸罩內的豪乳。我們會再生一個。貝麗靜靜地說，我要兩個。他笑了，生五十個吧。

大歹徒依然滿腹心事，他擔心楚希佑信徒的未來，擔心古巴要入侵多明尼加。他們拿我這樣的人殺雞儆猴呢。切．格瓦拉要找的第一個就是我。

我打算去紐約。

她希望大歹徒說，別走，或者至少說，我會去跟妳會合。他卻扯起某次去紐約幫大首領辦事，一家**古巴**餐館的螃蟹讓他上吐下瀉。他當然隻字不提老婆，貝麗也沒問。問了，只會讓她崩潰。他快要射精時，貝麗緊緊摟住他，希望他射在裡面，大歹徒卻扭開身，射在她黝黑受傷的背部。

大歹徒開玩笑，瞧，黑板上的粉筆字。

十八天後，她到了機場，還在想大歹徒。

貝麗上前排隊時，茵卡突然說，妳不必走的。太晚了。

我想去。

她這輩子只求快樂，但是聖多明哥——**幹—他媽的—聖—多明哥**，步步阻擾她。我一輩子都不想再看到它。

快別這樣說。

我永遠不想再見到它。

她發誓要變成嶄新的人。人說，騾不管牽到哪裡，都不會變成馬。她就要證明他們都錯了。

別這樣走掉。來，這是給妳路上吃的椰子甜點。

之後到了護照檢查關，她被迫丟掉甜點，但是此刻，她緊緊抱著罐子。

茵卡姆媽親她抱她，別忘了我。也別忘記妳是誰。妳是凱布爾家族的第三個女兒，也是么女。妳的父母親是醫師與護士。

她最後一眼看到茵卡姆媽，她正死命揮手，流淚。護照檢查那一關，盤問了更多問題，然後官員面帶不屑劈啪蓋了好幾個章，讓她過關。登機後，坐在她旁邊的瀟灑男子不斷勾搭，手上戴了四個戒指——妳去哪裡啊？她粗魯回答：我要去夢幻、夢幻國度。終於上了飛機，引擎轟然作響，飛機抖動撕扯，要脫離地面飛翔，貝麗不是虔誠信徒，此時也開始祈禱上帝保佑她。

可憐的貝麗，直到此刻，多少還期待大歹徒會突然現身拯救她。我的小黑女，對不起，對不起啊，我不該讓妳走的。（她還是挺會作這類英雄救美夢。）往機場的路上，她四處張望，甚至想在驗關員臉上尋找大歹徒的身影，登上飛機後，她開始有了瘋狂念頭，大歹徒會從駕駛艙現身，穿著熨得筆直的正駕駛制服——妳上了我的當，對吧？此後，除了夢裡，她從未再見過大歹徒。同機乘客不少是第一波移民者。眼淚即將淌成河。貝麗將應我們的要求，變成那樣的母親，因為我們想看到蘿拉與奧斯卡誕生。

她才十六歲，膚色是暮色即將轉為暗夜的黑，極品級的黑，高聳的胸部像太陽窩在皮膚下。儘管年輕，儘管貌美，卻滿面酸楚與不信任，未來，只有極度的快樂才能瓦解她的此種面容。她的夢想非常簡單，失去人生的目標，她的野心也沒了牽引力。她最大的夢想是什麼？找個男人嫁了。她不知道冰冷且辛苦的工廠會折磨得她的腰都要斷了，也不知道飄洋播遷者的無邊寂寞，因為從此她不再住在心愛的聖多明哥。她還不知道坐在她旁邊的那個男人會成為她的丈夫，讓她生了一兒一女，兩年後棄她而去，這是她第三次也是最後一次的心碎，此後，不再戀愛。

她盹著了，夢見幾個盲者爬上巴士討錢，活生生是她的童年景象。鄰座帥男碰碰她的手肘。

小姐，妳瞧瞧這景象，別錯過啊。

我早就看過了。貝麗轉頭瞧窗外，鎮定自己的情緒。

紐約的夜晚，燈火綿延似海。

第四章　情感教育[157]（1988-1992）

故事要從我講起。奧斯卡墜橋的前一年，我自己也麻煩不斷，先是我從羅西俱樂部返家途中遭襲。就是一群他媽的黑仔，新伯朗士威校區的炫耀小子（townies）。那是深夜兩點，我隻身步行於喬斯．克梅爾道。為什麼獨自步行？因為我認為自己夠悍，不把聚在街角的那群小夥子放在眼裡。大錯特錯。媽的，我這輩子都忘不了其中一個小子的嘴臉，更忘不了他在我臉上刮出一條漂亮深溝的高中校戒（到現在疤痕還在）。真希望我能說自己雖敗猶榮，實情是我被海扁到仆街。要不是有個好心人駕車經過，那些婊子娘養的傢伙可能會做掉我。好心的阿伯說要載我去羅伯．伍德．強森醫院，一來我沒有醫療保險，二來，我老弟死於血癌，此後我對醫師就沒好感。我的反應當然是：不必，不必，不必。對一個剛被**海扁一頓**的人來說，我的狀況還可以。但是第二天，我還真是痛到死掉算啦。暈到一站起身就狂吐，好像內臟被扯出來，用大錘痛打一番，再用夾子夾回去。狀況糟透了，我枉有一堆好友，媽的，只有蘿拉馬上奔來探望我。她從我兄弟馬文那裡得知消息，立馬趕到。看到閃著清純大

---

157 原文為Sentimental Education，典故出自福婁拜的小說《情感教育》（*A Sentimental Education*）。

門牙的蘿拉，我開心極了，這輩子沒那麼開心過。她呢，看到我的慘狀，居然哭了。

是她照顧我這個驢蛋。替我燒飯、打掃、拿作業、領藥，甚至盯我洗澡。換句話說，是她讓我鳥蛋恢復正常的，不是所有女人都願意如此為男人奉獻。你相信我的話吧。我當時連站都站不穩，頭痛到要死，她還幫我洗背，整件悲劇，這事最令我難忘——她手拿海綿，而海綿擦在我身上。雖然我有女友，不眠照顧我的卻是蘿拉。睡覺前，她會梳頭，一二三下，然後弓起瘦長身體上床。以後不敢晚上一人趴趴走了吧，功夫小子？

人啊，在大學時代不該關心別人，只需四處幹炮留情，但我真正關心蘿拉，信不信由你。你很容易就想關切她，她跟我那些媽的炮友恰恰相反：這妞身高六呎，壓根沒奶，比你家族最黑的阿嬤還黑。她的身材好像兩個女人拼湊而成：瘦到不行的上半身搭配大如凱迪拉克汽車的屁股，跟你說，真是個超屌的肥臀女孩。她也是太過傑出的那種妞，什麼社團都有分，穿著套裝去開會。她是女生聯誼會會長，也是騷沙舞蹈社團長，還同時主持「還我夜行權」（Take Back the Night）團體，她那口西班牙文啊，高等的要命。

新鮮人週的前一個星期，我們就認識了，直到大二那年她老媽再度病重，我們才擦出火花。她的開場白是：尤尼爾，載我回家。一星期後，我們就發生關係了。我還記得她穿道格拉斯學院的毛衣，搭配部落合唱團的T恤。她拿下男友送的戒指，然後吻我，深色眼眸始終沒離開我的臉。

她說，你的嘴型很好看。

你怎能忘掉這樣的女孩？

媽的，三天後，她開始對男友感到愧疚，停止我們的關係。蘿拉是那種要斷掉就會切得**乾乾淨淨**的人。我遭到襲擊，她來照顧我的那幾天，連屁股都不准我偷摸。妳的意思是妳可以**上我的床**，卻不肯**跟我**睡覺？

我雖然是個黑女孩，可不是笨蛋。

完全看穿我這個爛貨。上次分手才兩天，她就目睹我勾搭她的社團姊妹，她只是轉過修長的身子背對我。

重點是：當她的老弟在第二學年末陷入殺手級憂鬱症，某個女孩不鳥他，他就一口氣幹掉兩瓶巴卡第一五一蘭姆酒，形同自殺，還想順便幹掉病重的老媽。這節骨眼，是誰挺身而出啊？

我！

當我說下個學年願意與奧斯卡同寢室，蘿拉簡直嚇到挫屎。我會照顧那個他媽的書呆子。那次自殺鬧劇後，岱瑪瑞斯樓沒人要跟他同房，眼看大三這年得一個人住，蘿拉不可能收留他，因為她早就計畫到西班牙待一年，是媽的美夢成真，但是她擔憂奧斯卡個要命。聽到我的提議，蘿拉已經要昏倒，等到我真的搬去跟奧斯卡住，她差點沒驚到掛點。媽的，岱瑪瑞斯樓住的都是一些怪胚、爛貨、瘋子，以及長得像女機器人（fem-bot）的妞兒。我呢，是可以臥舉三百四十磅的堂堂男子漢，以前沒事就大剌剌嘲笑岱瑪瑞斯樓是「同性戀大樓」，每次看到那種白皮膚藝術家小怪胚，就很想扁他一頓。現在，我提出申請表格，九月初，就搬去跟奧斯卡住了。

我當然很想誇說這是我的善心之舉，實情並不盡然。我願意幫蘿拉一個忙，照顧她的瘋狂老弟（我知道蘿拉這輩子只愛他），不過也是在幫我自己。那年我的宿舍抽籤運衰到不行，根本名列榜單之尾，代表我住進學校宿舍的機率是低於零，也代表阮囊羞澀的我，不是搬回去跟父母住，就是得流浪街頭，更代表岱瑪瑞斯樓儘管怪胚一堆，奧斯卡儘管超級鬱鬱寡歡，對我來說，都不是最爛的選擇。

我們也不是陌生人，再怎麼說，他老姊**曾是**我的祕密炮友。前兩年我也在校園看過他，難以想像他跟蘿拉是一家人。（他自嘲說，我是安珀克萊斯星，她是新創世星。[158]）要是我的老弟長得那麼像卡力班，我鐵定避之唯恐不及，蘿拉卻愛死這個書呆子，帶他參加派對與遊行抗議，拿標語，發傳單。奧斯卡是她的肥球助手。

還真沒見過這樣的多明尼加裔男孩，不蓋你，這個批評還算客氣了。

搬進岱瑪瑞斯的第一天，他的歡迎語是，為你歡呼，上帝之狗。

一星期後，我才搞懂這句話的意思。

上帝（God）統治（Domini）。狗（Dog），犬屬（Canis）。

合起來是，多明尼加仔（Dominicanis）。

媽的，我早該料到才對。這傢伙老說他被詛咒了，不只一次。如果我是那種老派多明尼加人，我會（1）傾聽這個白癡，（2）然後，扭頭就走。我們是阿索亞省人，南方人，如果說阿索亞的南方人懂啥，那就是他媽的符咒。我的意思是，您老看過阿索亞省是啥德行嗎？要是我老媽啊，連聽都不敢聽，立馬閃人。她才不敢惹上符枯或者泰諾族的符咒，絕對不會。我現在當然算老派啦，當年可不是，只是個大白癡，以為幫忙照看奧斯卡是簡單的活。我的意思是我可是**搞舉重的**，每天都得扛比奧斯卡還重的啞鈴。

---

158 在ＤＣ的漫畫系列裡，安珀克萊斯星（Apokolis）是黑暗大君統治的星球，新創世（New Genesis）是新神祇居住的星球，與安珀克萊斯處於平行宇宙，兩個星球恆久對抗，是善與惡的象徵。

現在，你儘管釋放你的罐頭笑聲吧。

他看起來跟前兩年沒啥不同。依舊龐大，是「小孩大人物」抹掉小孩兩字[159]。他也依舊迷失，每天寫上十張、十五張稿紙，狂戀他那些技客癡癖好。你猜猜看他在我們宿舍房門貼上什麼——**說，朋友，即可進入**。還是他媽的用精靈語寫的。（千萬別問我怎麼知道那是精靈語，我拜託你。）我說，狄．里翁，你在開玩笑吧，精靈語？

他咳了一聲後說，其實，是**辛達拉語**[160]。

我的老友馬文說，其實，是**娘娘腔的嗨嗨**。

儘管我答應蘿拉要照應他，開頭幾個星期，我們沒啥互動。怎麼說呢？我忙斃了。哪個州立大學的情聖不是這樣呀。打工，上健身房，跟兄弟們鬼混，除了正牌女友，當然，還要摸上一些蕩婦的床。

頭一個月，我老不在寢室內，每次看到奧斯卡，都只見到床單下靜止不動的一大坨肉。他只有熬夜玩角色扮演遊戲或者看日本動漫，尤其是《**光明戰士阿基拉**》時，才肯挪動他的書呆子屁股。那年，他至少看了一千遍《光明戰士阿基拉》。數不清多少次我半夜回來，都看到他窩在螢幕前看這部動漫。我大叫：你又在看那狗屎電影啊？奧斯卡則為自己的存在礙眼感到抱歉，說，快演完了。我抱怨，你每次都說快演完了。我其實不在乎。我還蠻喜歡《光明戰士阿基拉》這類玩意，但我不會半夜不睡守著它播出。我躺上床，在金田大喊「**鐵雄**」聲中朦朧睡去，然後忽地，奧斯卡就畏生生站在我床邊，說，尤尼爾，演完了。我氣得坐起身，**你媽啦！**

現在回想，與奧斯卡同寢室其實並不賴。儘管他有各種宅男怪癖，可是很細心體貼，也不像我以前同寢室的那些混蛋，一天到晚給我留警告字條。他該付的一半費用絕不拖拉，每當他玩「龍與地下城」，碰巧我回來，毋需開口，他就自動把遊戲挪到會客室去。我可以忍耐《光明戰士阿基拉》，《魔網深坑后》[161]，絕對不行！

我當然對奧斯卡也會略表關心。每星期吃一頓飯，拿起他皇皇五大本著作，隨便讀一點。**首領亞瑟，丟下你的光砲**——不是我的菜，但你可以看出這孩子是有料的。對白不錯，敘述活潑清晰，閱讀無窒礙。我也讓他看我的小說，主題多為搶案販毒，**幹你媽的，蘭多，砰！砰！砰！砰！**才八頁長，他卻寫了四頁讀後建議。

我有幫助他把妹嗎？給他一些大玩家的祕訣嗎？

當然有。問題是碰到女人這檔子事，我這室友不是空前也鐵定絕後。罹患最嚴重的「缺奶缺屄症」。就我記憶所及，症狀勉強企及他的是一個臉蛋都是火吻疤痕的薩爾瓦多男孩，我的高中同學。

---

159 小孩大人物（Biggie Smalls）是著名饒舌歌手「惡名昭彰大人物」（Notorious BIG）的暱稱。

160 說，朋友，即可進入（Speak, friend, and enter）是《魔戒》裡都靈之門的入關密語。辛達拉語（Sindarin）是《魔戒》裡的灰精靈語，又稱Beleriand語，高貴之語，精靈語是俗稱。

161 魔網深坑后（Queen of the Demonweb Pits），《龍與地下城》角色扮演遊戲的冒險模組（adventure module）之一。

他泡不到妞，情有可原，因為他活像《歌劇魅影》。可是奧斯卡居然可以比他還慘。人家傑佛瑞是有「貨真價實的醫學狀況」，奧斯卡的理由是什麼？索倫搞的鬼？幹，這兄弟足足三百零七磅，講起話來像《星艦迷航記》的電腦！幹，最最反諷的，他比任何人都想要妞兒啊！我不蓋你，真的，我以為我超愛女人，但是沒人，**沒人**，比得上奧斯卡那麼想要女人，她們是他的世界伊始與終結，他的阿爾發與歐米茄，他的DC與漫威。愛到要他**老命**，只要看到俏妞，便渾身顫抖。事情還沒半撇，他就已經深陷愛河，光是第一個學期就刻骨銘心了幾十遍。統統沒有開花結果。怎麼可能有結果？奧斯卡以為魅力值就是滔滔不絕談論角色扮演遊戲，有比這個更瘋的嗎？（我心目中最經典的一次是他搭E線巴士，對某個熱火黑妞說，要是妳參加我的角色扮演遊戲，我會把妳的魅力屬性設成**十八**。）

我企圖指導一二，真的！都是簡單的祕訣。首先，不要在街上對陌生女孩狼嚎。不要沒事就講超越者[162]。他聽進去了嗎？當然沒！跟他談女孩，就像對著無敵烏諾斯丟石頭一樣[163]，他簡直堅不可摧。他會聽我說完，然後聳聳肩，你講的這些都沒效啦，我還不如表現本色。

可是你的本色爆爛啊。

悲哀的是，我只有這些。

我最愛的對白則如下：

尤尼爾？

幹嘛？

你醒著嗎？

如果你是要講《星艦迷航記》……

不是。他清清喉嚨。一個可靠人士告訴我，沒有多明尼加男性死前還是處男。你通曉這類事情，這是真的嗎？

我坐起身。那老兄在黑暗中嚴肅瞪我。

嗯，多明尼加男人死前至少要幹炮過一次，如果沒有，是違反自然律。

他嘆氣，我怕的就是這個。

十月初，發生何事？是我這類劈腿族遲早會發生的事。

我被抓包。

---

162 超越者（Beyonder），漫威公司出品的漫畫人物，可以摺曲現實空間。

163 無敵烏諾斯（Unus the Untouchable）是漫威公司的漫畫角色，渾身被大力場圍繞，不受任何傷害。

那陣子，我色膽包天，被逮，毫不意外，這次還不是普通的出包。女友蘇麗安發現我勾搭她的姊妹淘。各位玩家：**千萬別跟**名叫艾娃（哇）達的妞亂搞，因為她們一哇啦起來，你就等著被踢屁股。天知道這個艾娃達幹嘛密告我，錄下我的來電，我還來不及說「**哇塞，媽的**」，全世界都知道我劈腿了。她鐵定放了八百遍給所有人聽。這是我兩年內二度劈腿出包，算是破我自己的紀錄了。蘇麗安氣到抓狂，在E線巴士上朝我兜頭就打。我的狐群狗黨哄笑而散，我則假裝鎮定，沒事發生。突然間，我空閒時間多了，窩在宿舍裡寫點故事，跟奧斯卡一起看片子，《孤島世界》（*This Island Earth*）、《蘋果核戰》（*Appleseed*）、《A計畫》（*Project A*）。尋找支撐我的生命線。

我其實啊，應該住進「戒妞醫院」，不過你以為我真會這麼做，那你還真不了解多明尼加男人。我應該嚴肅檢討自我的，這才有用，卻向外尋求簡單的救贖。反正就是突如其來，完全不受我自己的爛攤子影響（當然不！），我決定要重建奧斯卡的生活。有一天，他又在哀嘆他的生命。我說，你想改變嗎？

當然想啊。我試過各種方法，藥石罔效。

我會改變你的一生。

真的？他當時的表情真是讓我心碎，現在想起依然是。

真的。不過你得聽我的。

奧斯卡立即起身，撫胸發誓：我誓言服從，主人。何時開始？

你等著瞧。

第二天，清晨六點，我踢奧斯卡的床。

他大叫，幹嘛啊！

沒幹嘛，我把他的球鞋扔到他肚子上。新生活的第一天啊。

我鐵定是對蘇麗安情絲難斷，才會全力投入改造奧斯卡計畫。頭幾個星期，我等著蘇麗安原諒我，另一方面胖小子好像進入《少林三十六房》，我一天二十四小時操他，要他發下惡咒，絕對不准動不動對陌生女孩說—我—愛—妳。（你是要嚇死那些可憐女孩嗎？）逼他注意飲食，不准他講喪氣負面的話——**我就是命運多舛，我到死都會是個處男，我就是缺乏形體之美**……。至少當我的面，他不准講這些。（我強調，正面思考，你這狗娘養的，你給我正面思考。）我甚至還帶他去跟哥兒們混。不是什麼重要場面，就是一起喝兩杯。混在人群裡，他的怪異突兀比較不顯眼。（哥兒們恨死了——接下來你要帶街頭遊民來嗎？）

我最成功的改變？我讓奧斯卡跟我一起運動。一起他媽的**跑步**。

我得秀給你聽：奧斯卡真的崇拜仰望我。沒人可以強迫奧斯卡運動。他上一次跑步是大一，比現在足足少五十磅。我不能睜眼說瞎話：前幾次跑步，我簡直要嗤笑。瞧他蹣跚越過喬治街，暗灰色的膝蓋直抖動，全程低頭，以免看到或聽到路人的反應。他們通常是咯咯笑，偶爾脫口喊「**胖屁股的**」。最狠的一句？媽咪，你瞧那人拖著整個星球跑步。

我說，你別理那些小丑說啥。

他大口喘氣，沒理，**快掛了**。

這老兄對運動一**點都不投入**。回到宿舍，馬上一屁股坐到桌前。好像抱著救生圈一樣。使盡一切手段逃避跑步。譬如早上五點就坐在電腦前，等我起床要叫他運動，他會說他正寫到最重要一章的最精采處。賤貨，待會再寫**啊**。我們第四次跑步前，他真的雙膝一軟，尤尼爾，我不行啦。我氣呼呼說，他媽的給我穿上球鞋。

我知道這很痛苦。我雖然殘酷，還沒麻木到那種程度。你認為人們討厭胖子？你當個想減肥的胖子看看。簡直讓黑仔心中的炎魔都竄了出來。就連平日最甜美的女孩在路上看到他跑步，也會說些惡毒狗屁，老太太則喃喃說，你真是胖得噁心，**噁心**。平日對奧斯卡沒太多惡感的哈洛德居然給他取綽號「天臀賈霸」[164]。真是令人抓狂。

好吧，爛人本來就一大堆。奧斯卡別無選擇，必須有點積極**作為**。一天到晚黏在電腦前，寫些科幻屎爛大作，偶爾衝去學校活動中心玩電動，滿嘴都是女孩女孩，卻一個也摸不到，這是什麼鳥生活啊？幹，不是我愛說，我們是在羅格斯大學對不對？這裡根本滿坑滿谷的妞，奧斯卡卻只能整晚不睡談綠燈俠，搞得我也沒法睡。從種族的角度來看，如果我們是半獸人，難道不會幻想自己可以美如精靈？

這位老兄需要採取**行動**。

他做了。

他不再運動。

真的很瘋狂。我們一週跑四次。我每天跑五哩，他呢，只跑一點點。成果還ＯＫ，你知道的，培養出了一點體力。就在一次慢跑途中，到了喬治街上，我回頭一瞧，他老兄止步不動。渾身是汗。你心臟病發嗎？他說，不是。那你幹嘛不跑了？我決定不再慢跑了。幹，為啥不？尤尼爾，你知道這行不通的。你不想成功，它就不會成功。我知道它不會成功的。哎，奧斯卡，抬起他媽的腳。他搖搖頭，想要捏捏我的手，但轉身走向李文斯頓街巴士站，搭雙E線回宿舍。第二天上午，我抬腳踢踢他，他動也不動。

枕頭下傳出聲音：我不跑了。

我不該發脾氣。我應該對那個笨蛋更有耐心。但是我超級**火大**。我大費周章要幫忙這個混蛋白癡，他卻當面不受教。感覺很受傷。

接下來的三天，我天天吵他，要他跟我去跑步，他一再說，我寧可不要，我寧可不要。他打算輕描淡寫讓這件事情過去，跟我分享電影、漫畫書，說些書呆子笑話，企圖回到「奧斯卡拯救計畫」之前的關係。我不吃這一套，祭出最後通牒。跑，不跑？

---

164 天臀賈霸（Jabba the Butt），典故出自盧卡斯《星際大戰》中的Jabba the Hutt，是非常胖大的異星人。

我不想跑了。不想。奧斯卡嗓門拔高。

頑固，跟他老姊一樣。

最後一次機會。我已經穿上球鞋要出門，他坐在桌前，假裝沒看到。

他沒動。我拍他的肩頭。

起來！

這時他大叫：你少煩我！

還推了我一把。我想他不是故意的。但就這樣爆鍋。我跟他都呆了。他發抖，嚇得要命，我伸出拳頭，想殺人。差點就扁了他，差一點。甭鑄成大錯。我隨即恢復神志。

我兩手一推，他整個人飛到牆邊。重撞。

我真是他媽的有夠笨！笨！笨！兩天後，蘿拉從西班牙打電話來，清晨五點。

媽啦，尤尼爾，**你有病啊**。

我被這件事搞得很煩，想都沒想，就回嘴，蘿拉，媽的，妳給我滾開。

滾開？死寂沉默。幹，尤尼爾！以後別跟我說話。

我刻意嘲笑，代我跟妳未婚夫問好。但是她已經掛掉電話。

我尖叫，**幹他媽的**，把電話摔進衣櫃。

就這樣。偉大實驗結束。奧斯卡好幾次想以他自己的方式表示歉意，我都沒回應。以前，我們相處不錯，現在我對他冷若冰霜。不再邀請他共餐或喝酒。表現得像鬧脾氣中的室友。相敬如賓，氣氛很僵，以前我們還會打屁聊聊寫作，現在我對他無話可說。回去過我的生活，繼續瘋狂搞馬子，做個爛男人。很賤吧。他呢，掉回大吃大喝的習慣，一口氣幹掉八片披薩，看到女孩，就上演神風特攻隊絕活。

男生當然發現我們之間有芥蒂了，我不再保護這個死胖子，他們開始蜂擁圍攻。

真希望我能說情況不是**很糟**。他們不會扁他，也不會亂偷他的東西。不過，無論你從哪個角度看，他們對他很殘忍。馬文問，你舔過女人的那裡嗎？無論大家鬧他多少次，他都搖搖頭，莊重地回答：沒有。馬文說，天下也有你沒吃的東西啊？哈洛德說，你全身沒一丁點多明尼加血統。奧斯卡抑鬱地回答，我是啊，我是多明尼加人。不管他怎麼說都沒用。真是見鬼，誰見過這樣的多明尼加男生？萬聖節那天，奧斯卡犯了大錯，打扮成「超時空博士」（Doctor Who），得意洋洋自己的裝扮。當我在伊斯頓大樓看到他跟兩個寫作課的小丑在一起，簡直不敢相信我的眼睛，奧斯卡真他媽的像透那個同性戀奧斯卡．王爾德。我也這麼跟他說。這下奧斯卡可慘了，因為馬文問，奧斯卡．哇塞？誰是奧斯卡．哇塞[165]？此後，我們開始叫他奧斯卡．哇塞。哇塞，你在幹嘛？哇塞，可不可以把你的腳從我的椅子上挪下來？

慘的是？幾個星期後，我們叫他哇塞，他居然也應了。

我們這樣惡搞，這呆瓜從不生氣，只會臉上掛著困惑笑容。讓你不禁為他難過。好幾次，哥兒們散了後，我跟奧斯卡說，你知道我們只是在鬧著玩吧，是不是，哇塞？他疲倦地說，我知道。我說，那不傷感情囉，拍拍他的肩膀。沒事！

有時他老姊打電話來，我接的，試圖表現雀躍，她不吃這一套。只說，我老弟在嗎？冷得跟土星一樣。

近來，我自問：我究竟是為什麼生氣？是死沒用的大胖子奧斯卡沒毅力堅持？還是死沒用的大胖子奧斯卡居然反抗我？我也思索：哪件事讓奧斯卡更受傷？我從來沒拿他當真朋友，還是我假裝是他的朋友？

本來事情該到此為止。奧斯卡不過是大三那年跟我同房的胖小子。如此而已。如此而已。誰知奧斯卡這個笨貨居然陷入愛河。結果，我們不是同房一年後分道揚鑣，這媽的混蛋如影隨形了我一輩子。

你看過薩金特的那幅《X夫人》[166]畫像吧？你當然看過。奧斯卡的寢室牆壁就掛了一幅，旁邊是

《太空堡壘》（*Robotech*）的海報，以及最早的《光明戰士阿基拉》單面原版海報，鐵雄為主角，下面寫著「**新東京即將迸發**」。

她就有這麼爆。也有那麼瘋。

那年如果你也住岱瑪瑞斯樓，鐵定認識珍妮．莫紐爾斯，波多黎各妞，出身東布瑞克城拉美裔區。她是我認識的第一個真正硬派哥德風女孩，那是九〇年代，簡單一句話，哥德風是個啥屁，我們這些黑仔根本不了，遑論還是個波多黎各裔哥德風女郎，這就好像黑人納粹一樣不可解。珍妮是她本名，她那夥鬼模鬼樣的朋友都叫她哈布麗絲[167]，我們這類標準男性只覺得這魔鬼女孩根本秀逗。她的模樣很耀眼，漂亮的鄉間膚色，五官有稜有角，髮型是超級黑的埃及造型，眼皮上一大圈眼影，搭配黑色口紅，胸部渾圓碩大。對她來說，天天都是萬聖節。真正萬聖節那天，你猜她打扮成什麼——支

165 馬文把作家Oscar Wilde的姓誤聽成Wao，Wao是驚嘆詞，哇塞我的天。

166 《X夫人》（*Madame X*）是畫家約翰．辛格．薩金特（John Singer Sargent）的肖像作品，圖中女模特兒不明。

167 La Jablesse是千里達神話中的怪女，一腳為人腳，一腳為獸蹄，以美麗女人形象現身，誘惑被害人到森林深處，困死他們。

配御后[168]，把音樂課上某個娘娘腔當狗牽著。我從未見過那麼屌的身材。第一個學期我也很迷她，在道格拉斯學院圖書館企圖把她，她笑了，我說，妳別笑我。她說，為什麼不？

真是他媽的賤婆娘一枚。

總之，各位猜猜看，她是誰的畢生最愛啊？誰為她神魂顛倒啊？奧斯卡呀，還有誰？當他聽見珍妮在寢室裡播放軍中樂園（Joy Division）唱片，奇蹟吧，奧斯卡也愛死這個樂團，立刻陷入愛河。一開始，這位老兄只敢遠觀，慨嘆她「筆墨難以形容的完美」。我譏諷地說，她可是天鵝肉。他聳聳肩對著電腦說，每個妞對我來說都是吃不到的天鵝肉。我沒多想，一星期後，我看到他在布爾學生餐廳對珍妮展開攻勢，當時我跟哥兒們一起，聽他們臭蓋紐約尼克隊，看到奧斯卡跟珍妮站在熱食區，我等著看珍妮噓走奧斯卡，連我都被她烤成稀巴爛，奧斯卡的屁股鐵定會被她**炸成齏粉**。當然，奧斯卡火力全開，使出《科學小飛俠》那一套，口沫橫飛，滿臉大汗，我們的哈布麗絲呢，捧著餐盤，斜眼看他。很少有女孩子可以斜眼藐人，盤裡的起司薯條還不會掉出來的，哈布麗絲就有這個本事，所以黑仔個個愛上她。她跨步走人，奧斯卡在她背後大喊——我們**旋踵**再談！她頭也沒回地大聲回答，**好啊**，語帶諷刺。

我揮手叫他過來。羅密歐，戰況如何？

他低頭望著雙手，說，我陷入愛河了。

你怎麼可能陷入愛河，你才剛剛認識這個賤貨。

他不高興地說，不要叫她賤貨。

馬文模仿他的語氣，是啊，別叫她賤貨。

你真得佩服奧斯卡。他沒放棄。完全不顧自尊直攻珍妮。管它是學校大樓、浴室門口、餐廳、公車，奧斯卡先生**無所不在**。還在她房門上貼漫畫，老天！

在我的世界裡，像奧斯卡這樣的角色想要追求珍妮這樣的女孩，結局就是被踢回，速度還會賽過銀行踢回我戴絲阿姨的房租支票。不過，珍妮鐵定是腦殘，不然就是那陣子超愛大胖子廢物書呆，因為到了二月底，珍妮對奧斯卡的態度轉變為文明有禮。我的腦筋還沒轉過來，他們就開始出雙入對了！公開場合哦！我簡直不敢相信我他媽的雙眼。有一天，我上完文學創作課回宿舍，居然看到珍妮跟奧斯卡兩人在房間。他們只是在聊艾莉絲．華克（Alice Walker），但共處一室耶。奧斯卡的神情好像剛獲准加入絕地武士一族。珍妮則笑得美麗燦爛。我呢。震驚到說不出話來。珍妮當然還記得我，眼神俏皮嘻笑，你要我把床讓回給你嗎？那口紐澤西州口音足夠撂倒我。

不用。我拿起健身房的背包，狗娘賤貨一樣地落荒而逃。

我練完舉重回來，奧斯卡坐在電腦前，寫他新小說的第一兆頁。

我說，你跟那個恐怖鬼搞啥？

168 支配御后（dominatrix）是ＳＭ遊戲中扮演支配者角色的女性。

沒搞啥。

你們都媽的聊什麼？

就是一些瑣碎小事啊。聽他的口氣，他應該已經聽說我曾泡過珍妮的那次悲劇。我說，幹，祝你好運。哇塞先生。希望她不會把你丟去餵魔王。

整個三月，他們都泡在一起。我假裝不在意，但是三人同一個寢室大樓，很難不看見。後來蘿拉告訴我，他們還一起去看了《第六感生死戀》，以及大爛片《霹靂戰士龍》（*Hardware*），之後去富蘭克林餐廳，奧斯卡勉強克制自己，才沒有一人吃三人份。這些見鬼事情發生時，我都沒目睹，因為我忙著泡妞，打工幫人送撞球檯，週末時跟哥兒們鬼混。奧斯卡跟這麼閃的妞在一起，我嫉妒嗎？當然。因為我一直認為我是金田，他是鐵雄，直到現在才明白原來我是鐵雄啊。

珍妮可是讓奧斯卡出足鋒頭，攬著他的臂膀逛校園，沒事就摟抱他。奧斯卡對她的仰慕之情宛如新星爆炸。珍妮這女孩就喜歡成為全宇宙的中心。她唸她的詩給奧斯卡聽（我聽到奧斯卡讚美她，汝之藝術乃繆斯中的繆斯），給他看她的蠢畫（媽的，其中一幅還掛在我們房門口），訴說她的生平故事（奧斯卡則翔實記載於日記）。珍妮七歲時，老媽跟新丈夫搬回波多黎各，她只好寄姑姑籬下。十一歲起就亂跑格林威治村，大學報到的前一年，她住在廢棄屋中，管那棟樓叫水晶宮。

我有沒背著奧斯卡偷讀他的日記，當然有！

噢，你真該看看奧斯卡，我從沒見過他這個樣子，愛，真能令人改變。他開始注意打扮，每天出門前熨襯衫。從衣櫥撈出木製武士刀，一大早跑到岱瑪瑞斯樓前的綠地練功，裸露胸口，砍殺想像中的一億個壞蛋。甚至開始跑步！我是說慢跑。我酸溜溜地說，哦，**現在**你能跑步啦。他蹣跚跑過我身旁，揮揮手致意。

我應該替奧斯卡高興才對。他這麼一點「小搞頭」，我需要嫉妒嗎？我耶，**同時**劈腿一、二、三個翹臀妞耶，還不包括那些我在派對夜店搞上手的蕩女炮友。被我把上手的女人多到要從我耳朵裡冒出來。我當然嫉妒這狗娘養的。從小我就欠缺溫暖，我的心啊，壞透了。以前就壞心，現在還是。我非但不鼓勵他，看到他跟哈布麗絲在一起，還臉色一沉。不傳授我的泡妞祕訣，卻一天到晚叫他小心。換言之，我就是痛恨玩家。

而我！是玩家中的玩家耶！

不過，我這是多此一舉。珍妮永遠有人追求，奧斯卡只是填空的，有一天，我看到她跟一個高高的龐克型男孩在岱瑪瑞斯樓草坪聊天，他不住這棟樓，但是只要有女孩收留他，他就跟人家擠一晚。這人瘦得像路．李德[169]，也一樣驕傲。他正在秀瑜珈，珍妮笑得很開心。兩天後我發現奧斯卡躲在床

169 路．李德（Lou Reed），美國前衛歌手。

上哭，我呢，摸索尋找舉重腰帶，說，喂，老友，媽的，怎麼啦？

別管我，他低聲說。

她不鳥你了，不鳥你了，對不對？

別管我，他大叫，**你—別—管—我**。

我以為他會跟以往一樣，哀悼一星期，然後繼續寄情寫作。寫作是他的動力。但是這次不同。他不再寫作，我馬上知道有問題了。奧斯卡從不停止寫作，他酷愛寫作，就如我酷愛欺騙妞兒。這次他呆躺在床，望著《超時空要塞》的戰艦。連續十天這種慘狀。有時還會扯些「別人做春夢，我則夢見世界湮沒」這類鬼話，我有點擔心了，抄下他老姊在馬德里的電話，偷偷打給她，大約撥了七八遍，花了幾萬個銅板才打通。

你要幹嘛？

蘿拉，別掛電話，是奧斯卡的事。

當晚她就打電話給奧斯卡，問他發生何事？雖然我就坐在他旁邊，他還是一五一十告訴蘿拉。

蘿拉建議，先生，你必須**放手**。

他抽泣說，辦不到。我整顆心都翻騰。

蘿拉不斷勸告，你得放手，兩個小時後，奧斯卡答應努力看看。

我讓奧斯卡沉澱二十分鐘，然後說，走吧，咱們打電動去。

他搖搖頭，不為所動。以後我不玩快打旋風了。

後來我跟蘿拉通電話，怎麼辦？

她說，不知道，他有時就會這樣。

我該怎麼辦？

幫我盯著他就好，可以嗎？

沒機會。兩個星期後，哈布麗絲讓奧斯卡嘗到友誼叛變的滋味，他走進她的寢室，正巧看到她在「娛樂」嘉賓，跟龐克小子兩人赤條條，身上還抹了血或者其他東西，哈布麗絲還來不及叫他滾蛋，奧斯卡就已經抓狂，罵她是妓女，猛捶她的牆壁，撕毀她的海報，把書本扔得到處都是。一個白人女孩跑來說，對不起，你那個白癡室友發瘋了，我急忙衝下來，勒住他的脖子，大喊，奧斯卡，**冷靜點**，冷靜點。他尖叫，他媽的，**你少管我**。還想踩我的腳。

整個場面糟透了。至於那個龐克小子顯然跳窗而逃，光屁股一路跑到喬治街。

這就是岱瑪瑞斯樓，沒一秒鐘沉悶。

長話短說，奧斯卡必須去上心理諮商，才豁免被趕出宿舍，沒有正當理由，不得到二樓，現在所有人都認為他是個大瘋子，女孩更是遠遠就躲著他。哈布麗絲呢？那年她就要畢業了，一個月後，校方讓她搬到河邊宿舍，整件事落幕。我後來只見過她一次，當時我在公車上，她在街上，穿著性虐待狂的那種長靴，走進史考特大樓。

那年就這麼結束了。奧斯卡失去所有希望，只會猛敲電腦，我呢，常在宿舍走廊被人問：跟**瘋子先生**同居的滋味如何？我則回答，我的飛旋腿跟你的屁股**同居**，你覺得滋味會如何？死氣沉沉過了幾周，到了重新抽宿舍的時候，我跟奧斯卡沒提這件事。我的狐群狗黨都還住在老媽家裡，我只好試試抽籤手氣，這次抽中籤王，分配到佛林海森宿舍的單人房。當我告訴奧斯卡，我要離開岱瑪瑞斯樓了，他才努力拔出憂鬱，吃驚望著我，好像這在他預期之外。我頓時口吃了，還來不及說話，奧斯卡就說，沒關係。我轉身要走，他突然很正式地跟我握手，說：先生，過去這段時間相處，真是一大榮幸。

我說，拜託，奧斯卡。

人們問我，事前有看出徵兆嗎？有嗎？或許有，但我不願深思。或許沒有。如今講這些有屁用？總之，我從沒見過他那麼不快樂。但是我並不很在乎。當年我巴不得火速逃離家鄉，現在我巴不得火速離開這個宿舍。

最後一晚，奧斯卡開了兩瓶我送他的橘子喜西科。你們還記得這種酒嗎？有人說它是液體快克古柯鹼。沒多久，我們這位羽量級先生**就掛了**。

奧斯卡大喊：為我的處子身分喝一杯。

奧斯卡，兄弟，你小聲點，沒人要聽這個。

你說得沒錯，他們只想**瞪著**我看。

甭這樣，你冷靜點。

他垂頭喪氣，我還可以啦。

你不可悲。

我是說**可以**，不是說可悲。他搖搖頭，大家都誤解我。

海報與書本都打包好了，看起來跟我第一天住進來沒兩樣，只是奧斯卡比那時更不快樂。我還記得第一天住進來，他超興奮，連名帶姓叫我，直到我說，奧斯卡，叫我尤尼爾就行，尤尼爾。

我應該陪他的，我該把屁股牢牢釘在椅子上，告訴他，一切都會沒事。但這是我的最後一晚，我對奧斯卡又厭倦到不行，超想去跟道格拉斯學院那個印度女孩幹炮，呼點大麻，然後上床睡覺。

走以前，奧斯卡對我說，掰掰啦，掰—掰啦。

這是接下來他幹的事：喝掉第三瓶喜西科，左搖右晃跑到新伯朗士威火車站。這火車站超破爛，彎曲的長鐵軌高架在拉瑞騰河上，就算三更半夜，你要潛進火車站，到鐵軌上漫步，一點也不難。奧斯卡就是這麼幹，蹣跚走到河的上方，朝十八號路方向前進，背後是新伯朗士威，懸空七十七呎。整整七十七呎，一吋不差。就他記憶所及，他當時呆站在橋上許久，望著下方的車龍燈光，回想可悲的一生，希望自己的靈魂不是寄居在這樣的身體裡。遺憾自己沒有機會完成的各式大作，可能是想提醒自己重新考慮自殺這回事。然後，四點十二分往華盛頓方向特快車的汽笛聲傳來。那時，他幾乎快站不穩了，閉上雙眼（或許沒閉），當他睜開眼，一隻彷彿從娥蘇拉・勒瑰恩（Ursula Kroeber Le Guin）小說跑出來的東西站在他身旁。後來，他說那是一隻金色獴哥，不過他知道應該不是。這隻東西非常安靜，非常美麗，眼珠一圈金色，彷彿看穿你，不帶批評也不帶譴責，而是神聖。奧斯卡與這隻東西互望，牠尊貴如僧侶，奧斯卡簡直不敢相信自己的眼睛。當汽笛聲再度響起，奧斯卡眨了一下眼，牠就不見了。

這位老兄一輩子都在等待這樣的時刻，一直想活在魔法與奇幻的世界，他卻不去細想這個顯像的意義，或者改變自己的作為，這爛貨只是搖搖肥胖臃腫的頭。火車越來越靠近，奧斯卡趁勇氣尚未喪失，一口氣投入黑暗。

他留了遺書給我。（還有他姊姊、母親，跟珍妮。）感謝我的總總，並把書籍、遊戲、電影帶，以及特製的十面體骰子留給我。他很高興認識我這個朋友。署名：你的夥伴，奧斯卡・哇塞。

如果奧斯卡照原定計畫，墜落在十八號路上，那就是永遠的熄燈關門啦。可是他醉得一塌糊塗，計算有誤。也可能如他老媽說的，是老天在保佑他。因為我們這位兄弟居然掉在分隔島上！本來分隔島也可以完成他的目標，因為十八號路的分隔島都是紮實水泥，跟斷頭臺似的，保證讓他如願，內臟如彩帶噴飛。不幸，這是綠化過的分隔島，種了灌木叢，奧斯卡就掉到肥沃的土壤上。原本他以為死後會上宅男天堂，在那裡，每個阿宅都有五十八個處女可以玩角色扮演。誰知，醒來卻在羅伯．伍德．強森醫院，摔斷兩條腿，肩膀脫臼，痛得就像（等等，他的確是）從新布朗士威鐵道橋上跳下。

他醒來時，我當然在他身邊，還有他老媽，以及他的混混叔叔，兩三下就得到浴室報到，吸他那個鬼玩意兒。

猜猜他看到我們是什麼反應？這呆瓜居然轉頭哭泣。

他老媽拍拍他沒受傷的那個肩膀。等你完全好了，我就好好修理你，讓你哭個夠。

第二天，蘿拉從馬德里趕回來。還沒來得及開口，她老媽就上演典型的多明尼加母女會。哦，妳老弟要死了，妳才終於回來。早知如此，我八百年前就去自殺了。

蘿拉沒理會我，也沒理會老媽，走過去握住奧斯卡的手。

先生，你還ＯＫ吧。

奧斯卡搖搖頭說，**不好**。

事情過去那麼久，但是每次我想起蘿拉，就想到她從紐瓦克機場直奔醫院的那一天，兩個大大的黑眼圈，頭髮亂得像妖女，不過，她還是花了點時間塗了口紅，稍稍化了妝。

即便在醫院，我都還想釣她，她卻完全不理會，說，你為什麼沒有照顧奧斯卡。為什麼？

四天後，奧斯卡出院回家，我也回到自己的生活。回到破爛的倫敦高地，陪伴寂寞的老媽。如果我夠朋友，就該每星期去派特森探望奧斯卡，但是我沒有。我能說啥？那是夏天，媽的，我正在狂追幾個妞兒，還有工作。時間不夠分配，應該說，沒有那個熱望。我打過幾次電話問安。很夠了。每次他老媽或老姊接電話，我都以為她們要說奧斯卡掛點了。但是沒有，據稱，他已經「重生」，沒有自殺念頭，勤於寫作，這是好現象。奧斯卡說，我將成為多明尼加的托爾金。

我只去看過他一次，因為我正好要去派特森找一個爛友。一時衝動，我掉轉車頭，到加油站打電話給奧斯卡，接著就現身這棟他從小住的房子。他老媽病重，無法出臥房見客。奧斯卡呢，哇，我從沒見過他那麼瘦。他自嘲說他還頗適合自殺的。他的房間比他的人還宅，天花板上垂掛《星際大戰》X-Wing戰機與鈦戰機（TIE-fighter）。他現在只剩一條石膏（右腿傷得比左腿重），上面只有我跟他老姊的簽名是真的，其他簽名都是他的幻想偽造，有艾西莫夫、海萊恩、修柏特、狄雷尼（Samuel

Delany）。蘿拉不知道我來了，當她的身影穿過房門口，我笑著大聲問：啞巴女郎可好嗎？

奧斯卡說，她恨死待在家裡。

派特森有啥不好？我大聲問，啞巴女，派特森有啥不好？

她從走道回話，樣樣都爛。她穿跑步的短褲，光是看到那雙肌肉結實的腿，我跑這一趟就值回票價。

我在奧斯卡房內坐了一會兒，兩人沒說啥。我瞪著他的書與遊戲，等他開口，他知道我不會輕易放過他。

終於他開口了，我真是蠢，沒想清楚。

一點也沒錯。你到底在想什麼？

他悲哀聳肩。我當時無路可走。

老兄，你不想死，真的。沒有妞很悲哀。死亡則是沒有妞的加十倍。

這樣的談話約莫半小時，只有一句重點。在我離開他家前，他說：你知道，我是被下咒了，才會這麼做。

我才不相信這類狗屎，奧斯卡。那是我們父母輩的玩意兒。

他說，我們也有。

走之前我問蘿拉，他還OK嗎？
她一邊給冰盒裝自來水，一邊說，我想還可以，奧斯卡說他春天會回去岱瑪瑞斯樓。
妳覺得這樣好嗎？她想了一秒鐘，蘿拉就是這樣。然後她說，我想沒關係。
我從口袋撈出車鑰匙，說，反正妳最瞭解他的。還有，妳的未婚夫可好？
她淡淡地說，還好。蘇麗安呢，你們還在一起？
光是聽到她的名字，我就心痛。早就分了。
然後我們杵在那裡，瞪眼不說話。
理想世界裡，我會親吻手捧冰盒的她，所有的麻煩都會結束。可是各位也知道我們的世界是啥樣。又不是他媽的中土世界。我點點頭說，那掰啦，蘿拉。之後，驅車回家。

事情該告一段落了，對不對？我只是跟一個想自殺的阿宅同寢室過，如此而已，如此而已。但是狄．里翁家族可不是你想甩就甩的。
大四那年開學不到兩星期，奧斯卡就現身我的寢室門口！帶來他的作品，交換閱讀我寫的東西。
我簡直不敢相信，上次我聽說他想到以前的高中當代課老師，正在柏根郡學院修課，現在卻化現於我眼前，拿著藍色資料夾，一臉怯懦，說，尤尼爾，你好啊。我滿面驚訝，奧斯卡！他又瘦了許多，仔細梳理過頭髮，還刮了鬍子。難以相信，他看起來真不錯耶，雖然，他還是扯些太空歐吥啦[170]，說他計畫寫的四部曲已經完成第一部，一整個投入這個計畫等等。他嘆口氣說，我的死穴啊，然後他為自己扯過頭滔滔不絕道歉。當然，岱瑪瑞斯樓沒人要跟他同房，你很訝異嗎，我們都知道忍耐是有限度的。這次他重返宿舍，一人獨佔雙人房，奧斯卡說，獨居對我沒好處。

他斬釘截鐵說，岱瑪瑞斯樓少了你這個強悍鬥士，完全不同。

是啊，我說。

你有空得到派特森找我，我有一狗票的日本動漫供你娛樂。

我說，絕對，老兄，絕對會。

我一直沒去。我太忙了：得去打工送撞球檯，改善我的成績，準備畢業。此外那年秋天，神蹟降臨。蘇麗安出現在我房門口，看起來比以前更漂亮，她說，我想復合再試一次。我當然說好，不過當晚就出門泡妞，背叛她。我的天！有些黑仔啊，魂歸離恨兮時還泡不到妞，我呢，努力想不讓妞兒上身都辦不到。

---

170 space opera，指大篇史詩型的科幻戲劇片。有人認為此類作品，人物的戲劇性（drama）是要素，背景是太空或者未來世界，並不是重點。Opera在此有諷刺之意，意指「很佔時間的玩意兒」。歐吥啦是譯者自選的音譯，源自臺灣野臺歌仔戲常將流行歌曲改編為歌仔戲調，此類演出被圈內人稱之為歐吥啦，即opera的臺式發音。

我對奧斯卡的冷淡並未阻礙他偶爾造訪，拿作品給我看，報告他又愛上公車上、街上，或者課堂上的某個女孩。

我說，奧斯卡，你狗改不了吃屎。

他軟弱地回答，是啊，習性不改。

羅格斯大學一向很瘋，那個秋天似乎更騷鬧。十月，幾個我認識的李文斯頓校區的大一女孩販賣古柯鹼被捕，這四個肥妞平日挺安靜的，真是誠如人們說的最少跑步的人，會飛[171]。布希校區的藍巴達斯社團跟阿爾法社團為了某件蠢事，數個星期爭鬥不休，傳言中黑人兄弟與拉美裔兄弟的大戰始終沒發生，大家都忙著搞派對，勾搭留情。

那年冬天，我居然待在房內一段時間，完成一篇我覺得還不賴的作品，主角是我多明尼加老家的某女人，住在我們家後院再過去的天井，大家都說她是妓女，但是我老媽與外公上工時，她會幫忙照應我跟弟弟。教授不敢相信，說，很感動哦。閱畢全文，看不到一句槍啊刀啊。不過沒啥幫助，我原以為有機會得到文學創作獎，結果沒。

期末考時，你猜我遇見誰？蘿拉！我差點沒認出她來，她頭髮留得超長，又戴了那種廉價粗框眼鏡，白人女孩另類風。身上的銀首飾多到足以當貴族的贖金，牛仔裙短到不像樣，露出一雙令你大嘆老天不公平的雙腿。她一瞧見我，就往下拉裙襬，作用不大。那是在E線巴士上，我剛泡完妞（震撼指數為零的）要回家，她要去參加某位朋友的告別派對。我坐到她身旁，她說，幹嘛？她的眼睛超大，裡面沒有一絲狡詐，或許說，完全不期待跟我對話。

我問，妳還好嗎？

好。你呢？

等著放假。

聖誕快樂！然後她擺出狄．里翁家族的典型作風，繼續低頭看書。

我看看她的書。日文入門。妳幹嘛還讀書？不是老早畢業滾出校門了？

我明年要去日本教英文。她篤定地說，鐵定**很棒**。

她不是說，**我要申請到日本教書**，而是說，**我要去日本教書**。我微帶不屑地說，日本？多明尼加人跑去日本幹啥？

她生氣地翻書本，你講的沒錯，能夠待在**紐澤西**，**誰還想去別的地方啊**。

我們沉默了一會兒。

---

171 原文為los que menos corren, vuelan。意指她們幹起爛事，一鳴驚人。意思是有些人不做則已，幹起來就會幹到底。這裡是拿肥妞（甚少運動者）玩雙關語。

我說，這話太刻薄。

抱歉。

我說了，那是十二月。我的印度女友麗麗在大學道那邊等我，蘇麗安也是。但是我沒在想這兩人，想的是那年我曾碰見蘿拉在韓德森教堂前看書，樣子好專注，我都怕她因此受內傷。奧斯卡說她跟幾個女友住在艾迪生那區，在某個辦公室上班，為下個大冒險存錢。那次我就想跟她打招呼，但是沒那個膽，怕她不鳥我。

商業大道閃過眼前，遠處是十八號路的車流燈光，每次想到羅格斯，我就想起此景。前面幾個女孩對著某男子咯咯笑，蘿拉塗了小紅莓顏色的手指放在書本上。我的手則像怪物爪子。幾個月後，如果我還是漫不經心，就會淪落回倫敦高地，而蘿拉飄去東京、京都，或者其他鬼地方。我在羅格斯認識的所有馬子，不，應該說我認識的所有馬子中，蘿拉是最掌握不住的。為什麼我覺得全世界只有她最了解我。我想起蘇麗安，以及過了今天，她可能永遠不要再見到我了。我想到自己畏懼行善事做好人，因為蘿拉不是蘇麗安，想要跟蘿拉在一起，我就得成為不一樣的人。公車快到大學街，我的最後機會，因此我偷師奧斯卡，說，跟我共進晚餐，蘿拉，我保證不會脫妳褲子。

是哦，這下她用力翻書頁。

我握住她的手，她的表情彷彿在說，她要跟我一起墮落了，而她完全不知道為什麼。

我說，ＯＫ的，沒關係。

蘿拉說，媽的，一點都不ＯＫ，你太矮了。但是她沒有抽回手。

我們回到她位於漢地的住處，我還來不及造成傷害，她就拉起我的兩耳，不讓我碰她的私處。為什麼這些年下來，我就是忘不掉她當時的面容？工作後的倦怠，缺乏睡眠的浮腫，生猛中帶著脆弱，這是蘿拉，永遠的蘿拉。

她瞪著我，直到我受不了她的眼神，然後她說，你不准欺騙我，尤尼爾。我不會，我保證。各位別笑。我是真的想學好。

接下來沒啥好報告的，除了這個：

那年春天，我搬回去跟奧斯卡同住。我思考了整個冬天，搬家當天還差點改變心意。我在岱瑪瑞斯樓已經等了一上午，差點想逃，不過，樓梯處傳來聲響，他們正在搬奧斯卡的東西。

我不知道三人中誰比較吃驚：奧斯卡，蘿拉，還是我。

我模仿奧斯卡，說出精靈語米稜[172]。他足足愣了一秒才搞清楚。

許久之後，他終於回應——米稜。

跳橋自殺後的那年秋天是奧斯卡最黑暗的日子（根據他的日記所載），全然黑暗。他還想自殺，不過失去勇氣。主要是怕他老姊，也怕自殺未遂，奇蹟發生，然後他就得一整個夏天讀書、寫作，陪老媽看電視，恐怖極了。他老媽說：我發誓，你膽敢再試，我做鬼都不放過你，相信我。

據說，他的回答是——女士，我會的。

那幾個月他失眠，常開他老媽的車半夜出遊。每次一離開家門，他就覺得自己不會回來。開到任何地方都好，在佩登市迷路，尋找我小時的住宅區。穿過新布朗士威，看著夜店湧出返家的客人，他胃痛到要死。他甚至驅車到威德塢，尋找他拯救蘿拉的那家咖啡館，關門了。沒有取代的新店家。一晚，他讓人搭便車，一個大肚子女孩，英文支離破碎，瓜地馬拉來的非法移民，兩頰有酒窩，說她要前往波福安珀。我們的男主角奧斯卡說，別煩惱，我送妳去。

她說，願上帝賜福你。表情仍是隨時準備跳車而逃。

奧斯卡留了電話給她，以防她有需要。她始終沒打來。奧斯卡當然不意外。

有些夜晚，他連續長時間開車，到很遠很遠的地方，累到差點趴到方向盤上睡著。上一秒鐘，他還在思索自己的小說角色，下一秒鐘，他就飄浮起來，那種豐富美麗的感覺令人迷醉，他打算就這樣一路飄向地獄，但是，最後的警鈴聲響起。

蘿拉！

他在日記上寫，勒令自己醒來，就能救自己一命，沒什麼比這個更刺激興奮的。

172 原文用mellon，精靈語的朋友。

凡是人，均可取代，唯有楚希佑不可取代。因為楚希佑不是人。

他是……宇宙的一股力量……妄想拿他與平凡同輩相提並論者，錯了。他屬於……生來就負有特殊宿命的一群。

——《國家報》*

★譯者注：《國家報》（*La Nación*）是阿根廷的右翼報紙。

我當然試圖二度逃家，結局比上次更白癡。我在多明尼加待了十四個月後，茵卡姥姥突然宣布我該回去派特森，回到母親身邊。我簡直不敢相信她在說啥。我覺得自己被大大背叛，那種受傷的感覺直到跟你分手才再度感受到。

我抗議說，我不要回去！我要留在這裡！

但是姥姥不聽。她兩手朝天，一副她能怎麼樣的表情。妳媽要妳回去，我也希望妳回去，這麼做才對。

我想要什麼不重要嗎！

女兒啊，對不起。

生命就是這樣。好不容易累積起來的快樂，可以一把被掃空，好像它們一毛不值。如果你問我相不相信詛咒這類事。我會說，人生就是詛咒，光是活著就夠了。

我的表現很孩子氣，退出田徑隊，索性也不上學了，不跟女朋友來往，包括蘿西歐。我跟馬克思說我們吹了，他的表情好像子彈直穿眉心。他想挽留我，我尖聲大叫，好像老媽那種尖叫法，他垂下臂膀，宛若死魚。我認為分手是對他好。沒必要繼續傷害他。

離去前的幾個星期，我幹盡蠢事。我想消失無蹤，沒人可以找到我，因此我跟那人幹了蠢事，現在你知道我當時有多混亂吧。他是我同學的老爸。一天到晚想把我，甚至當著他女兒的面也勾搭。因此我打電話給他。如果說聖多明哥有啥靠得住千古不移的事。不是光明。不是法律。

是性！

打死不走的性。

我根本懶得跟他浪漫，第一次「約會」就直接讓他帶我上賓館。他是那種浮誇的政客，民主解放黨，超大的休旅車裡還有冷氣。當我脫下褲子，你簡直沒見過比他更快樂的人。

然後我跟他開口要兩千元。我強調，美金！

就像我姥姥說的，蛇總以為自己咬到老鼠，直到牠發現是獴哥為止。這可是我蕩婦時代的最大勝利。我知道他有錢，否則不會開口。我也不是搶劫，我前後大概跟他睡了九次吧，就我來看，這筆買賣他還佔了便宜。每次辦完事，我坐在賓館房間喝萊姆酒，他則拿出小包古柯鹼吸食。他不愛說話，這樣正好。每次做完，他似乎都覺得很丟臉，讓我分外覺得棒。他叨念這些錢是要給他女兒念書的，囉唆個沒完。我笑著說，那你去污政府的錢啊。他送我回家，我會在家門口吻他，只為了看他嚇得畏縮。

那幾個星期，我跟茵卡姥姥沒話說，她卻說個不停。我希望妳學業表現良好，我希望妳有空就回來探望我。不要忘記妳的出身。她為我的返家做足準備。我則太憤怒，不及想到她，也不及想到我走了以後，她一個人怎麼辦。自從我媽去了美國，我是最後一個跟她同居的人。她開始關閉房子，好像是她要遠行。
怎？妳要跟我一起走啊？
不，女兒，我要回鄉下一段時間。
但是妳討厭鄉下。
她疲累地回答，我得回去，一小段時間也好。
出人意料，奧斯卡打電話來，似乎在為以前的事道歉。所以妳要回家啦？
別太自信，我說。
別做任何鹵莽險峻之事。
我大笑，別做任何鹵莽險峻之事。奧斯卡，你有沒有聽過自己的遣詞用句？
他嘆氣，常常啊。
每天上午起床，我都摸摸看錢還在不在床下。那年頭，兩千美元夠你去任何地方了，構想中是去日本或者果阿島，後者是班上同學告訴我的，也是小島，但是非常漂亮，她保證：一點不像聖多明哥。
終於，我媽來了。她這人絕不默默而生，做任何事都很「霹靂」。一般人坐計程車，她是搭大型黑色禮車抵達，全街坊的小孩都跑出來看秀。我老媽假裝不在乎觀眾。司機當然企圖勾搭她。她看起來枯瘦又疲倦，這司機的品味真是難以想像。

我對司機說，你少煩她，你這人要不要臉啊？

我媽哀傷地搖搖頭，對茵卡姥姥說，妳什麼都沒教她。

茵卡姥姥眼睛連眨都不眨，我盡我所能教導她。

重要時刻來臨了，每個女兒都會膽戰的時刻。我媽上下打量我，我自忖這生此刻最漂亮，最吸引人，妳猜這賤貨怎麼說？

幹，妳還真有夠醜！

十四個月，噗一聲，消失了。好像從未發生。

現在我自己做了母親，才明白我媽不可能是別個樣。她本性就是如此。誠如我們家鄉人說的——熟透的大蕉不可能變回綠色。直到撒手人寰，她都不肯對我表現一點溫情。她不會為我或者自己哭，她的眼淚只為奧斯卡而流。她哽咽地說，我可憐的兒子。我可憐的兒子。你總想父母走到人生的盡頭，多少會有點改變。我們的，沒有！

我原可以再度逃家的。我等回到美國再逃，像小火慢燒燜飯，慢慢燒，一旦他們放下戒心，我就、消失無蹤。就像老爸拋棄老媽，閃得不見蹤影。我將人間蒸發，不留痕跡。我要住到非常遠的地方，我有把握我的人生會很快樂，而我，絕對不生孩子。我要讓太陽曬黑我的皮膚，任由頭髮亂捲，即使在街上與我媽擦身而過，她也認不出我。這是我的夢想。不過，這些年來我如果學會什麼教訓，那就是人不可能遁逃。永遠不可能。解脫之道就是置之死地而後生。

這也是本書想要訴說的故事。

不過，當時我對未來毫無質疑，有無茵卡姥姥，我都會逃。

然後，馬克思死了。

分手後，我們沒再見過面。可憐的馬克思，愛我超乎言語能夠描述。每次做愛，他都會大呼——我好幸運啊。我們來往的朋友不屬於同一個圈子，也不是街坊鄰居。有時那個政客載我去賓館，我發誓馬克思的身影在正午穿梭於恐怖的車流間，腋下夾著片匣。（我曾勸他買個背包，他說比較喜歡夾在腋下。）勇敢的馬克思，他能機靈穿過兩輛車的保險桿，輕鬆一如人們唇間吐出的謊言。

那天他卻抓錯間隙——可能是分手讓他心碎吧，我很確定是這樣——被一輛開往希巴歐谷地跟一輛前往巴尼的公車夾撞個正著。他的腦袋碎成千萬片，影片像軸線溜溜橫穿整條街。

馬克思下葬後，我才知道他的死訊，他妹妹打電話給我。

她啜泣地說，他真的好愛妳。最愛的就是妳。

你們可能會說，中了詛咒啦。

我會說，人生，這就是人生。

你從沒見過有人走得這麼不聲不響。我把政客給我的錢送給他媽。他老弟馬克辛用這筆錢買了一艘船，到波多黎各討生活。我最後一次聽到他的消息，說他混得不錯，開了一家小店鋪，他老媽也不住在三臂區了。我的屄到頭來還是能助人的。

茵卡姥姥在機場說，我永遠愛妳。轉身走開。

上了飛機，我才開始哭。聽來或許荒謬，我覺得好像是認識了你，我才真正停止哭泣，認識了你，我才停止贖罪。其他乘客可能以為我有病。我以為我媽會呼我巴掌，罵我白癡、蠢貨、醜女、被慣壞的小孩，然後趕快換位置，不過，她沒有。

她把手放在我手上，沒挪開。前座的女人回頭說：叫妳女兒閉嘴啦。我媽回說：妳才叫妳那個屁股不要散發臭氣。

真是對不起坐我旁邊的那位老先生。看得出來，他也是回來探親，頭戴軟呢帽，穿最上等的襯衫。他拍拍我的背說，小姐，沒關係的，聖多明哥永遠在那裡，天地伊始就有聖多明哥，天地結束，它還會在那裡。

我媽喃喃說，天老爺！然後閉上雙眼，睡去。

第五章　可憐的阿貝拉（1944-1946）

名醫

家族幾乎不提這個話題，就算提到，也多始於阿貝拉，以及他到底說了楚希佑什麼**壞話**[173]。

阿貝拉．路易斯．凱布爾是奧斯卡與蘿拉的外祖父，拉薩羅．卡德納斯[174]當政時代到墨西哥城讀書的外科醫師，那是四〇年代中期，你我都還沒出世。阿貝拉在拉維加備受景仰，是個非常嚴肅、非常有教養、地位穩固之士。

（由此，各位多少可以嗅出故事的發展方向。）

在那個尚未有犯罪、銀行破產、人民大遷移的年代，凱布爾家族是菁英階層。他們不是超特有錢，也不像聖地牙哥的洛．凱布爾家族那麼歷史悠久，卻算是還頗風光的分支。一七九一年起，他們就定居拉維加，此地，人們幾乎視凱布爾為皇族，跟黃色大屋（La Casa Amarilla）、卡穆河等地標一樣有名，他們也喜愛討論阿貝拉的父親建造的十四間房大屋——哈提貴莊園[175]，那是一棟充滿折衷主義與閒散風格，不時在擴建延伸的別墅，周遭種了杏仁樹、矮種芒果樹，原始的石材建築部分被阿貝拉改成書房。當然，阿貝拉在聖地牙哥城裡還有一間現代裝飾風格的公寓，週末時，他多半待在這裡處理家族事業。哈提貴莊園的馬廄剛剛才整修過，寬大舒敞，可以安置十二匹馬，六匹是色澤如羊皮紙的柏柏馬。當然，莊園裡少不了五個全天候僕人（來自附近鄰里）。那個年代，多數國人咬牙吃絲蘭啃石頭度日，肚裡全是蛔蟲，凱布爾家卻使用哈利斯科出品的銀器，搭配愛爾蘭畢利克的刀叉，大啖義大利細麵與義大利甜香腸。醫生收入不錯，阿貝拉的投資組合（假如當時就有這種玩意）卻泰半仰賴祖產，繼承自他那個壞脾氣、難剃頭的已故老爸，分別是聖地牙哥的兩間生意興隆的超市、一間水泥廠，北方還有幾個農場。

各位應當已經猜到，凱布爾家族是少數的幸運兒。夏天時，他們會**借住**表親在普拉塔港的小屋，

173 作者注：當然有其他更好的話題，如果你問我，我會說，譬如西班牙人「發現」新大陸，或者一九一六年美國入侵聖多明哥。不過，這是狄．里翁家族話題的開場白，我有什麼資格為他們編史？

174 拉薩羅．卡德納斯（Lázaro Cardenas del Rio），一九三四到四〇年間擔任墨西哥總統。

175 作者注：如果讀者忘記哈提貴（Hatüey）其人，在此提醒，他是泰諾族人的胡志明。當西班牙人在多明尼加展開第一波種族大屠殺，哈提貴划船逃往古巴尋求增援，他的古巴行比馬克希莫．巴埃斯（請見注釋137）早了三百年。這棟房子為何取名哈提貴，據說，它的前主人是牧師後裔，哈提貴受火刑前，企圖說服他受浸信禮，因此，他將此宅取名哈提貴，以茲紀念。（哈提貴死在火刑柱前講的話已成傳奇——天堂有白人嗎？如果有，我寧可下地獄。）歷史對哈提貴並不公平，除非我們現在就動手保存，否則他極可能跟瘋馬一樣，名號永遠跟啤酒連在一起，「揚名」於祖國之外。譯者注：瘋馬（Crazy Horse）是美國印第安人領袖，曾英勇抵抗美國聯軍，為族人保存文化命脈。他的名號被美國Heileman Brewing Co.用作啤酒名稱。瘋馬的後人還曾因此跟釀酒公司打官司。

最起碼住三星期。兩個女兒賈桂琳與雅絲提在海浪中玩耍游泳（經常導致黑色素降解失調症，亦即，曬黑），母親在旁嚴密監督，她經不起曝曬，夠黑了，因此多半跟洋傘綁在一起。小女孩的父親呢？不是聆聽收音機裡的戰爭消息，就是到海邊散步，面容專注嚴肅。他赤足行走，只穿白襯衫與背心，褲管捲起，半爆炸式的非洲頭散發出叔伯輩的慈祥光芒，中年發福體態。有時，貝殼碎片或者垂死的鱟捕捉住他的視線，他就會四肢趴地，戴上珠寶商切割寶石的眼鏡詳細觀察，兩個女兒與驚愕的妻子發現他那模樣活像狗在聞屎，樂不可支。

仍住在希巴歐谷地的人都記得阿貝拉，眾人皆曰他不僅是傑出的醫師，心智也十分卓越；他對事物的好奇心永不耗竭，學養浩瀚，特別擅長語言學與複雜的數理。此君廣泛閱讀西班牙文、英文、法文、拉丁文與希臘文書籍，收藏善本書，狂熱提倡異國的抽象主義，常替《熱帶醫學期刊》撰稿，還是個佛納多．歐悌斯[176]型的業餘人種誌學者。簡言之，阿貝拉就是個有腦袋的人，這在他深造的墨西哥並不罕見，但是在超凡將軍楚希佑主政的島上是罕見人種。他鼓勵女兒讀書，準備讓她們繼承衣缽（她們不到九歲就說法文與讀拉丁文），他對各類新知有極大的追究熱情，無論多麼晦澀難解或者枝微瑣碎，都可以讓他勇跨范艾倫輻射帶[177]去追求。他父親的第二任妻子為客廳貼上氣質高雅的壁紙，是當地熱愛邏輯辯論人士的流連之處，激烈的討論經常持續到天亮，儘管當地人水準遠不如墨西哥國立自治大學，令阿貝拉氣餒，但是他絕不放棄此種聚會。女兒道過晚安後，第二天起床卻發現老爸雙眼都是血絲、頭髮朝外亂飛，已經醺醉，仍意志昂揚跟朋友辯論一些非常晦澀難解的話題。她們驅前問安，阿貝拉親吻她們的雙頰，稱她們為「我的秀異之士」，向朋友吹噓這兩個聰慧女孩將來會比他們還有成就。

楚希佑時代不適合有理念有思想的人，不適合舉行沙龍，不適合清談議論，不適合幹絲毫異於常軌之事，但是阿貝拉個性超級嚴謹，會中，絕對不准議論現代政治（亦即楚希佑），話題僅限抽象層次，任何想要參與聚會者，一概歡迎，包括祕密警察。但是那個年代啊，唸錯楚希佑的名字就足以遭火刑，阿貝拉的作為還真是沒腦袋。身為醫師，阿貝拉盡量敬大首領為鬼神而遠之，遵循所謂的「遠離獨裁者之道」，想來有點諷刺，因為表面上，阿貝拉極盡所能顯現自己乃熱誠的楚希佑信徒[178]，不僅個人對多明尼加黨豪邁捐輸，他負責領導的醫界同盟奉獻也絕不敢落於人後。凡是楚希佑發起的義診，不管是在多麼偏僻遙遠之處，他跟首席護士（亦即他的妻子與最佳助手）均義不容辭參與，當大

176 佛納多・歐悌斯（Fernando Ortíz Fernández），古巴評論家、民族音樂學者，專研非洲裔古巴文化。

177 環繞地球的高能粒子輻射帶，在赤道附近呈環狀繞著地球，向極區彎曲，這一輻射層通常就被稱為Van Allen Belt。

178 作者注：更反諷的是阿貝拉可以在這個政權最瘋狂的時代，閉上雙眼。譬如一九三七年，當多明尼加之友以「洋香菜」法屠殺海地人、海地與多明尼加混血、看起來像海地人的多明尼加人，換言之，就是種族大屠殺時，阿貝拉可是將眼睛、鼻子、嘴巴深深埋進書本裡（讓他老婆去藏匿家中的海地僕人，一句話都不多問），當倖存者顫巍巍走進他的診所，看到他們身上可怖的彎刀傷口，他也一言不發，盡心治療他們，跟平日沒兩樣。

譯者注：所謂洋香菜法，是士兵搜捕海地人時，會拿出一把洋香菜，要是這個人發不出洋香菜（perejil）的R顫舌音，就被認為是海地人，遭到屠殺。

首領以百分之一〇三的得票率贏得選舉，他比任何人都更用力壓抑狂笑的衝動！國人是多麼熱情擁護啊！凡以楚希佑名義舉行的宴會，阿貝拉必開車至聖地牙哥參加，早早抵達，晚晚離開，臉上不敢須臾失去笑容，**屁話也不敢說**，切斷他的曲速推進器智慧腦袋，僅靠脈衝引擎運作[179]。終於等到跟楚希佑握手的那一刻，阿貝拉的仰慕之語滔滔如黃河之水，（如果你以為楚希佑完全沒有男男戀的傾向，那套句祭司的話——**精彩的還在後頭呢**。[180]）隨即隱入眾人的身影後（亦即仿效奧斯卡最愛的電影《急先鋒奪命槍》〔*Point Blank*〕），盡量遠離大首領，他才不敢妄想自己跟楚希佑是好朋友，可以平起平坐，或者不可或缺，畢竟敢胡攪楚希佑的黑仔，鐵定死得極慘。阿貝拉家族之所以沒被大首領盯上，是因為他老爸所耕耘的農地與生意，與大首領距離遙遠，也無競爭衝突。他跟屎蛋臉的瓜葛出奇之少，算是老天保佑[181]。

本來阿貝拉與「失敗的盜牛賊」會在歷史名人堂擦肩而過，但是一九四四年開始，阿貝拉應邀參加楚希佑的宴會，開始違反慣例，不攜帶妻女，反而刻意將她們留在家中。他跟朋友說，老婆有點「精神方面的問題」，賈桂琳則必須照顧老媽。真正的原因當然是楚希佑的貪慾惡名昭彰，賈桂琳又出落得標緻萬分。阿貝拉那個嚴肅、聰智的大女兒不再是高瘦得突兀的女孩，她的屁股奶子現在頗可觀，這在四〇年代，代表你有了**嚴—重—的—楚—希—佑—麻—煩**。

不信你問問家中長者，他們會告訴你：楚希佑或許是個獨裁者，卻是個多明尼加型獨裁者，代表他是本國最大惡徒，認為境內美女之屄都屬於他。史料可茲證明，你只要有點地位，令嬡只要稍具姿色，讓楚希佑的視線瞄到，一星期內，令嬡就在官邸給他舔雞巴，老練如野雞。**你啊，拿他什麼辦法都沒有！**這是多國最廣為人知的祕密，也是住在這個國家必須付出的代價。信不信由你，楚希佑在這方面完全貪得無厭，以致多國一些有地位的尊貴人士還會**免費**奉上女兒。阿貝拉當然不是這樣的人，當他的女兒開始讓太陽路上的車流為之阻塞，當他的一位病人看到賈桂琳後說——你可得小心點，阿貝拉突然發現現實，立馬就演出長髮公主那一套，把賈桂琳**藏在**家中。以阿貝拉的個性來說，此舉甚為勇敢，但是光是看到女兒準備出門上學，身材豐盈有致，心靈卻還是孩子，媽的，還是個孩子，他的勇氣立即湧生。

---

179 曲速推進器（wrap engine）與脈衝推進器（impulse engine）是科幻世界裡常見的跨星際旅行推進器，曲速引擎可以超光速，脈衝引擎則低於光速。

180 祭司是指Judas Priest這個重金屬樂團，〈*You Got Another Thing Coming*〉是他們著名作品。

181 作者注：不幸的，他跟巴拉格爾的瓜葛比較深，當時，巴拉格爾尚未成為選舉作票王，只是楚希佑政府的教育部長——由此可知他的工作多麼成功——每次碰到阿貝拉，就要逮住他，逼迫聆聽他的**理論**。他的論點有四成來自哥畢諾，四成來自高達，兩成來自德國的種族優生學觀點。他說，德國理論在歐洲大陸火紅得很。阿貝拉只能點頭稱是。（如果你問我，他跟阿貝拉誰比較聰明。我告訴你，沒得比，在摔角的桌梯大戰，阿貝拉這個希巴歐谷地的智慧腦袋，要不了兩秒鐘，就可以讓種族大屠殺天才躺平在杜德利兄弟死亡墜擊下。）

譯者注：哥畢諾（Joseph Arthur Comte de Gobineau），法國的白人優越論者。高達（Henry Goddard），美國的臨床心理學家，倡議白人優越論，也是將智商測驗轉譯為英文者。杜德利兄弟死亡墜擊（3D'd）全名為The Dudley Death Drop，職業摔角雙人技的招式，混合了千斤摔擊與斷頭摔。

把大眼大乳女兒藏起來，不讓楚希佑知道，不是一件容易的事。（這就像藏起魔戒不讓索倫找到。）如果你認為多國男生都很壞，楚希佑的壞是五千倍以上。他有成千上萬的眼線，專職在各省幫他尋找下一個幹炮對象。如果他的政權更愛搞打炮的事，那就稱得上世界第一個打炮政治（culocracy），咦，或許是喔。在這種氣氛下，窩藏女人等同於叛國，如果不馬上把青春女吐出來，保證馬上嚐到與八隻鯊魚同池游泳的刺激樂趣。在這裡我們得指出阿貝拉此舉冒了極大風險，雖說他出身上等社會，窩藏女兒之事還做了縝密的打底，找了好朋友開具老婆罹患精神病的診斷證明，再小心放話到他出入的菁英圈裡。但是，他的瞞天之計只要傳到楚希佑同夥耳中，他立馬就會鐐銬加身，賈桂琳，還用說，兩秒鐘內就會被撲倒。因此，楚希佑每次跟迎接隊伍握手，阿貝拉都認為他隨時會以拔尖的嗓門問，阿貝拉·凱布爾醫師，你那位**可口的**女兒在哪裡啊？我聽過**街坊**討論她。光是想到這點，阿貝拉就渾身是汗。

賈桂琳當然毫不知情其中的風險。那是純真的年代，她是純真的女孩，優秀的腦袋決計想像不出卓越的總統會強暴她。她繼承了父親的頭腦，努力攻讀法文，她打算繼承衣缽，到巴黎醫學院就讀！成為第二個居禮夫人！她日夜苦讀，跟父親與傭人伊斯坦班·艾·賈洛練習講法文，賈洛出生海地，講得一口漂亮的田蛙話[182]。阿貝拉兩個女兒成日像哈比人一樣快活，絕對猜不到陰影已浮現大地。阿貝拉不在診所或者書房的時候，就會站在後窗前注視兩個女兒玩些可笑的孩童遊戲，直到心痛不已。

每天上午，賈桂琳要開始念書前，會在一張乾淨的紙上寫——晚起的鳥兒沒蟲吃。

換言之，晚到的人只剩骨頭可啃。

他只跟三個人討論過這件事。第一個當然是他老婆蘇可蘿，這裡必須先說，蘇可蘿也算傑出人物，是來自東部依奎省的著名美女，兩個女兒的形態之美全是遺傳自她。年輕時候的蘇可蘿就像黑皮膚的黛嘉．托蕾斯。（所以，阿貝拉才會追求這位社會階層遠低於他的女孩。）也是他在墨西哥或者國內行醫時搭檔過的最佳護士，對照阿貝拉對墨西哥醫界的高度評價，他對蘇可蘿的評語絕非泛泛（追求理由二）。她像馬一樣任勞任怨，對民間療法與傳統療法知識淵博如百科全書，是阿貝拉行醫不可或缺的幫手。她對楚希佑這檔子事的反應非常典型，她雖聰慧、技術熟練、吃苦耐勞，碰到彎刀砍斷手臂動脈大噴血的場面，眼睛眨都不眨，面對較為抽象的威脅譬如楚希佑，她卻是頑強否認有任何問題存在，照樣打扮賈桂琳，讓她穿上令人窒息的衣裳。她責問老公，你為什麼在外面說我瘋了？

他也跟情婦麗笛雅．阿班雅德討論此問題。墨西哥學成回國後，他曾向三個女人求婚遭拒，麗笛雅是其中之一，現在是寡婦，也是他的頭號情婦。他老爸當年要他追求麗笛雅，當他無法把麗笛雅納入囊中，壞脾氣的老爸入土前都還在嘲笑他不是個男人。（也是這樣他才轉為追求蘇可蘿）。

最後一個傾吐對象是他的鄰居兼老友馬可仕．艾波蓋特．羅曼，每次參加總統的宴會，阿貝拉都

182 作者注：楚希佑在一九三七年大屠殺海地人，以及海地與多明尼加混種人，已經少有海地人待在多國工作，直到五〇年代末期才有改變。伊斯坦班是個例外，因為(1)他看起來超級像多明尼加人，(2)大屠殺期間，蘇可蘿把他藏在雅絲提的娃娃屋裡，待了四天，縮著身體像個棕膚的愛麗絲。譯者注：田蛙話是俚語的法語，典故可能來自法國人愛吃青蛙。

得載他，因為馬可仕沒車。他實在壓力太大，才在無意間對馬可仕盡情傾吐，當時他們開車在美國海軍陸戰隊佔領期的老路上，前往拉維加，時值八月仲夏夜，希巴歐谷地農業道路又黑又暗，悶熱到必須搖下車窗，蚊群不時飛進他們的鼻孔，阿貝拉突然開始抱怨，這國家的年輕女孩要平安長大不被侵犯，簡直不可能。他舉例大首領最近才糟蹋過的一個女孩，馬可仕也認識，佛羅里達大學研究生，他們跟這女孩的父親是舊識。一開始，馬可仕沒說話，派克車內漆黑，他的臉蛋只是一團陰影。沉默令人焦慮。馬可仕當然不喜歡大首領，不只一次當著阿貝拉的面批評他是「畜生」與「白癡」，儘管如此，阿貝拉突然驚覺自己不夠謹言慎行（活在祕密警察的年代就是如此）。許久後，他說，這事，你不討厭嗎？

馬可仕彎腰點香菸，面容終於浮現，雖是拉長臉，畢竟是熟悉模樣，他說，阿貝拉，這種事，你我都沒輒。

要是你也碰到同樣困境，**你**會怎麼保護自己？

首先，我會確定生下的都是醜女兒。

麗笛雅實際得多，坐在裝飾衣櫃前梳理她的摩爾人風格髮型，阿貝拉裸身躺在床上，心不在焉地扯扯陽具。麗笛雅說，送她到修道院，送她到古巴，我那邊的家人會照顧她。

古巴是麗笛雅的夢，就像阿貝拉的墨西哥。麗笛雅一天到晚說要搬回古巴。

那得有政府的批文。

去要啊。

如果大首領注意到呢？

麗笛雅重重放下梳子。機率有多大？

阿貝拉辯駁，誰知道。這個國家，什麼事都有可能。

他的情婦主張送去古巴，他的妻子主張關在家裡，他的好友則悶不吭聲。阿貝拉的謹慎個性讓他靜待下一步發展。年底，消息來了。

在一次冗長的總統宴會裡，大首領照例跟阿貝拉握手，握完後，他沒往前走，反而停步。這是噩夢成真，大首領雙手交握，以尖細的嗓門說：你是阿貝拉．凱布爾醫師？阿貝拉鞠躬，靜聽您的吩咐，閣下。才十億分之一秒，阿貝拉就已經滿身大汗，他知道接下來會發生什麼事；失敗的盜牛賊以前跟他說話，不會超過三個字，這次還會有什麼？他的視線不敢離開楚希佑撲了厚粉的臉孔，眼角卻瞄到那些哈巴狗的眼神在他身上梭巡，他們嗅覺有事要發生。

醫師，我常見到你，不過最近你的妻子都沒陪著。你們離婚了？

大人，我跟蘇可蘿．赫南德茲．芭提絲塔仍是夫妻。

這可是好消息，我還擔心你要變成同性戀，他轉身面對那群走狗，放聲大笑。他們尖叫，大首領，您**好過分**哦。

這種時刻，換成別的有卵葩膽的黑仔，一定會捍衛自己的名譽，阿貝拉不是這樣的黑仔。他靜默不語。

大首領抹掉眼角的淚痕，繼續笑著說，當然你不是同性戀，我聽說你有女兒，凱布爾醫師，據說她們十分美麗優雅。

針對這個問題，阿貝拉腹中已有十幾個演練過多次的答案，此刻卻是直覺衝口而說：是的，大人，沒錯，我有兩個女兒。如果您對鬍鬚女感興趣，那她們可稱得上漂亮。

大首領好一會兒沒說話，在這個令人神經扭曲的靜默時刻，阿貝拉眼前浮現女兒被強暴的畫面，而他呢，則痛苦緩慢地被人降入楚希佑惡名遠播的鯊魚池裡。但是，奇蹟中的奇蹟，楚希佑的豬臉綻放笑容，大聲笑，阿貝拉也跟著笑，大首領往前走。那晚，阿貝拉回到拉維加的住宅，馬上喚醒睡得跟死人一樣的老婆，兩人一起祈禱，感謝上天拯救了他們一家人。阿貝拉素日不是個口才便給的人，他跟老婆說，那天的靈感來自他腦海深處，鐵定是守護神保佑。

他老婆說，上帝嗎？

阿貝拉鬱鬱地說，某個人。

然後呢？

接下來三個月，阿貝拉等待末日。等著看他的名字出現在報紙的民意論壇，等著幾近赤裸且矛頭對準「某位拉維加骨科醫師」的批評。這是楚希佑政權開始摧毀德高望重公民的前奏，說你襪子與襯衫的顏色不搭，諸如此類的不屑言語。阿貝拉等著來信通知他跟大首領會面，剉著等女兒上學途中失蹤。這段提心吊膽的日子，他瘦了將近二十磅。開始飲酒無節制。開刀時手一滑，差點要了病人的老命，幸好蘇可蘿在他縫合病人前瞧見傷口，否則還不知道會怎麼樣。現在，阿貝拉幾乎每天對老婆女兒發脾氣，跟情婦燕好時不舉。但是伴隨著雨季轉入乾季，診所擠滿傷者、感染者等不幸病患，連續四個月，阿貝拉的噩夢都未成真，他幾乎快如釋重負了。

他勾劃著長滿毛的手臂，心想，或許啊，或許沒事。

聖多明哥鐵面特警[183]

某些角度來看，生活在楚希佑時代的聖多明哥就像活在奧斯卡最愛的一集《陰陽魔界》裡，那集故事描寫一個擁有神力的魔怪白人小孩統治整個蔚巒村小鎮，使它完全與外界隔絕。這小孩既邪惡又任性，鎮民畏他如鬼，一天到晚出賣或者譴責他人，只求這小鬼的肢殘手段不會降臨自己身上，或者更恐怖的，被推到玉米田去。不管這小鬼是讓金花鼠變出三個頭、把看膩的玩伴推到玉米田，或者在

183 本小節原名為Santo Domingo Confidential，典故應拷貝自描述貪腐警察的電影《鐵面特警隊》（*L.A. Confidential*）。

最後一批玉米收割前，讓天上傾盆倒下雪雨，每幹一件暴行，嚇破膽的蔚巒村民都必須說，安東尼，你做了好事，這真是一件好事。

失敗的盜牛賊在一九三〇年掌權，到一九六一年被轟成蜂窩為止，聖多明哥就是加勒比海的蔚巒村，楚希佑是安東尼，我們則是被惡搞成整人玩具的村民。你或許覺得這個比喻過當，但是朋友們，我告訴你，楚希佑魚肉人民的權柄大到你無法想像，他籠罩在這個島國的恐懼陰影也是筆墨無法形容。聖多明哥活像這位老兄的私屬魔多城[184]，不僅用蕉幕鎖國，讓它孤立於全世界之外，把多明尼加當作他個人的農園，舉目望去，莫非王土，想殺誰就殺誰，管他兒子、兄弟、父老或母親，還會在人家的婚宴上公然搶妻，事後吹噓自己前晚度了美好「蜜月」。他的眼線遍布各處，祕密警察部隊比前東德國家安全部還龐大，盯緊每個人，連住在美國的也不例外，這個國安系統的效率超高，不可思議，你早上八點四十分才講了大首領壞話，不到十點，就被送進瓜靈達監獄，通電的趕牛棒就刺進你的屁股。（是誰說第三世界老百姓沒效率啊？）你不僅得擔心這個國家的殺人魔傑森，更得害怕他孕育而成的「密告者國度」（Chivato Nation），一如所有的黑暗大君，楚希佑處處有「愛戴」他的人民[185]。咸信某個時期，百分之四十二到八十七的多國百姓都拿祕密警察的薪水。你的鄰居可能出於覬覦，或者氣憤你在雜貨鋪插他的隊，馬上就可以終結你。人們就是如此瘋狂，被情同手足者或親人出賣，只因為你不小心亂說話。前一天你還是守法公民，在露臺上敲果核粒吃，第二天就置身瓜靈達監獄，輪到**你的那兩粒**被敲。楚希佑對人民的箝制如此嚴密，以致人民真的相信他有超能力！坊間傳說他不必睡覺，不會流汗，還說有天眼通、天耳通，八百里外就能聞知發生何事，受到本島最絕殺的符枯密咒保佑。（這就是為什麼時隔兩代，你的父母還是如此鬼祟縝密，而你只有碰運氣才能獲知你老哥原來不是你親生老哥。）

不過，我們也不必太誇張：楚希佑固然令人恐懼，他的政權在很多方面也的確像加勒比海版的

---

184 作者注：安東尼可能以神奇的心智力讓蔚巒村與世隔絕，楚希佑則以政府力量達之！他一登上總統寶座，馬上封鎖多明尼加，孤立於全世界之外，這種政治措施我們稱之為「蕉幕」。至於多國與海地的隱形國界，媽的，比傳統國界還混蛋。失敗的盜牛賊成為《開膛手》（*From Hell*）裡的顧爾醫師（Dr. Gull），採取酒神建築師祕密會社的教條，渴望成為歷史的建築師，以連串的噤口、血洗、黑暗、否定、彎刀與洋香菜屠殺手段，打造出一個真正的國界，它不存在於地圖上，卻是直接嵌入人民的歷史意識與想像中。到了楚希佑的第三個十年執政，「蕉幕」嚴密到盟軍贏了二次大戰，多數我國百姓根本不知道。知道者卻又被楚希佑的宣傳洗腦，深信是楚希佑出了大力，才搞倒了日本與德國。楚希佑牢牢掌控這個島國，威力大過力場。（畢竟你有了彎刀的威力，還稀罕什麼未來世界的發電機嗎？）許多人認為楚希佑是在防止外國勢力的介入，不過他更像是把國人鎖起來，不讓他們逃出去。

譯者注：隱形國界是指海地與多明尼加共處一島，卻是世仇，兩國的文化、信仰、經濟、制度都差異極大。《開膛手》是Alan Moore的漫畫作品，二〇〇一年改拍電影，威廉．顧爾（William Gull）醫師被影射為傑克開膛手。酒神建築師祕密會社（Dionyesian Architects）是古代的祕密組織，會員熟知各類建築祕密技術，傳說是所羅門王請去蓋廟者。他們不信上帝，崇拜酒神。

185 作者注：楚希佑的人民忠貞無比，葛蘭德茲在《楚希佑時代》（*La Erade Trujilo*）裡寫，審查委員會問某個博士候選人，請他談談哥倫布發現新大陸之前的美洲文化，此人毫不遲疑地回答「哥倫布之前的美洲文化最重要的就是楚希佑執政時代的多明尼加」。老天啊！更可笑的是，審查委員沒有刷掉這個人，理由是「他提到了楚希佑」。

魔多城，還是有許多人鄙夷大首領，近乎毫不掩飾，而且勇於**抵抗**。阿貝拉不在其列。這位老兄不像他的墨西哥同行緊追世界的腳步，相信改變是可能的。他不敢妄想革命，也不關切托洛斯基就生活在（且死於）優茲亞崁，離他當年讀書的膳宿公寓不到十條街之遙。阿貝拉只想好好照顧有錢病人，工作結束後躲到書房，不用擔心腦袋瓜子挨子彈，或者被丟進鯊魚池。偶爾他的朋友（通常是馬可仕）會提及楚希佑的近日暴行：譬如某一富裕家族被他奪取田產，放逐國外。某個孩子在嚇得發抖的同儕面前將楚希佑與希特勒相提並論，全家人被剁成肉片餵鯊魚，還有博瑙那兒一個著名的工運分子被暗殺，楚希佑涉有重嫌。阿貝拉注意聆聽這些恐怖事件，尷尬沉默許久後，改變話題。他就是不願深思不幸者的命運，不想知道蔚巒村發生何事，不要這些故事流進他的家門。你可以說這是阿貝拉的楚希佑哲學——低下頭、閉上嘴、打開荷包，把女兒藏個十年、二十年。他預測楚希佑那時該死了吧，多明尼加共和國終將成為真正的民主國家。

顯然，阿貝拉的預測超不準。多明尼加始終沒成為民主國家，他也沒有十年二十年可等。誰也想不到他的運氣走到盡頭了。

壞事

一九四五年是阿貝拉全家最關鍵的一年。他的兩篇論文得到小小的好評，一篇刊登在頗具權威的期刊，另一篇登在加拉加斯的小期刊，北美的幾位醫師還寫信讚美他，真是榮耀啊。超級市場的生意好得不得了，島內還處於戰後繁榮狀態，東西一上架，就被搶光光。農場的生產頗賺錢，離全球性的農產價格崩跌還有好幾年呢。阿貝拉有一大堆病人，這段時間，他以完美技術完成幾次困難的手術，兩個女兒也蓬勃成長（賈桂琳已經申請到樂哈佛爾一所非常有名的寄宿學校，明年就要去就讀，這是她逃走的好機會），他的妻子與情婦超級愛他，就連家中僕人看來都心滿意足（雖然阿貝拉並不直接跟僕人說話）。總之，這位好醫師非常自滿了。一天結束，可以翹起腳，嘴角含雪茄，熊樣的臉龐綻放微笑。

人們是怎麼說來著的？——**真是美好生活啊**。

但，不是。

二月，總統宴的邀請函又來了（慶祝國慶），這一次，白紙黑字，意圖明顯，寫著敬邀阿貝拉．路易斯．凱布爾醫師伉儷以及賈桂琳千金。宴會東道主還在賈桂琳千金五個字下面劃線，不是一條，不是兩條，而是三條。阿貝拉看到這個狗屎玩意，差點厥過去，頹坐回書桌後，心臟幾乎從食道跳出來。他茫然望著羊皮紙信封一小時，然後折起來收進襯衫口袋。第二天上午，他奔去拜訪宴會東道主，這位鄰居正在畜欄看僕人給種馬配種，一見到阿貝拉，馬上臉色一沉。你想幹嘛？這是總統府直接下令的。阿貝拉踱回車上，勉力控制自己不發抖。

他再度請馬可仕與麗笛雅幫他出主意。（他沒跟老婆提起邀請函，不想惹她驚惶，女兒也一樣。

他在家裡根本一字不提。）

如果說他上一次的反應還算理智，這次簡直就是超乎尋常，宛如瘋子。他對馬可仕大大傾吐自己的憤怒，足足一小時，控訴不公不義與這個國家沒希望了。（使用大量的迂迴辭彙與宛轉遁辭，因為他一直沒明指他在抱怨誰。）他的情緒擺盪於無力回天的憤怒與可悲的自憐自艾間。搞得馬可仕不得不摀住他的嘴，自己才有講話機會，但是阿貝拉繼續抱怨，瘋狂！瘋狂至極！我是一家之主，只有我才能決定誰該去參加宴會！

馬可仕以強烈認命的口氣說，你又能怎樣？楚希佑是總統，你只是個醫師。如果他要令嫒參加派對，你只能從命。

這一點都不人道。

這個國家何時講人道了，阿貝拉？你是研究歷史的，應該比別人清楚。

麗笛雅更是不同情他。她閱讀邀請函，輕輕喊了聲幹，轉身看著他。阿貝拉，別說我沒警告你，我不是叫你趁著還有機會，把她送去古巴嗎？要是你肯聽我的話，她應該已在我家人的安全羽翼下，可是現在呢，你完蛋了！他已經盯上你。

我知道，我知道，麗笛雅，我**該怎麼辦**？

基督耶穌，她顫聲說，阿貝拉，你有啥選擇？這是楚希佑耶！

阿貝拉回到家中，當時好公民的家裡牆上必掛楚希佑照片，他那故作仁慈、令人難以下嚥的惡毒眼神正望著阿貝拉。

如果他立馬將老婆女兒全送上普拉塔港的船，偷越邊界進入海地，或許還有一絲生存機會。蕉幕雖堅固，還不到天衣無縫。悲哀的是，阿貝拉沒法採取行動，只會苦惱、妥協、絕望。他茶飯不思，輾轉難眠，整夜在走廊踱步，過去幾個月養回來的體重又瞬間消失。（想想看，他或許應多思考女兒的哲學：晚起的鳥兒沒蟲吃。）只要有空閒，他都拿來跟女兒相處。賈桂琳是家中的金童，已經熟背法國區的每一條街道名，過去一年來，不是只有四人、五人，而是十二個人來提親哦，當然都是跟阿貝拉夫婦說，賈桂琳毫不知情。雅絲提只有十歲，性格與相貌都比較像父親，平凡，愛開玩笑，相信世間一切，還是希巴歐谷地鋼琴彈得最屌的女孩，凡事都支持姊姊。姊妹倆很訝異父親突如其來的關注：爸爸，您這是在度假嗎？他悲傷搖搖頭，不，只是喜歡跟你們相處而已。

他老婆詰問，你是怎麼回事？他不肯透露心事，只說，女人，走開。

情況糟到不行，阿貝拉甚至開始上教堂了，這可是生平第一次。（誰不知道教堂也是楚希佑的囊中物啊，真是個爛念頭。）他每日去告解，跟神父請益，沒用，神父只叫他多禱告，多點一些他媽的蠢蠟燭。現在他一天可以灌上三瓶威士忌。

換作他那些墨西哥同學，可能一把背起來福槍，逃亡內陸（至少他認為他們會這麼幹）。不過，儘管不願承認，他畢竟是他老爸的兒子。這位老先生受過教育，反對他到墨西哥念書，跟楚希佑相處，總有辦法虛與委蛇。一九三七年，軍隊開始屠殺海地人，他老爸讓軍隊借用馬匹，馬兒沒還，也沒跟楚希佑抱怨，直接打入營業成本。阿貝拉呢？繼續喝酒、繼續苦惱，不再跟麗笛雅密會，把自己孤立在書房裡。他說服自己，這是楚希佑在測試他的忠心，他叫老婆女兒準備參加宴會。沒提誰的派對。假裝啥事也沒，恨死自己的謊言連篇。他又能怎麼樣？

晚起的鳥兒沒蟲吃。

原本，參加宴會也可能沒事，但是賈桂琳超級興奮，這是她首次參加大型宴會，誰又能怪她大張旗鼓。她跟老媽去買晚宴裝，到美容院作頭髮，買新鞋，某位女親戚甚至還給了她一對珍珠耳環。蘇可蘿盡力幫女兒打扮，沒有絲毫疑慮，但是宴會前一個星期，她開始作噩夢。自小，她被姑姑收養，送到育兒中心，在那裡，她發現自己很有醫藥天分。夢中，她回到出養前的老家，瞪著灰塵揚天、兩旁種了赤素馨花的道路，人們說這條路直通首都，道路氤氳處浮現一個男人，朝她走來，距離還遙遠，她卻突然畏懼萬分，每次都嚇到尖叫醒來。阿貝拉驚惶跳下床，女兒在房間大叫。最後那個星期，蘇可蘿天天作這個該死的夢。那是她的倒數計時鐘。

麗笛雅則馬上要求阿貝拉跟她搭汽船到古巴，她認識船長，他會窩藏他們，絕對辦得到。之後，我們再來接你的女兒，我保證。

阿貝拉悲哀地說，我辦不到，我不能離棄家人。麗笛雅轉身梳頭。兩人沒再說話。

宴會那日下午，阿貝拉鬱鬱地整理車子，看到賈桂琳穿了晚宴服，站在客廳，埋首法文書，看起來那麼年輕，那麼非凡，剎那間，阿貝拉有了我們這些文學系主修生一天到晚說的「顯現」，這個頓悟與顯現並非帶著光彩、聲響，或者其他感官新刺激霹靂降臨，他只是明白了，明白他無法這麼做。

他告訴妻子與賈桂琳說不必參加晚宴了，不理會她們驚惶抗議，跳上車，接了馬可仕，開往宴會地點。

馬可仕問，賈桂琳呢？

她不參加。

馬可仕搖搖頭，沒說話。

站在歡迎隊伍前，楚希佑在阿貝拉面前止步，像貓一樣嗅聞空氣。

你的妻子女兒呢？

阿貝拉顫抖，勉強鎮定，他知道人生將全面改變。閣下，跟您致歉，她們不能來。

楚希佑的豬眼睛瞇成一條縫，冷淡地說，是嗎？然後揮揮手腕，要阿貝拉退下。

馬可仕看都不敢看他。

末日玩笑

宴會後四週，阿貝拉醫師被祕密警察逮捕。罪名？「誹謗且粗鄙中傷總統本人」。

如果傳言可信，這件事始自一個笑話。

傳說，致命宴會不久之後的某日午後，阿貝拉開派克車前往聖地牙哥，替老婆買五斗櫃，順便拜訪情婦。行文至此，該是描述這位男主角相貌的時候了。阿貝拉個頭矮小、有鬍子，氣力甚大，兩眼距離很近，顯得突兀。這段時間他的生活一團糟，那天見過他的人都說他首如飛蓬，心不在焉。他買了五斗櫃，顫巍巍地堆在派克車頂上，還沒奔去找麗笛雅尋找慰藉，在街上就被幾個「好友」硬拉到聖地牙哥俱樂部喝兩杯。誰知道阿貝拉幹嘛要去？或許是愛面子。那個時候，任何邀約都帶有致命威脅的味道。那晚在聖地牙哥俱樂部，他企圖擺脫噩運逼近的感覺，滔滔不絕歷史、醫學與亞里斯托芬，喝到爛醉，臨走前，他拜託這幾位好友幫忙把五斗櫃從車頂卸下來，放到後車廂，他信不過店中僕役，粗手粗腳的。哥兒們快活地答應了。當阿貝拉摸索車鑰匙要打開後車廂，他大聲說，希望裡面沒有屍體。他的確說了這句話，無可抵賴，他在所謂的「自白」裡也承認了。後車廂這個笑話讓這幾個「好友」頗不自在，大家都知道派克車在多明尼加歷史上是片巨大的陰影。楚希佑剛竄起時，他的人馬就開這種車，在兩次選舉裡達到強烈鎮嚇選民的效果。一九三一年多國遭颶風，大首領的爪牙經常開派克車到火葬處，那裡有志工幫忙焚燒受災者屍體。他們從後車廂抬出所謂的「颶風受難者」。這些死者渾身沒水漬，有的手中還緊緊握著反對黨的資訊。大首領的爪牙開玩笑說，颶風讓子彈轉彎，直穿此人腦袋。哈哈！

之後，究竟發生何事，至今大家仍爭論不休。有人拿老母發誓，阿貝拉打開後車廂，探頭一看，說，沒有屍體。這也是阿貝拉自白書中所言。他自認是「冷笑話」一則，絕無「中傷」、「誹謗」之意。根據阿貝拉的說法，他的朋友聞言笑了，把五斗櫃放好，他就開車前往聖地牙哥的公寓，麗笛雅正在等他。（他的情婦已經四十二歲，依然迷人，十分擔憂賈桂琳。）書記官與一些未出面的「證人」說法則大不相同，阿貝拉．路易斯．凱布爾醫師打開車廂後說，沒有屍體，**楚希佑大概幫我清掉了**。

完畢！

我的卑微見解

在我們西馬德雷山脈這一頭的人來看，那些話純粹狗屎。不過，某人的狗屎可以是另一人的老命一條。

敗亡

他跟麗笛雅共度一晚。那段日子，他們的關係很奇怪。差不多十天前，麗笛雅剛宣布懷孕了，興奮啼叫：我懷了你的兒子。兩天後卻發現空歡喜一場，有可能是脹氣。阿貝拉自然鬆了一口氣，他的麻煩還不夠多，還要這個來搗蛋嗎？何況，要是懷了女兒呢？不過，他也有點失落，阿貝拉一直想要兒子，儘管這小東西會是私生子，降生在他生命最黑暗的時刻。他知道麗笛雅一直想要一個真正屬於他倆的東西，只屬於他們、為她所有的東西。她一直催促阿貝拉離婚，搬來同住。沒錯，他們在聖地牙哥相聚的夜晚都很迷人，但是他的腳只要踏進家門，兩個漂亮女兒衝上來迎接，離婚的可能性就降為零。他生性墨守成規，喜歡凡事都可預期的安逸。麗笛雅從未忘記說服他，但是並不強逼，他們是真心相愛，應該服膺愛情。她假裝對沒法生兒子一事採取樂觀態度，開玩笑說，我才不想毀了這對奶。阿貝拉看出她其實很心碎。他也一樣。過去幾天，阿貝拉開始夢到成群孩子在哭泣，夢境朦朧，那是他老爸的第一個家。清醒時，他覺得焦慮。壞消息傳出後，他就沒再去找麗笛雅，他沒仔細想過為什麼，只是沉溺於酒鄉，或許他擔憂那個始終未曾降生的兒子會徹底崩毀他們的關係。但是並沒有，他一見到麗笛雅，欲望重燃，彷彿回到當年初見面的天雷勾動地火，那是在表親艾米卡的生日宴會，那時，他們都還年輕苗條，前途充滿各種可能性。

此次會面，他們首度不談楚希佑。

這是他們最後一次週六晚幽會。他不可置信地問，我們相愛這麼多年了，妳相信嗎？

她摸摸肚皮，語氣哀傷地說，我相信，阿貝拉，我們只是滴答走的時鐘，如此而已。

阿貝拉搖搖頭說，絕非僅僅如此，我的愛，我們是神奇的一對。

我真希望能將此刻停格，延長阿貝拉的歡樂時光，但是不可能。第二個星期，兩顆原子彈掉到日本的住宅區，那時大家都還不知道世界即將改變。就在原子彈永遠重創日本的兩天後，蘇可蘿夢見一個無臉男站在丈夫的床邊，她無法叫喊，沒法說話。第二天，她夢見無臉男站在女兒床邊。她跟阿貝拉說，我做噩夢，阿貝拉只是揮揮手，不當一回事。蘇可蘿開始呆望屋前的馬路，在臥房點蠟燭祈福。同時間阿貝拉人在聖地牙哥，親吻麗笛雅的手，她快樂唱歌。我們的故事即將進入太平洋戰爭勝利一頁，而三個祕密警察搭乘的雪佛蘭轎車正駛往阿貝拉宅途中。敗亡降臨了。

鐐銬加身的阿貝拉

祕密警察（那時尚未有祕密警察SIM這個組織，不過，我們還是叫他們祕密警察好了。）為阿貝拉上手銬，帶上警車，那一剎那是他這一生最驚惶的時候，一點也不假，他怎知未來九年，比這更大的驚恐會接踵而至。當阿貝拉從結舌的狀態恢復，他說，拜託，我得給妻子留個字條。祕密警察第一號指著身材最高大的同僚說，馬鈕因會通知她，後者的眼神已經開始梭巡房子，粗魯地翻找書桌，這就是阿貝拉對住家的最後印象。

阿貝拉以為祕密警察都是低等動物，不讀書的惡棍，但是將他請上車的兩位警察態度很客氣，不像施刑者，倒像吸塵器推銷員。途中，祕密警察第一號不斷向他保證，他的「困境」要不了多久即可釐清。他說這種事我們看多了，有人說你壞話，稍微調查，馬上發現是密告者說謊。阿貝拉憤怒又恐懼地說，希望如此。祕密警察第一號說，別擔心，大首領不會把無辜者關起來。祕密警察第二號持續保持沉默，他的西裝非常破舊，兩人都渾身威士忌酒味。阿貝拉力持鎮定。畢竟《沙丘魔堡》系列不是告訴你，恐懼是心靈殺手。但是阿貝拉無法不怕，眼前不斷浮現妻女一再被強暴、家宅毀於祝融的景象。要不是這些豬玀現身前，他才剛上過廁所，此刻恐怕早就尿失禁了。

車子很快就抵達聖地牙哥，路人看到這輛福斯金龜車，紛紛轉移視線。車子才靠近臭名遠播的聖路易城堡監獄，阿貝拉的恐懼頓時從銳角化成利刃，他顫抖地問，是不是搞錯了？祕密警察第二號說，醫師，別擔心，這正是你該來的地方。他沿路緘口不語，阿貝拉還以為他不會說話。現在換成第二號滿面笑容，第一號則專心看著窗外。

一進入石牆內，祕密警察將他轉交給兩個警衛，他們就不禮貌了，剝掉他的鞋子、皮帶、皮夾、結婚戒指，讓他待在一間擁擠的辦公室填寫表格，房間有股刺鼻的臭屁氣。沒有警官跟他解釋案情，也沒人理會他的要求，當他抬高嗓門抱怨，正在打字的警衛突然衝過來重擊他的臉面，好像伸手過來跟你要菸一樣簡單。他的戒指嚴重割傷阿貝拉的嘴唇。痛苦如此突如其來，又是如此難以置信，阿貝拉握緊拳頭問，**為什麼**？警衛再給他一拳，這次在他額頭留下一道深溝。警衛說，在這裡，凡有問題，這就是答案，一副理所當然的模樣，接著彎腰檢查打字機上的紙是否擺正。阿貝拉開始啜泣，血液從指縫流出。打字的警衛顯然很樂，對其他辦公室的同仁說，瞧瞧這個傢伙。愛哭鬼！

阿貝拉還沒搞清楚怎麼回事，就被送進一間散發惡臭汗味與痢疾屎尿味的大牢房，裡面擠滿布羅卡[186]所謂的「犯罪階層」。警衛跟其他犯人說，阿貝拉是個同性戀，還是個共產黨。阿貝拉抗議，我不是！可是誰理會一個同性戀共產黨？接下來數小時，他們狠狠騷擾阿貝拉，剝光他的衣服，一個希巴歐地區的大塊頭還硬索他的內褲，阿貝拉被迫交出，那人將內褲套在外褲上，對牢友說很舒適呢。阿貝拉被迫赤裸蹲在尿斗馬桶邊，每當他想爬到比較乾爽的地方，牢友就會大叫——你滾回那堆屎去，大玻璃！他就在尿液、大便、蒼蠅飛舞的地方吃喝拉睡，他不只一次被人拿乾掉的大便搔弄嘴唇而醒來，對堡內居民而言，衛生不是第一考量。那些傢伙還不准他吃東西，連續三天搶走他原本就少得可憐的伙食。第四天，一個獨臂小偷憐憫他，他才獲准吃一整根香蕉，差點沒連皮吞下，他太餓了。

可憐的阿貝拉。到了第四天才有人理他。當晚，眾人睡去後，一群警衛拖著他進入一間狹小且光線黯淡的房間。他被綁在桌前，警衛態度還不算太差。阿貝拉被拖出來後，不斷喊冤，嘴巴沒停過。這都是誤會啊，拜託，我來自有名望的家族，你們必須連絡我太太跟我的律師，馬上就可以解釋清楚。我簡直不敢相信受到這樣卑劣的待遇，我要求跟這裡的負責人談話。他連珠炮不斷講，突然閉嘴，因為他看見警衛正在弄房間一角的某個電子器械。阿貝拉嚇得魂不附體，但是他對事物的好奇心與分類偏好始終不改，他問，老天，這是什麼？

警衛說，我們叫它八爪章魚。

---

186 布羅卡（Paul Pierre Broca），法國醫師與人類學家。

然後，他們整晚拿他做實驗。

蘇可蘿花了三天才查到老公的下落，又耗了五天才拿到首都發下的會面許可。蘇可蘿等待會見的房間簡直就像公廁。只有閃爍的煤油燈，角落那堆屎恐怕是數個人的結晶。蘇可蘿沒想這是刻意屈辱她，她過度緊張，無暇注意。她等了大約一小時，（換成別的女人，鐵定抗議，蘇可蘿卻堅忍承受屎味，黑暗與無椅可坐。）鐐銬加身的阿貝拉才現身，身上的衣褲顯然過小，拖著腳走路，彷彿擔心手中或口袋內的東西會掉出來。他才被關了一星期，就完全慘不忍睹。眼圈瘀青，雙手與脖子都是傷痕，嘴唇綻裂，恐怖腫脹，泛紅如眼珠子後面的肌肉組織。前一晚，他被警衛用皮製警棍無情毆打拷問，導致一顆睪丸萎縮，永遠無治。

可憐的蘇可蘿。她這輩子最焦慮的莫過災難，母親是啞巴，原屬中產階級的祖產則被酗酒老爸點滴揮霍乾淨，直到僅剩一棟簡陋木屋跟幾隻雞，他才被逼著出去當農工，注定到處遷移，貧病潦倒，雙手流血。人家說，蘇可蘿的爸爸小時目睹一個警察鄰居痛毆父親至死，一輩子就毀了，從未能恢復。蘇可蘿的童年就是有一頓沒一頓，接收堂表姊妹的舊衣裳，一年只見到父親三、四次，拜訪他時，他總是無言，醉倒房內。蘇可蘿成為時時「焦慮」的女孩，有一陣子她甚至把頭髮拔得近乎精光。十七歲那年，阿貝拉在教學醫院遇見她，深受吸引，但是直到**婚後**第二年，她才初經來潮。成人之後，蘇可蘿仍不時夜半驚醒，從這個房間瘋狂跑到另一個房間，認定屋子遭祝融，她將被火舌狂捲。當阿貝拉讀報給她聽，她特別在意地震、失火、洪水、牛隻狂奔、沉船這類的災難新聞。她是這個家族頭號災變論者，居維葉鐵定以她為傲[187]。

因此當她坐在等候室，撫弄衣裳上的鈕扣，把皮包從右肩換到左肩，整理那頂從梅西百貨買來的帽子時，心裡想些什麼？她當然預期老公會一團糟，但絕對沒想到是眼前這副被摧毀的模樣，像個老人拖著腳走路，眼裡滿是無可抹去的恐懼。這遠遠超過蘇可蘿所有的末日想像。這是敗亡。

當她撫摸阿貝拉，他開始毫無自尊地大聲哭泣。一邊訴說遭遇，一邊淚流成河。

蘇可蘿探監沒多久後就發現自己懷孕了。那是阿貝拉第三個也是最後一個女兒。

是符枯？還是煞化？

你說吧。

此事引起各式揣測。最常見的問題是阿貝拉真的說了那句話，還是沒？（也就是他有沒自取滅

187 居維葉（Georges Cuvier），法國博物學者，於十九世紀時倡議災變論，認為陸地隆起、洪水氾濫等巨變，是物種生成和毀滅的主要因素。

亡。）針對此一疑問，家人分成兩派。茵卡堅信堂兄啥都沒說，這是敵人陷害他，圖謀他的財富、土地、生意。有人則持狐疑態度。那晚，他真的**可能**在俱樂部說了這話，被大首領的密探聽到。此間並無陰謀，只是醉漢講笨話惹事。至於緊接而至的大滅絕，能怎麼說呢，就是連串厄運啊。

多數人喜歡為這個故事抹上超自然色彩。楚希佑想要得到這家人的女兒，得不到，就對他們下了符枯。所以才會發生這一連串恐怖爛事。

你會說那到底是怎樣？意外？陰謀？符枯？我的答案絕對令你失望——你得自己判斷。我唯一能保證的事就是凡事都沒保證。我們這可是在緘默的大洋裡打撈真相。楚希佑一夥人沒留下任何書面證據，他們不像德國人有記錄癖，況且，符枯也不會寫回憶錄，你說是吧？如果求證於凱布爾遺族，幫助也不大，所有關於阿貝拉入獄、家人陸續過世的事，可是世代都必須緘口的祕密，想要重建那段歷史，就像企圖解開斯芬克斯的謎語。探掘所得僅有耳語，如此而已。

換句話說，你想知道完整故事，我沒有。奧斯卡死前那段日子也企圖挖掘，至於他挖到什麼，也是不得而知。

老實說吧。楚希佑強佔民女這個說法甚囂塵上，在本島，這種事多如過江之鯽[188]。（我並不是說本地盛產鯽魚，只是比喻，你懂我的意思吧。）因此，巴爾加斯・尤薩[189]根本不必費力就可以源源寫出這類故事。幾乎每個人的家鄉都會出壞蛋，你很容易接受這種說法，因為**它解釋了一切**。楚希佑沒收你的房子、財產，把你老爸老媽丟進監獄。為什麼？因為他想找你家的漂亮女兒幹炮！你的家人不准。

---

188 作者注：阿娜卡歐娜（Anacaona）又名金花（Golden Flower）是新世界的創世母之一，也是全世界最漂亮的印第安女郎。（墨西哥或許有瑪琳契〔Malinche〕，我們多明尼加可是有阿娜卡歐娜。）哥倫布發現新大陸時，多明尼加有五個印第安酋長王，其一是卡歐納波（Caonabo），阿娜卡歐娜是他的妻子。卡薩斯（Bartolomé de las Casas）形容阿娜卡歐娜為「行事謹慎且頗具權威的女性，言行舉止十分優雅，富有王家貴氣」。其他人對她的形容白描得多：性感火熱，且有戰士的大勇氣。當歐洲人對泰諾印第安人展開殺人魔漢尼拔那一套，阿娜卡歐娜的丈夫也在斬首之列（這是另一則故事了），她秉持女戰士的作風，號召族人抗暴到底。但是誠如前言所說，符枯始自歐洲人登陸，完全不可擋。屠殺、屠殺再屠殺，阿娜卡歐娜被俘時企圖談判脫身，她說：「殺戮是不榮譽的事，暴力亦然。讓我們建立一條愛之橋，敵人可以跨橋而來，留下足跡，俾使眾人可見。」可是，西班牙人不想搭橋。舉行假審判後，吊死勇敢的阿娜卡歐娜。絞刑地點就在聖多明哥最早的教堂。劇終！多明尼加盛傳阿娜卡歐娜原本不必死，只要她願意嫁給覬覦她的某位西班牙軍官，即可免死，（現在你看清這個脈絡沒？楚希佑想要米拉寶姊妹，西班牙人想要阿娜卡歐娜。）直到今日，島上女孩如果獲得相同機會，鐵定迫不及待填寫護照申請表格。不幸的，傳說中，阿娜卡歐娜非常老派，她的回覆是「白人佬，你儘管拿熱臉來貼我這個颶風屁股吧」。這就是阿娜卡歐娜的結局。人稱金花。新世界的創世之母。舉世最美麗的印第安女郎。譯者注：瑪琳契是墨西哥印第安女人，西班牙人入侵時間擔任通譯，後來嫁給西班牙征服者 Hernán Cortés。她在墨西哥的歷史地位有多種解讀，有人認為她叛國，有人視她為今日印第安人與白人混血後裔之母。卡薩斯則是西班牙殖民時期，為低下階層印第安人力爭平等權力的天主教主教。

189 巴爾加斯・尤薩（Jorge Mario Pedro Vargas Llosa），祕魯作家、評論家。

情節完美。讀起來還很有趣。

但是阿貝拉大戰楚希佑有另一個較不為人知的版本。那是祕史，據說阿貝拉根本不是為了講笑話不謹慎，或者楚某想上他的女兒而入獄。

而是因為他在寫的一本書。

（來點音效！拜託。）

根據這個故事，一九四四年，阿貝拉為了忤逆楚希佑極感焦慮，他開始寫書，內容呢？當然是楚希佑。一九四五年起，楚希佑政權的某些前官員開始寫些爆內幕的書，阿貝拉的書並非此類。如果耳語可信，他的那本狗屎玩意兒是要揭露楚希佑政權跟超自然力的關係，描寫總統的黑暗魔力，阿貝拉認為民間傳言楚希佑有超能力，不是人，某些方面**頗可信**。楚希佑就算不是來自其他星球，大體上，也相去不遠。

真希望我能讀到這本書稿。（我知道奧斯卡也很想。）鐵定媽的瘋狂又刺激。悲哀的是，這本「格林魔書」在阿貝拉被捕之後就被毀跡了。沒有任何拷貝本留傳，他的妻女都不知道這本書的存在，只有一個僕人偷偷幫他收集民間軼事素材。傳言大抵如此。我又能說什麼？在聖多明哥，故事必須有超自然色彩，才稱得上故事。這也是眾口傳述而少人相信的那種虛構故事。各位當然猜想得到，奧斯卡很感興趣，它直攻奧斯卡宅男腦袋的深層結構。神祕之書，超能力，外星人，霸居新世界第一島嶼的獨裁者，不僅將此島國與世界割離，還會下咒摧毀敵人——他媽的，堪稱是新世紀洛夫克萊夫特（H. P. Lovecraft）之作。

多明尼加素有豐富的巫毒傳說，我認為所謂的阿貝拉．路易斯．凱布爾醫師的**最後散佚遺作**不過是一例。強索民女的說法雖跟各式開國神話一樣陳腐，畢竟可信，是吧？素材實在奇怪的，楚希佑在幹了這些事，阿貝拉任由他宰割之後，居然未染指賈桂琳。他素以個性反覆聞名，不過，還是有點奇怪，是吧？

更奇怪的，阿貝拉先前寫的四本書以及數百本藏書，統統不見。不在檔案室裡，也不在私人收藏之列。一本都沒留下。不是丟了，就是被毀了。據說，他宅內的片紙殘簡均被沒收，一把火燒光光。毛骨悚然吧？一點點手跡都沒留下，楚希佑當然辦事夠徹底，但是片紙不存，這已經超過「徹底」可以形容。楚希佑鐵定很怕這狗娘養的，或者畏懼他所寫的東西，才會如此幹。

不過，各位，這說法也沒有真憑實據，不過是書呆子會愛的故事一則。

判刑

不管你相信哪一種說法，反正一九四六年，阿貝拉所有罪狀都確立，判刑十八年。十八年！憔悴枯槁的阿貝拉來不及說話，就被拖離法庭，挺著大肚皮的蘇可蘿衝上前想打法官，及時被眾人拉住。或許你會問，報紙怎麼沒批評，民權團體怎麼沒動作，反對黨為何沒示威抗議？拜託你吧，黑仔——

那是個沒報紙、沒民權團體、沒反對黨，只有楚希佑的年代。講到法律層面，阿貝拉的律師接到總統府的電話，立即放棄上訴。他勸告蘇可蘿，什麼都不說比較好，他可能還會活得比較久。保持緘默或大聲疾呼，其實無關緊要，敗亡已將降臨。在這次引爆裡，凱布爾家族位於拉維加的十四房老宅、聖地牙哥的豪華公寓、可以安置十二匹馬的舒適馬廄、兩間生意興隆的超市，以及好幾個農場，全被大首領沒收，與寵僕共享之，阿貝拉說楚希佑「壞話」的那個晚上，分配到好處的兩名寵僕也在場。（我可以透露他們的姓名，不過你們應該已經猜到其中一人是阿貝拉頗信任的鄰居。）沒有任何家族比凱布爾敗亡得更徹底。

得罪楚希佑，因而失去家產，可以理解。但是阿貝拉的被捕，或者奇幻故事愛好者口中的那本書，極度加速這個家族的衰頹，前所未見，一整個傾覆。你說它是超級爛運也好、驚人業障也好，或者符枯？總之，連串不幸事件開始降臨這個家族，有人說，這個恐怖厄運永遠不會停止。

崩盤

凱布爾家族說，厄運連連的第一個徵兆是他們的第三個女兒不僅誕生於父親繫獄後，還是個黑小孩。不是一般黑哦，是**黑黑黑**，剛果人那樣的黑、桑果大神的黑、伽梨神的黑、薩巴特克人的黑，也是蕊賀拉的黑[190]，任何多明尼加的種族戲法都無法掩蓋此一事實。在這個文化裡，小孩皮膚黑就是個惡兆。

你說這不足證明。你要真正的厄運證據一。

蘇可蘿在生下第三個女孩（也是最後一個女孩，取名伊帕蒂雅．貝麗西亞．凱布爾）後，不到兩個月，可能因為傷心欲絕，或者丈夫不知下落，也可能是親友開始視她們如符枯惡咒避不見面，或者是產後憂鬱症，她突然跑到一輛疾駛的軍火卡車前，一直被拖到黃色大屋，司機才發現輪下有人。蘇可蘿如果不是當場被車撞死，他們從車軸中扯出的屍體，也足夠證明她死透透了。

這真是運氣爛到斃了。又能怎樣？母親死了，父親入獄，親友稀少（是楚希佑式的「稀」），三姊妹只好分送到不同家庭。賈桂琳送去首都跟富有的教父教母住，雅絲提傍依聖璜省馬瓦那的親戚。

此後，她們沒再見過面，也沒再見過父親。

就算你們不相信符枯，知道後來發生的事，鐵定也會說——媽啦，這是怎麼啦？蘇可蘿過世不久，家僕領班伊斯坦班就在酒店外面被刺身亡，兇手始終沒找到。沒多久，麗笛雅也死了，有人說死於心碎，有人說她的女性器官罹癌。總之，她一人獨居，死了數個月才被發現。

一九四八年，凱布爾家族的金童賈桂琳溺斃於教父母家的游泳池，當時池水早已抽到僅剩兩呎

190 桑果大神（Shango）是非洲Yoruba信仰裡的雷電大神，伴隨黑奴移民到加勒比海，桑果也成為信仰的中心，因為祂代表西非洲的Oyo族裔。伽梨（Kali）是濕婆神的化身。蕊賀拉（Rekha）應該是指印度女星Bhanurekha Ganesan，藝名為Rekha。

高。在這之前，她仍是個鬥志昂揚的女孩，是那種遭到芥末毒氣攻擊還能保持樂觀態度、成日嘰嘰聒聒的黑仔。儘管心靈重創，骨肉分離，她的表現永遠優秀，各個項目都不讓人失望。她總是第一名，甚至打敗那些就讀私校的白人殖民者小孩，秀異非常，不時在考卷上勾出老師的錯誤。她是辯論校隊長、游泳隊隊長，網球場上更是無敵手，總之，閃耀的金童。人們將她的死歸諸於無法面對家族敗亡的打擊，以及她在這場敗亡史裡所扮演的角色。（可是多麼奇怪，再過三天她就要去法國讀醫學院，種種跡象都顯示她迫不及待要離開聖多明哥，為何「自殺」？）

她的妹妹雅絲提呢？我們對她所知甚少，這個可憐寶貝運氣也不好。她跟叔叔們住在聖璜，一九五一年，她正在教堂禱告，一顆流彈穿過教堂走道，直中她的後腦門，當場死亡。沒人知道子彈哪兒飛來的，根本沒人聽到火器扣擊的聲音。

家族的原始四名成員反倒是阿貝拉活得最久。說來諷刺，阿貝拉的親友，包括茵卡在內，都相信政府的說法——阿貝拉早在一九五三年就死了。（政府幹嘛扯謊？想扯就扯啊！）直到他真的死了，才傳出這些年他其實被關在尼瓜瓦（Nigüa），一關十四年。真是噩夢[191]。這些年的囚禁，我可以講上千百個故事，讓你媽的**眼睛**都哭瞎了，但是在此我將赦免你，不訴說阿貝拉十四年來所受的苦楚、刑求、寂寞與病痛，赦免你於知道事實，只告訴你結果。（這時，你可能會想，你有獲得赦免嗎？沒錯，沒有。）

一九六〇年，當地下抗暴活動如火如荼，阿貝拉受到特別殘暴的待遇，被銬在椅子上，放在烈陽下，一條溼繩子緊緊勒住腦袋。這種刑法叫做封冠，簡單又恐怖有效的酷刑。一開始，繩子勒住你的腦袋，太陽慢慢烤乾它，它就越來越緊，勒縮的疼痛變得無法忍受，讓你瀕臨瘋狂。它是楚希佑時代最令人恐懼的酷刑手法之一，因為你求生不能求死不得。阿貝拉沒死，但此後變了一個人，他所自傲的智識火焰全被榨乾。餘下的短暫歲月裡，形同植物人，有些獄友依稀記得他偶有神志清明時刻，站在操場中，呆望雙手，哭泣，似乎想起他曾經不只這樣，似乎曾擁有較多的自我。獄友出於尊重，還是叫他醫師。據說他在楚希佑被刺身亡的前幾天過世，埋在尼瓜瓦監獄外面的不知名所在，墳墓沒有名字。奧斯卡生前最後歲月曾走訪那裡。沒什麼可報告的。它看起來跟聖多明哥其他不重要的鳥地方一樣。奧斯卡燃了蠟燭、奉上鮮花、禱告，之後返回旅館。政府曾允諾為尼瓜瓦監獄死難者立碑，但是沒有！

191 作者注：尼瓜瓦以及納瓜井（El Pozo de Nagua）都是死亡集中營，最終極的，公認是新世界最恐怖的監獄。楚希佑執政時代，多數黑佬進去，就沒能活著出來。能活著出來的，或許也覺得生不如死。我有一個朋友的父親只因為對楚希佑父親不敬，就被掃進尼瓜瓦，一待八年。他曾提及一位獄友十分不智，居然跟獄卒抱怨牙疼，獄卒立即拔槍朝他嘴裡開一槍，腦漿噴射四方，隨即嘎嘎大笑，現在，你牙不疼了吧。（這位獄卒後來得到牙醫封號。）被掃進尼瓜瓦的名人不少，包括作家胡安·波西（Juan Bosch），他後來成為頭號反楚希佑的海外流亡人士，最後當選多明尼加民選總統。誠如希曼尼斯·古永（Juan Isidro Jiménez Grullón）在《美洲蓋世太保》（*Una Gestapo en América*）一書所言——寧可腳底有百隻跳蚤（niguas），也不願涉足尼瓜瓦（Nigüa）。

第三個（最後一個）女兒

凱布爾家的第三個女兒伊帕蒂雅．貝麗西亞．凱布爾呢，母親死時她才兩個月大，從未見過父親，姊妹分離前，恐怕沒抱過她幾次，她從未住過哈提貴莊園，這個啟示錄之子淪落何方？下場如何？她不像兩個姊姊那麼容易安置，畢竟是個新生兒，傳言說她黑得像煤炭，阿貝拉這邊的家族沒人要收養她。更慘的是，她出生時不足磅，活像巴卡尼[192]，病懨懨。愛哭，難養，何況，誰要黑小孩啊。我知道我不該如此指控，不過，我懷疑凱布爾家族根本沒人要她活下來。之後的數星期，貝麗都在鬼門關前打轉，幸好有個好心女黑人佐拉餵她多餘的母乳，每天抱她幾小時，不然小貝麗早死了。四個月大時，貝麗終於走出鬼門關，雖然還是個巴卡尼，卻開始長胖，以前她的哭聲像墳墓傳出的低吟，現在尖銳刺耳。她的守護天使佐拉摸摸她的雜色頭髮說，小女兒，再過六個月，妳就會比莉莉絲還壯。

但是貝麗並沒有六個月。（穩定不是我們女主角的星座特色，她的主星是**遷移**。）毫無徵兆，一群蘇可蘿的遠親跑來說要收養這個小孩，從佐拉手中搶走貝麗。這些都是蘇可蘿嫁給阿貝拉之後，迫不及待要擺脫的人。我懷疑他們根本無意扶養貝麗，只想挾持她，看看能不能從凱布爾親人那裡弄到錢，掠奪未果，這個家族才面臨了真正的徹底敗亡。這些混蛋把貝麗送去阿索亞省偏遠鄉下的親戚。接下來的事臭不可聞，阿索亞省的這些人是十足王八蛋，我老媽說他們根本是野蠻人。他們照顧這個不快樂的小娃兒還不到一個月，這家人的老媽有天下午帶著貝麗外出，卻一人回來。她跟鄰居說貝麗死了。有些人相信她的說詞，畢竟貝麗病了好久，簡直是地球上最瘦小的黑小孩。唉，符枯惡咒第三部曲。多數人則認為她把貝麗賣掉了。那個時代，販售嬰孩很常見。

事實的確如此。就像奧斯卡某本奇幻小說裡的角色，這個孤兒（不確定是不是超自然血洗事件的目標）被賣給阿索亞省的陌生人。沒錯，她被賣了。成為女僕，寄養童工[193]。在島國上最偏遠一隅沒沒無聞生活著，不知自己的真正親人，慢慢的，她就音訊全無，許久，許久[194]。

---

192 原文用Bakini，應該是電玩遊戲Grappler Baki的日語暱稱，源自同名漫畫，Baki飽受欺凌。

193 原文用restavek也可拼為restavec，這是海地的一個習俗。窮人家養不起小孩，就送到鄉下給親戚養，孩子做工交換食宿，成為寄養家庭的半奴隸。

194 作者注：儘管我在多明尼加只住到九歲，連我都認識幾個童養工。其中兩個住在我家後面的巷子，她們是我見過最被壓榨、工時最長的人。其中一個女孩叫蘇貝達，她負責燒飯、打掃、提水，照顧主人家的兩個小嬰兒，跟這個家庭的六個其他成員，當年，她才七歲！要不是我老哥的第一個女友尤哈娜偷空教她ＡＢＣ，這女孩恐怕什麼屁字都不認識。每年我從美國回鄉度假，都是同樣景象，蘇貝達默默勤奮工作，她只會抽個幾秒鐘跟我祖母與母親問安，或許偷個幾分鐘看看小說，接著就得跑去幹活。每次回鄉，我母親都會送她一點紅包，因為有次她買了洋裝給蘇貝達，隔日就發現那件衣服跑到她「家人」身上。我，身為社區運動分子，當然想跟她說話，每次她都設法逃離我的蠢笨問題。我老媽問，你們能聊什麼，這個可憐女孩連名字都不會寫。蘇貝達十五歲時，被某個白癡鄰居搞大肚子，我媽說現在她的寄養家庭也逼她的孩子做工，替家人打水。

灼傷

貝麗再度現身是一九五五年，茵卡聽到傳聞。

凱布爾家族敗亡期間，茵卡究竟做了什麼？我們不能說謊，必須清楚以告。傳說她自我放逐至波多黎各，其實，她一直待在巴尼，遠離家人，哀悼她已經死了三年的丈夫。（酷愛陰謀論的讀者，有一點必須說明：她丈夫死於凱布爾家族敗亡前，絕非遭池魚之殃。）那段悼亡期非常痛苦，茵卡這輩子就只愛過這個男人，儘管後者從未真正愛過她，結婚才幾個月，他就過世。她一整個被龐大的哀傷吞噬，因此當人們議論紛紛她的堂哥阿貝拉惹上了**楚希佑大麻煩**，她什麼事也沒做，此後終生愧疚。她太心痛了，能做什麼？消息傳來，蘇可蘿死了，三個女兒骨肉離散，她還是沒採取行動，這成為她終生恥辱。讓家族其他人去解決吧。直到她聽說賈桂琳與雅絲提意外死亡，她才短暫超脫傷痛，想清楚不管丈夫死了或沒死，她哀痛或者不哀痛，她完全對不起堂兄，阿貝拉一直對她很好，全家人都反對她的婚姻，唯有阿貝拉支持她。思及至此，她愧不可當，連忙梳洗，出門尋找堂兄最小的女兒。她找到阿索亞省那個買下貝麗的人家，他們帶她去看一個小墳墓。就這樣。雖然她強烈懷疑這個邪惡的人家，懷疑貝麗的真正下落，但是她不是靈媒，也不是CSI探員，又能如何？只好接受小女孩已經死亡的事實，整件事，她也有錯。她的內疚與恥辱還是有正面效果，她不再沉溺於憂傷，恢復生機，開了連鎖麵包店，致力服務顧客。偶爾她會夢見那個小黑女孩，堂兄的最後子嗣。夢裡，女孩會說，嗨，姑姑。茵卡醒來時，胸口揪得慌。

一九五五年，茵卡很順，店面生意興旺得不得了，她成為鎮上有分量的人物。突然間，她聽到驚人消息。有個住在外阿索亞省的農家小女孩想要上學，是楚希佑為鄉間小孩新建的學校，但是她的養父母不肯。這女孩非常頑固，不肯工作，蹺去上學，那一對非她父母的父母氣得抽她鞭子。有一次吵架，這可憐的小小姐嚴重灼傷。那個不是她親生父親的父親用一鍋滾油潑她的背。差點沒活生生殺了她。（聖多明哥這種地方，好消息日傳千里，壞消息呢，以超光速傳播。）這故事最驚人的轉折是——據說這個燙傷女孩是茵卡的親人。

茵卡說，怎麼可能？妳還記得那個在拉維加當醫師的堂哥嗎？因為說楚希佑壞話被關的堂兄？我告訴妳，XX認識XX，這個XX又認識某個XX，那個XX說，這是他的小女兒！

茵卡狐疑了兩天，聖多明哥這個地方，什麼事都有無稽傳言。她不敢相信堂兄的小女兒還活著，而且並非遠在天邊，就在外阿索亞省[195]！連續兩天，她輾轉難眠，只能藉助蘭姆藥酒（mamajuana），

---

195 作者注：熟知多明尼加島國或者奇納多．曼戴茲歌曲集的人，一定知道我所說的景觀是什麼。那可不是你們口中常說的鄉下，不是我們夢想中刺番荔枝樹綿延無際的鄉間。外阿索亞是多明尼加最窮的地方，荒原，等同於巴西東北省著名的乾旱地（sertão），就是奧斯卡最喜歡的那類世界末端的白熱刺眼地景，外阿索亞就是我們的《九霄雲外》、我們的惡土、我們的《窮山惡水》、詛咒之地、禁地、大荒原、玻璃沙漠、燃燒的大地、豆班艾爾、薩魯撒塞康達斯、賽地阿法五號星球、泰土音星球。外阿索亞省居民看起來超像大浩劫的倖存者。貝麗就是跟這些可憐窮鬼住在一起，

後來她夢見死去的丈夫，為了安撫自己的良心，她拜託街坊第一號和麵者卡羅斯‧摩亞開車載她去傳聞中的小女孩住處。摩亞以前幫她和麵團，結婚後就不再幫她了。她跟摩亞說，她如果是我堂兄的孩子，我一眼就可以看出來。二十四小時後，他們帶回非常瘦削非常高眺小命只剩半條的貝麗西亞。從此，茵卡就很痛恨鄉下跟鄉下人。那些野蠻鬼不僅燙傷貝麗，晚上還把她關到雞舍睡覺，進一步懲罰。一開始他們不願讓貝麗亮相。她不可能是您的親人，她是個黑孩子！茵卡堅持，使出權威聲音，女孩從雞舍現身，因為背部的燒燙傷，無法彎腰。茵卡一看到她那雙狂野憤怒的眼睛，就看到阿貝拉與蘇可蘿回瞪著她。甭管那一身黑皮膚，就是她沒錯。凱布爾家的遺族，最小的那個女兒。失而復得。

茵卡用力說，我是妳真正的親人，我來拯救妳。

就這樣，兩人的生命就在一次心跳與一次嘆息間永遠改變了。茵卡把貝麗安置在後面那個空房，那是她老公以前睡午覺、玩雕刻的地方，替女孩辦身分，找醫師。她的背部燙傷實在太慘。（至少一百一十點暴擊。）從脖子到脊椎底部，一大片燒傷化膿。像炸彈坑，類核爆倖存者的世界級傷疤。等到她傷癒可以穿衣服了，茵卡就幫她打扮，站在屋前，拍了生平第一張照片。

這就是她：伊帕蒂雅‧貝麗西亞‧凱布爾，凱布爾家族的三女兒，最後的遺族。她生性猜疑、憤怒、難溝通，是個受傷饑渴的農家女，但是她的表情、姿態都在大聲吶喊——各位，我必須以粗黑體字標示——**驕傲不馴**。雖是黑皮膚，但鐵定是凱布爾一族，絕無疑問。她已經比賈桂琳當年還高。眼這些人多數衣衫襤褸、赤足、住在類似地球上一個文明遺留下來的岩石碎屑蓋出來的房子。如果你把太空人泰勒丟在這裡，他鐵定會大喊：你們終於毀了地球。（卻爾登·休斯頓，不，這不是世界毀滅，這是外阿索亞省。）在這個緯度能夠生存的，除了荊棘、昆蟲、蜥蜴之外，就是美國鋁業公司（Alcoa）的鑽探工作站，還有該區著名的山羊。（在喜馬拉雅山頭跳躍、卻在西班牙土地上拉屎的玩意兒。）外阿索亞省是不折不扣的荒原，我媽稱得上是現代版的貝麗西亞，居然可以在那個鳥不拉屎的地方一待十五年，真的破紀錄。當然她的童年際遇比貝麗好許多，她還是說五〇年代的外阿索亞省到處塵煙滾滾，處處可見年僅十二歲、滿身鞭子傷痕、肚裡全是蛔蟲、近親結婚的小新娘。那裡的家庭人口眾多，賽過英國格拉斯哥的貧民窟。我媽說，晚上沒事幹，人們就拚命生，而且那裡的嬰兒死亡率極高，需要源源不斷「補貨」，才能使家庭香火不息。能夠逃過死神魔爪的小孩都會被人斜眼以視。我媽小時跟表妹一起感染肺炎，表妹死了，我媽高燒退後，終於清醒，卻赫然發現我阿嬤已經幫她準備了棺材。）譯者注：奇納多·曼戴茲（Kinito Méndez）是多明尼加著名的merengue音樂人。《九霄雲外》（*Outland*）是史恩·康納萊主演的科幻電影，場景在荒蕪的木星衛星礦場，被稱為是科幻版的《日正當中》。《窮山惡水》（*Badlands*）是著名電影，一對年輕情侶殺死反對他們的父母，逃往達科塔州的荒漠，沿途還殺了不少人。詛咒之地（The Cursed Earth）是《超時空戰警》（*Judge Dredd*）系列裡的虛構世界，充滿輻射廢棄物，不宜人居。禁地（The Forbidden Zone）出現於電影《浩劫餘生》（*Planet of Apes*）裡一個荒土，只有人類、匪徒、笨蛋才會去，高等猩猩禁止出入。大荒原（Great Wastes）可能是《魔戒》中土世界裡的一個荒漠地。玻璃沙漠（Desert of Glass）應該是指核爆之後的地面充滿高熱結晶玻璃。《燃燒的大地》（*Burning Lands*）應該是指Dominic Covey寫的科幻小說，場景設於第三次世界大戰後三世紀。豆班艾爾（Doben-al）是角色扮演遊戲Jorune裡一個地區，常有大風暴。薩魯撒塞康達斯（Salusa Secundus）是《沙丘魔堡》裡一個環境極為惡劣的星球，充當監獄。賽地阿法五號星球（Celti Alpha Five）是《星艦迷航記》裡的一顆星球，因鄰近星球爆炸，將它推離原有軌道，星球遂變成荒漠。泰土音（Tatooine）是《星際大戰》裡的星球，天行者路克的家鄉。太空人泰勒指的是《浩劫餘生》裡的太空人，由卻爾登·休斯頓主演。在喜馬拉雅山頭跳躍卻在西班牙土地上拉屎的玩意兒，意思可能類似中文的在ＸＸ地方生蛋，卻在ＸＸ地方拉屎。

珠顏色跟她不認識的過世父親一模一樣。

忘了我吧

貝麗絕口不提那九年以及燙傷的事。好像一到了巴尼，她在外阿索亞省的日子，那一整段的篇章就被鎖進政府用來儲存核廢料，再用雷射槍三道封閉的桶子，那段記憶被拋棄在靈魂的黑暗深溝裡。四十年來，她沒跟任何人提起兒時的生活，包括茵卡姆媽、朋友、愛人、大歹徒、丈夫，以及她深愛的子女蘿拉與奧斯卡，這多少說明那段日子的恐怖。**四十年了**。大家只聽過茵卡說的那些。她如何跑去外阿索亞省，從那對自稱是貝麗父母的人手中搶救了她。直到今日，茵卡除了說他們幾乎毀了貝麗之外，其他也無可奉告。

我的看法呢？我認為貝麗除了幾個關鍵時刻外，從未再回想當年的生活。失憶是本島常見疾病。五分否認，五分負面幻想。擁抱安地斯山的力量吧。由此，貝麗將重新打造自己。

庇護所

夠了。最重要的是貝麗在巴尼這個地方，在茵卡姆媽的家裡找到了庇護。茵卡也給了她從未有過的母愛，她教導貝麗讀寫、穿衣、吃飯禮節，如何表現合宜。她虧負堂兄，未能及時營救，巨大的內疚感驅迫這個背負**「教化」任務**的女人按下快轉鍵，積極打磨貝麗。貝麗儘管受過極大痛苦（或許正因如此），卻相當向學。就像獴哥吞下嫩雞，她也生吞活剝茵卡的教化訓練。一年後，貝麗粗礪的外表已被打磨掉許多，她或許還是很會口出穢言、亂發脾氣、攻擊性強、不受羈絆、眼神無情如隼鷹，但是她也有了尊嚴女孩應有的姿態與說話方式，以及傲慢。穿上長袖衣服，她的背部傷痕只有頸部以上依稀可見，當然只是大片傷痕的邊緣，不過，剪裁得宜的衣服可以遮掩掉許多。就是這個女孩在一九六二年隻身前往美國，她的子女都不知道她當年這一段，唯有茵卡知道她全身和衣而睡，半夜驚叫而醒，唯有茵卡見過打磨成功前的她，現在她餐桌禮儀優雅如維多利亞時代的人，並從此極端厭惡貧窮骯髒者。

茵卡與貝麗的關係很奇怪。茵卡從不跟貝麗討論外阿索亞省的日子，也不提灼傷那件事，假裝不存在。（就像她假裝鄰里並無貧民窟爛人，實則，他們處處可見。）就算她每日早晚替貝麗敷藥，她也只是說，小姐，過來坐這兒。這種緘口不談與無意刺探正好符合貝麗所望。（真希望偶爾將她打回黑暗深淵的情感浪潮也能夠完全消失。）茵卡不談灼傷的事，不談外阿索亞省，只告訴貝麗早被遺忘的歷史——她的父親是名醫，母親是漂亮的護士，她有兩個姊姊賈桂琳與雅絲提，還有，她們家在希巴歐谷地有個漂亮城堡哈提貴莊園。

她們沒法成為密友，貝麗太憤怒，茵卡又太規矩，但是茵卡的確給了貝麗許多寶貴東西，多年後，她才慢慢明白。一天，茵卡拿出一張舊報紙，指著某張照片說：妳瞧，這是妳父親母親。這就是妳的出身。

那是診所開張日，她的父母親看起來年輕又嚴肅。

那些日子是貝麗這生唯一的庇護，她從未想過能置身這麼安全的世界，有衣穿、有飯吃、可以閒散度日，如果她沒犯錯，茵卡姆媽絕不會提高嗓門，也不准別人對她大小聲。在茵卡姆媽尚未送她去救贖者中學，成為有錢人同學前，她在當地一個灰撲撲、蒼蠅滿天飛的公立學校讀書，班上同學比她小三歲，她沒交上朋友（她也不會跟這些小孩來往），生平第一次，她開始記得夢境的內容，這是她從未有過的奢侈。一開始那些夢都像颶風，強而有力，有時她夢見自己會飛，有時夢見自己迷途，甚至夢到灼傷，看到不是她親生父親的「父親」拿起小燒鍋時，臉蛋的冷漠無表情。夢裡，她從不害怕。只會不斷告訴自己，我已經離開那裡，不會再受傷害。

不過有個夢的確令她害怕。她獨自置身一棟巨大空蕩的房子，屋頂上滿是雨漬痕跡。這是誰的家？她不知道。可是她聽見屋內小孩的聲音。

第一個學年結束，老師要她到黑板前填上日期，這是「最好」的學生才有的殊榮。站在黑板前，她好像巨人，下面的同學默默在心裡叫她「燒傷的捲毛女孩」或者「燒傷的醜女孩」，那是她的綽號。貝麗回到座位，老師檢視她寫在黑板上的字。凱布爾小姐，妳寫得很好，很好！直到她成了播遷女王，離家背井，都忘不了那一天。

凱布爾小姐，很好！

她永遠不會忘記。那年她九歲又十一個月大。活在楚希佑時代。

第六章　失落者國度（1992-1995）

黑暗時代

畢業後，奧斯卡搬回家。離家時，他是處男，返家時，仍是處男。他拿下兒時的海報，包括《宇宙戰艦大和號》（*Starblazers*）、《宇宙海賊哈洛克》（*Captain Harlock*），換上大學時代的《光明戰士阿基拉》、《魔鬼終結者2》海報。現在，雷根與他的邪惡帝國已經被貶到偏遠之地，奧斯卡不再幻想世界末日，只關心家族的敗亡史。他收起《孽果》（Aftermath!）遊戲，專心致力寫作太空歐呸拉。

這是柯林頓執政初期，還在飽嚐八〇年代爆爛經濟的惡果，奧斯卡四處鬼混，七個月一事無成，最後回母校唐巴斯科技術學校當代課老師，老師請病假，他就去上課，想來，很諷刺啊。他不斷向出版社投稿短篇故事與長篇小說，沒有一家感興趣。雖然如此，他還是一直寫。一年後，代課變成專職。他大可拒絕這份工作，對殘酷的命運使出豁免骰[196]，但是他隨波逐流，眼睜睜看世界在他面前崩毀，告訴自己，沒關係的。

從我們上次造訪至今，唐巴斯科技術學校有被基督徒的兄弟情奇蹟感化嗎？上帝的永恆恩典可曾滌清學生的罪惡？我拜託你吧，黑仔。奧斯卡當然覺得學校比以前小了，過去五年裡，校內的高年級生長相變得像音斯毛人[197]，有色人種學生也變多了，但有些事情永遠不會改變，譬如白人學生是老大，有色人種學生自我憎恨。此外，他年輕時代飽受同學虐待取樂，那種氣息今日仍穿流於教室走廊間。如果說當年他認為這個學校是「白癡煉獄」，你試著年紀稍長後回來這裡教英文與歷史看看。基**督聖母啊！**真是夢魘。他本來就不擅教書，而且志不在此，以致不管哪個年級或者哪種性情的男學生，都特愛惡搞他。在走道上看到他就咯咯笑，假裝把手裡的三明治藏起來。或者上課到一半，突然問他有沒有上過女人啊？不管他的反應如何，都會引起哄堂大笑。奧斯卡知道，學生嘲笑他的尷尬，還有，只要想到他撲倒某個不幸女人的畫面，就忍不住要大笑。針對此類撲倒場景，學生還炮製出示意圖，某天下課，奧斯卡看到地板上有幅畫，人物嘴邊還有漫畫的對話泡泡——**不要，奧斯卡先生，不要！**這些景象多麼令他喪氣！每天他都看到所謂的「酷」孩子欺凌胖子、醜八怪、聰明學生、貧窮學生、黑膚學生、不受歡迎的學生、非洲印度阿拉伯裔學生、移民後代學生、舉止奇怪的學生、娘娘腔學生，當然，還有同性戀學生。他在每一個衝突場面都看到當年的自己。當年，白人小孩是主要的霸凌，現在由有色人種學生負責動手。有時他試圖安慰這些伴讀者[198]，告訴他們，在這個宇宙裡，你

196 豁免骰（saving throw），角色扮演遊戲裡，以擲出骰子來決定玩家可以持續該效應或者終結該效應。
197 音斯毛（Innsmouth）是作家洛夫克萊夫特筆下的虛構城鎮，那裡的人臉面狹長，鼻子扁平，眼睛暴凸且晶亮。
198 原文用 whipping boy，古代歐洲皇室陪伴王子唸書的書僮，王子犯錯，由他們代替吃鞭子。這裡是雙關語。

並不孤獨。但是，怪胚最怕的莫過另一個怪胚伸出援手。這些孩子看到他就嚇得飛奔。奧斯卡曾出於熱情，開辦科幻與奇幻小說讀書會，在教室走廊貼布告，連續兩個星期四，放學後，他都坐在教室裡，將最愛的小說擺成吸引人的模樣，聆聽走道奔雷般的腳步聲，偶爾有人會喊「將我光束分解送到他處」，或者在他的教室門口喊「納魯—納魯」[199]。他等了三十分鐘，沒人參加，收起書本，獨自走在走廊間，跟當年一樣，他的腳步聲聽起來有種奇特的輕巧感覺。

他在同事中只有一個朋友，也是個特立獨行的另類拉美裔人，二十九歲，名叫納塔莉。（是的，她令奧斯卡連想起珍妮，只是她沒珍妮的芝蘭之美，也少了她的活潑可愛。）納塔莉曾在精神病院待了四年（她說，精神方面的問題），還是虔誠的威卡信徒[200]。她的男友人稱垃圾桶史丹，兩人相識於精神病院（那是我們的蜜月），史丹是緊急醫療服務隊員，納塔莉告訴奧斯卡，史丹看到路邊濺血屍體，就會慾火上升。奧斯卡說真是個怪人。納塔莉嘆氣，沒錯沒錯。儘管納塔莉相貌平凡，成日嗑藥茫茫然，奧斯卡對她還是產生一些哈洛．勞德式的幻想[201]。她不夠漂亮，不能帶著公開約會亮相，但是可以發展出僅有臥房的扭曲關係。他幻想走進納塔莉的公寓，勒令她脫光衣服，裸體為他煮粗糧。兩秒鐘後，她就跪倒廚房瓷磚上，身上僅有圍裙，而他呢，衣著整齊。

接下來的劇情當然更詭異。

就在他任教第一年快結束，這個經常在下課時間偷喝威士忌、介紹他閱讀《睡魔》（*Sandman*）與《八號球》（*Eightball*）漫畫、跟他借了不少錢卻從來沒還的納塔莉，突然以她慣有的驚人口吻說，我要調去雷吉塢教書，郊區耶！他們的友誼就這樣斷了，他打過幾次電話，不過她那個偏執狂男友似乎把電話黏在腦袋上，也從來不轉留言。這段情就這麼淡了，淡了。

他的社交生活呢？返家頭幾年幾乎沒有。每星期他都會去木橋購物中心，到「遊戲房」看角色扮演遊戲，到「英雄世界」看漫畫，再去「瓦登書屋」找奇幻小說。所謂的宅男動線。最後他到芳鄰餐廳瞪著瘦得像火柴棒的黑女孩，她是餐廳員工，奧斯卡愛上她，卻沒勇氣開口。

他也很久沒跟老友艾爾、米奇斯出去混。這兩人都沒讀完大學，一個是蒙茂大學，一個是澤西市立大學。兩人都在百視達工作。看來，死了還可能同穴。

他也沒見過瑪瑞莎。聽說她嫁給一個古巴佬，住在提納克，已經有了一個孩子。

歐嘉呢？沒人知道她的確切下落。傳說她企圖搶劫喜互惠超市（Safeway），演出唐娜．普拉妥[202]那

199 納魯—納魯（Nanoo-Nanoo）源自美國七〇年代的科幻影集《默克與明蒂》（*Mork and Mindy*），默克是外星人，明蒂是他的人類朋友，後來嫁給他為妻。納魯—納魯是默克原星球的招呼語，類似嗨嗨。

200 威卡（Wicca）是英美地區的一種新興宗教，多神論，以巫術為基礎。Wicca 一字便演化自巫術（Witchcraft）。

201 哈洛．勞德（Harold Lauder）是史蒂芬．金《末日逼近》小說的人物，高中輟學生，跟娜汀．克羅斯發展出非常墮落的性關係。

202 唐娜．普拉妥（Donna Plato）是美國電視明星，演出《*Different Strokes*》，離開該影集後，演藝事業走下坡，淪落為情色電影小咖，一九九一年，她在拉斯維加斯一家乾洗店做事，有天突然跑進錄影帶店，掏槍搶錢，數分鐘後就被捕。最後死於服藥過量。

一套，居然沒有蒙面，超市每個人都認識她。據說她還關在米德斯女子教化院裡，大概要到五十歲才會被放出來。

沒有女孩愛他？他的生命裡都沒有女孩？

一個也沒！

至少在羅格斯大學時，女孩遍地都是，像他這樣的變種人也可以藉各種順理成章的托辭接近女孩，不致引起恐慌。現實世界沒有這麼簡單，女孩看到他走過身旁，便噁心轉頭，或者在戲院裡趕忙換位置。有次他搭公車到城裡另一端，某位女乘客甚至說，你的腦袋瓜別再想我！她齜牙說，我知道你打什麼鬼主意。馬上給我停止。

他寫信給姊姊，我是永遠的單身漢。他老姊已經放棄日本，跟我住在紐約。她回信給奧斯卡，世界沒有永遠的事。奧斯卡用拳頭頂住眼窩，寫：有的，就是我。家庭生活呢？他沒窒息，但也沒有從中得到養分。他老媽比以前更瘦更沉默，比較少像年輕時那樣暴怒，像個有生命的泥人，徹底工作狂，依然讓祕魯房客的眾多親戚擠著住在一樓。魯道夫叔叔呢？朋友們叫他夫夫，恢復入獄前的老習慣，開始使用海洛因，晚餐時會突然滿身大汗。他搬進蘿拉的房間，奧斯卡每天都必須忍受他跟脫衣舞孃女友幹炮的聲音，有次他甚至大叫，叔叔，拜託不要一直撞床頭板。魯道夫叔叔的房間掛了他在布朗區的早年照片，那時他才十六歲，衣著是威利·柯龍[203]那種皮條客瀟灑派頭，還沒去打越戰，據說，他是軍隊裡唯一的多明尼加人。牆上還有奧斯卡老媽與老爸的照片，兩人還很年輕，相識兩年。

奧斯卡跟老媽說，你愛老爸。

貝麗大笑，少講你不懂的事。

外表，奧斯卡看起來只是有點疲倦，沒長高，沒更胖，只有他的眼睛因長年的沉默絕望，跑出了眼袋。內心呢？奧斯卡變了。他看到自己直墜而下，知道自己會變成什麼。他快要變成地球上最可悲的族群——酸楚不滿的書呆子。可以預見自己下半輩子都在「遊戲房」挑模型。他不想要這種未來，卻看不到逃避之道，看不到出路。

符枯！

黑暗！有時早上醒來，他根本不想下床。十噸重物壓在他的胸口，又好像被加速力推著跑。如果他的感覺不是那麼苦澀，或許這樣的經驗還會顯得好玩。他夢見自己漫遊於邪惡的果多星球，尋找太空船的墜毀殘骸，舉目望去都是廢墟與輻射衰變後的怪物。他打電話跟蘿拉說，我不知道自己怎麼回事，正確字眼或許是我正值人生「危機」，但是我張開雙眼，只看到**崩潰**。這時，他開始毫無理由地把學生趕出教室。對他老媽大喊滾開。一個字也寫不出來。他會跑到叔叔的房間，把柯爾特短槍對準太陽穴，然後想起那次在鐵軌橋的自殺經驗。有時他躺在床上，想到他老媽一輩子都要幫他張羅飯菜。那天他無意間聽到老媽跟叔叔的對話，老媽說，我**不在乎，只要他在家，我就很開心**。

---

203 威利．柯龍（Willie Colón），波多黎各的Salsa歌手。

有時當他不再覺得自己像吃鞭子的老狗，拿起筆桿不會流淚，就被龐大的內疚感吞噬。他會跟老媽道歉，說，我腦袋的好人部分似乎被別人挾持潛逃了。老媽說，沒關係，兒子。他會開車去探望蘿拉。蘿拉在布魯克林住了一年，現在搬到華盛頓高地，頭髮變長，一度懷孕，高興得要命，但是她發現我又出軌，就把孩子墮掉了。奧斯卡在蘿拉門口說，我又來了。蘿拉說，沒關係。然後她給奧斯卡弄吃的，兩人抽大麻，奧斯卡不明白此刻胸中滿溢的愛為何無法持久。

他開始規劃一個科幻四部曲，那將是他的桂冠之作，是托爾金碰上史密斯博士[204]。有時他會開車漫遊遠處，一直開到艾米許（Amish）信徒的聚落，獨坐公路旁的簡餐廳，瞪著艾米許女孩看，想像自己穿上教士服，晚上他就睡在車上，醒來開車回家。

有時他夢見獴哥。

（你以為奧斯卡的生活不可能更爛，瞧瞧這個：有天他跑去「遊戲房」，卻發現一夕之間出現了新世代宅男，他們不買角色扮演遊戲，而是狂迷魔法牌！這波風潮怎麼來的，誰也料想不到。不再有角色或者遊戲模組，只有無盡的套牌鬥套牌。對話都無血無肉，表現平淡無味，完全機械化。但是小孩子愛死了。他試過搞出一套像樣的套牌，但這實在不是他的菜，輸給一個十一歲小混蛋，他一點不在乎。這是他的時代已經結束的第一徵兆，新出品的宅男玩意不再有吸引力，你愛舊遊戲勝過新產品。）

奧斯卡度假

奧斯卡在唐巴斯科技術學校任教將近三年，老媽問他暑期有何打算。過去幾年，魯道夫七、八月大多待在聖多明哥，今年，他老媽也想跟去。她靜靜地說，我很久沒看過你姥姥了，答應她好多事都沒做，最好趁我翹辮子前先做。奧斯卡很多年沒回多明尼加，上次回去，還是去參加姥姥頭號僕人的葬禮。她纏綿病榻好幾個月，深信敵人再度攻陷了多國邊界，她大喊一聲海地人，氣絕，他們全家都參加了葬禮。

事情就是這麼奇怪。如果他沒答應回聖多明哥度假，或許這黑仔現在還活得好好的。（當然，如果你認為被下了符枯惡咒、痛苦不堪，也叫做活得好好的。）這不是漫威出版的《如果》（*What If?*）系列，時間不多了，沒法搞此類揣測。那年五月，奧斯卡的情緒稍好。幾個月前他又經歷了一次黑暗憂鬱期，現在他再度開始節食，拖著笨重身體在鄰里散步健身。你猜如何？這次黑仔沒有半途而退，減了將近二十磅！奇蹟！他終於修好離子推進器，雖然邪惡的果多星球不斷拉扯他，但是他的五〇年代風格火箭「犧牲之子」號絕不束手就縛。瞧，我們這位宇宙探險者睜大雙眼，加速器推到底，另一手放在他的變種人胸膛上。

204 史密斯博士（E. E. "Doc" Smith），早年的科幻作家，創作《透鏡人》（*Lensman*）系列，被奉為太空歐呸拉始祖。

不過，二十磅不代表他已經變成「苗條有致」，但也稱不上是康拉德的老婆[205]。那個月初，他搭訕巴士上一個戴眼鏡的女孩，說，哦，妳很愛光合作用啊。這女孩還真的放下《細胞》醫學期刊，回答說，是的，沒錯。要是他沒把這段對話扯出地球科學的範圍，要是他能從這段短短的對話炮製出她的電話號碼或者約會，要不是他下一站就得下車，而她沒有，事情會不會不一樣呢？不過，這倒是十年來，我們這位老兄首度再生，沒什麼事能讓他生氣，包括學生、公共電視臺停播《超時空博士》、他的寂寞，以及出版社不斷退他書稿。他覺得任何事都**無法攻克**他，而聖多明哥的夏天……是的，即便奧斯卡這樣的宅男，也知道聖多明哥的夏天有種特殊魅力。

每年夏天，聖多明哥就開動「播遷迴轉器」，吸回驅逐在外的子民，越多越好。機場擠滿過度盛裝的旅客，金光閃閃的脖子簡直快抬不起來，大量的行李壓得轉盤沉重呻吟，駕駛擔心過度超載的飛機會讓他與乘客身處危境，餐廳、酒吧、夜店、戲院、棧道、海灘、度假村、旅館、賓館、民宅空房、貧民窟、夏令營、鄉間、磨坊，擠滿世界各地回來的多明尼加人[206]，好像有人下了「播遷逆轉令」：返鄉，各位！返鄉！從華盛頓高地到羅馬、澤西州的波福安珀到東京、從橋頭市到阿姆斯特丹、從羅倫斯到聖璜。這也是熱力學基本原理被修正的時刻[207]，讓現實世界得以符合人們的最終期望——撈上大屁股妞，帶到聞名甚久的賓館，此刻的聖多明哥根本就是個大派對，除了窮人、黑人、失業者、生病者、海地人、海地人的孩子、蔗園工人，以及某些加拿大、美國、德國、義大利觀光客喜歡強暴的小孩外，人人都能參加這個派對。是的，聖多明哥的夏天舉世無匹。於是經過許多年，奧斯卡主動說，媽，祖靈跟我說話，我最好陪您一塊兒回去。他想像自己也有機會把女孩撲倒在床，愛上某個島嶼妞。（黑仔兄弟總有對的時候，您說是吧？）

決定如此突然，連蘿拉都狐疑說，你**從來**不想去聖多明哥。

他聳聳肩，我想試點新鮮的。

回鄉的濃縮筆記

狄．里翁一家在六月十五日飛抵多國。奧斯卡既興奮又恐懼，他老媽可是超霹靂超誇張。一派盛裝，活像要去晉見西班牙卡羅斯國王。如果她有皮裘大衣（她沒有），鐵定也穿上了，任何足以證明她已遠遠拋卻出生地，不再跟家鄉人同一流的東西，她都會用上。奧斯卡從沒見過她如此盛裝打扮與優雅，以及這麼愛跟人拚排場。從機場櫃檯到空中服務員，她讓**每個人**吃足排頭。好不容易在頭等艙落座（她出的錢），她環顧四周，不滿地說——這裡的乘客沒一個有水準的。

205 作家康拉德（Joseph Conrad）曾形容妻子相貌「平凡」（plain）。

206 原文用 quisqueyanos，多國原住民泰諾語裡的伊斯帕尼奧拉島（Island of Hispaniola），原意指大地之母，因多明尼加位於此島上，現多用來指稱多明尼加人。

207 熱力學定理指出每一次的能源轉換利用，都是不可逆的過程。

順帶一句，除了吃飯看機上電影，奧斯卡全程打瞌睡，還流口水呢，直到飛機觸地，全機乘客鼓掌才醒來。

他驚醒，問，怎麼啦？

先生，放輕鬆，我們到了。

逼人熱浪依舊，熱帶空氣的豐饒氣味也依舊令他難忘，這比瑪德琳蛋糕更能喚醒他的記憶，當然，還有污染的空氣、成千上萬的摩托車與汽車，路邊的報廢卡車，穿梭於紅綠燈口的小販。（奧斯卡說，他們好黑啊。他老媽不屑地揮揮手，該死的海地人。）人們毫無遮蔭物，頂著豔陽，懶洋洋走在馬路上，疾駛而過的公車塞滿乘客，活像急著送滿車義肢前往遠處的戰場。聖多明哥到處可見頹圮的建築，像混凝土貝殼[208]受了肢殘重創，慢慢等死。某些貧童臉上的饑寒模樣，你沒法忘記。不過，聖多明哥似乎也有許多地方像舊土地長出了新城市，馬路比較好，汽車比較好，裝了冷氣的豪華巴士不間斷地穿梭希巴歐谷地甚至更遠的地方。美國速食連鎖店（唐叔叔甜甜圈〔Dunkin' Donuts〕、漢堡王）也進駐了，間雜於當地品牌間，都是奧斯卡不認識的名字（維多利亞春雞、波木剛四號餐廳）。當然還有人們懶得理會的紅綠燈。最大的改變？幾年前，茵卡將生意整個搬到首都，她說，巴尼太小了，現在他們在北景鎮有棟新房子，首都外圍有六家連鎖麵包店，接機的表親派德洛．巴布羅驕傲地說，我們現在是資本主義了。

從上次奧斯卡造訪後，茵卡也變了許多。她原本總不顯老，是他們家族的中土精靈凱蘭崔爾[209]，不再是了。她的頭髮幾乎全白，儘管身軀依然筆直，但是皺紋已經橫七豎八爬上臉面，讀什麼東西都要戴眼鏡。她依然精神健朗驕傲，七年來，她第一次見到奧斯卡，搭著他的肩膀說，我的兒，你終於回來了。

嗨，姥姥。奧斯卡笨拙地說，請您賜福於我。

（不過，什麼場景都比不上他老媽跟茵卡的相逢。一開始，他老媽沒說話，接著整個人崩潰，遮著臉哭泣，用小女孩的聲音說：姆媽，我回來了。兩人相擁許久，哭泣，蘿拉也加入。奧斯卡不知道如何自處，只好跟著派德洛到小卡車下行李，放到後露臺上。）

真驚人，他居然忘記多明尼加許多事，譬如小蜥蜴到處亂爬，譬如公雞清晨啼叫，不一會兒，蕉農與賣醃漬鱈魚的小販開始喊叫，還有摩亞舅公，奧斯卡抵達的第一晚，就被他用貝羅加蘭姆酒灌得爛醉，講起他跟蘿拉的童年往事，就淚眼汪汪。

但是他居然完全忘記多島的女人是多麼漂亮！

蘿拉說，廢話！

回到島上的頭幾天，遊車河時，他差點扭斷脖子。

208 作者此處是雙關語，concrete shells是建築用語，混凝土殼，shells又指貝殼，所以才說受了重創等死。

209 凱蘭崔爾（Galadriel）是《魔戒》裡Lothlorien的精靈族頭頭，持有精靈三戒的Nenya，相貌非常尊貴。

他在日記上寫，我這是置身天堂。

天堂？表親派德洛發出齒冷的不屑聲音——這裡是他媽的煉獄。

我兄弟曾到此一遊的鐵證

蘿拉帶回家的照片裡，有奧斯卡坐在老家後院讀奧克塔維亞・布特勒（Octavia Butler）的小說，有奧斯卡拿著總統牌啤酒逛海堤大道、哥倫布燈塔、大半個都瓦得小鎮，有他跟派德洛選購火星塞、在康迭小鎮買帽子的照片。還有他在巴尼跟驢子的合照，以及他與姊姊的合照（她穿細吊線的比基尼，簡直炸飛你的眼角膜）。看得出來奧斯卡很努力，儘管眼內滿是疑惑，臉上還是掛著笑容。

照片也顯示他不再穿那種胖子外套。

奧斯卡融入本土

返回多明尼加的第一個星期，在堂表兄弟帶他見識過一堆景點後，在他逐漸習慣炙熱氣候、清晨被雞啼驚醒，以及大家都叫他瓦斯卡（他都忘記這是他的多明尼加名字）後，在他拒絕向心內的低語（久居於外的僑民都有的感覺——**你不屬於這裡**）投降後，在他泡了大約五十個夜店，不會跳騷沙舞、馬林給舞、巴恰塔舞，只能呆坐喝總統牌，注視蘿拉與堂表兄弟們的熱力把舞池都燒出洞後，在他大概一百次跟人家解釋他與蘿拉自小離散後，在他終於清靜幾天寫了點東西後，在他把計程車錢全部掏給乞丐，只好叫派德洛來接他後，在他看到赤腳裸著上身的七歲孩童打架搶食他留在戶外咖啡座的剩餘食物後，在他母親招待大夥到殖民區餐廳吃飯，而侍者不斷偷瞄他們後，（蘿拉說，媽媽，小心喲，他們可能以為你是海地人，他老媽回擊說，親愛的，這裡只有妳一個海地人。）在一個骨瘦如柴的老人握住他的雙手乞求賞賜一個銅板後，在他老姊說你以為他很慘，你真該看看那些蔗園工人後，在他到茵卡姥姥長大的巴尼鄉間待了一天後，在他跑到公共廁所屙完大便只能用玉米梗擦屁股後，（他在日記上寫：這經驗可真是有趣。）在他逐漸習慣首都生活像超現實的旋轉木馬後，（計程車、憲警、震撼人心的赤貧景象；唐叔叔甜甜圈、乞丐、在紅綠燈口販售烤花生的海地小販、震撼人心的赤貧景象；擠滿所有海灘的王八蛋觀光客、老姊跟其他堂姊妹都愛得要死，每隔五秒鐘就有個美女脫光光場面的席卡．達．席娃類小說[210]、下午漫步於康迭小鎮、震撼人心的赤貧景象；街頭的混亂嘈雜、貧民窟處處可見的鏽蝕鐵皮屋、滿坑滿谷的黑人，他在街頭只要一止步就會被衝撞倒地、拿著破舊獵槍佇立店家門口的瘦削警衛、音樂聲、粗俗的街頭笑話、震撼人心的赤貧景象；你跟四個乘客

---

210 席卡．達．席娃（Xica da Silva）是十八世紀的巴西女奴，以美色服侍高官主人，握得黑人女性少能掌握的權柄與地位。她的故事被改編成許多肥皂劇、電影與小說。

分享因此被迫縮腿坐在角落的計程車、音樂聲、鑽入鋁氧石地表而後掛著禁止驢車進入標示的新隧道。）在他到波卡奇卡、米拉飯店吃了許多脆炸豬皮然後在路邊大吐特吐後，（魯道夫叔叔說，啱，這可新鮮了。）在摩亞舅公責罵他久久不歸，在茵卡姥姥責罵他久久不歸，在他的堂表兄弟責罵他久久不歸後，在他再度看見令人難忘的希巴歐谷地美女後，在他聽聞了母親的故事後，在他不再訝異每條街道都貼滿政治標語後，（他老媽說，都是強盜，政客都是強盜。）在他那個曾在巴拉格爾政權時代飽受酷刑、因而腦袋不清的叔叔跑來跟摩亞舅公針對政治激烈辯論後，（兩人後來都醉了。）在他第一次在波卡奇卡晒傷後，在他泅泳於加勒比海後，在魯道夫叔叔讓他喝了海鮮藥酒後，在他首次目睹海地人被黑仔兄弟嫌臭，趕下小巴士後，在目不暇給的美景令他幾乎抓狂後，在他幫老媽裝上兩臺全新冷氣機導致指甲被壓到烏青後，在他們帶來的禮物全部妥當發放後，在蘿拉介紹他認識她少女時期交往的男友後，（現在也是個資本主義者，）在他看過蘿拉穿私校制服的照片後，（高䠷的少女，眼神令人心碎，）在他拿著鮮花去祭拜姥姥的頭號僕人後（他小時曾受她照顧），在他腹瀉到每次炸彈開花前嘴裡就泛滿口水後，在他跟老姊參觀完首都所有破爛博物館後，在人們叫他胖子（或者，更慘的，老外）不再讓他沮喪後，在他每買任何東西都被店家海削後，在茵卡姥姥每天早晨都為他祈禱後，在茵卡姥姥把他房間冷氣調得太低害他感冒後——奧斯卡突然決定餘下的暑期都要跟老媽和叔叔待在聖多明哥。他不跟蘿拉回去了。這是他某晚在海堤大道散步時突然閃現的念頭，他盯著大海，想起派特森也沒人在等他。他想認識這個地方。他不用教暑期班，也隨身攜帶了所有寫作筆記。蘿拉說，聽起來不錯。你正需要多待在祖國一段時間。或許你可以找到一個不錯的農家女。總之，留下來是正確的事，有助他釐清腦袋，驅走過去幾個月的陰霾。他老媽對這個決定不是很欣喜，茵卡叫她閉嘴。孩子，你愛待一輩子都可以。（雖然茵卡姥姥馬上就叫他戴上十字架防身，有點奇怪。）

所以，蘿拉回美國去（先生，你好好照顧自己）。當他在老媽買給姥姥的房子裡安頓下來後，返鄉的驚懼與快樂逐漸沉澱，他開始思索餘下的假期該做些什麼，蘿拉不在身邊，跟島嶼女孩來場熱戀的幻想也逐漸幻滅後，（**他**這是在騙誰啊？他不會跳舞、沒錢、不懂得穿衣，沒自信，不瀟灑，不是歐洲人，憑什麼泡島上妞啊？）在他安靜寫作了一星期後，在他拒絕堂兄第五十次提議去妓女院開葷後，奧斯卡愛上了一個半退休的流鶯（諷刺，是吧？）。

她叫伊芃．皮曼托，奧斯卡認為她是自己的新生之始。

寶貝

她住在狄．里翁家過去兩戶，同樣是新遷入北景鎮。（奧斯卡的老媽每天打兩份工，才攢下錢買這棟房子。伊芃也是一天打兩份工，不過是在阿姆斯特丹做紅燈區的櫥窗妓女。）她是金髮黑人，法屬加勒比海人所謂的莎賓（chabine）[211]，我朋友口中的金黃女，她有一頭氣勢浩大的蓬鬆頭髮，金銅色的眼睛，除了稍稍黑點，簡直就是白佬的親戚。

一開始，奧斯卡以為她是訪客，因為這個身材矮小、小腹略凸的寶貝永遠穿高跟鞋，跨下探路者（Pathfinder）休旅車。（她完全沒有此間街坊的那種**新—世—界—假—美—國—人**的表情。）奧斯卡寫作空檔會沿著社區炎熱的死巷散步，或者到咖啡館坐坐，頭兩次遇見她，她都對奧斯卡粲然微笑。第三次遇見她時（各位，奇蹟發生了），她坐到奧斯卡的桌邊，問：你在讀什麼？一開始奧斯卡不知道發生何事，好一會兒才明白——**我的天！**有女性主動跟我說話。（這可是前所未見的命運大轉折，好像他混亂破舊的生命線突然跟某個幸運大傻瓜的生命線交纏。）伊芃居然認識茵卡姥姥，摩亞舅公不得空時，她就會幫忙接送茵卡。她淘氣地笑，你就是照片中那個男孩。他辯護地說，那時我還小，而且尚未接受戰爭的洗禮。伊芃沒笑。或許吧。我該走了。她的影子移開，屁股挪動，美人飄然離去。奧斯卡眼神尾隨她，勃起的陰莖像探勘水源棒指向她。

伊芃許久以前曾就讀多京自治大學，現在當然已經不是大學女生，眼角有了魚尾紋，態度開放，世故老練，對奧斯卡來說，她有那種毫不費力就自然放射的徐娘魅力，讓你迫不及待解拉鍊。第二次他在伊芃家門口遇見她（他當然是窺伺已久），她用英文說早安，狄．里翁先生。你好嗎？他回答，很好，您呢？她發出燦爛笑容。很好，謝謝。他不知雙手該擺哪裡，只好放到背後，好像個陰鬱的神職人員。一時兩人無話，伊芃正要開柵欄門，奧斯卡情急冒出——今天好熱啊。她說，是啊。我還以為是我更年期作怪。她回頭看看奧斯卡，或許好奇這個努力裝出不在看她的怪咖究竟是怎麼回事，或許她察覺奧斯卡迷戀上她，或許出於同情，她說，進來，我弄點東西給你喝。

如果說茵卡姥姥的房子樸素，她的家就是空蕩蕩，簡直媽的四壁蕭然，她未經思索地說，我還沒時間安頓呢。由於屋內只有一張餐桌、一把椅子、一座五斗櫃、一張床、一臺電視，他們只好坐在床上。（奧斯卡瞥見床下地板有星座占卜書，還有一套保羅．科爾賀（Paulo Coelho）的書。她追隨奧斯卡的視線，微笑說，保羅．科爾賀救了我的命。）她給奧斯卡一罐啤酒，給自己弄了杯雙份威士忌，接下的六小時，滔滔不絕她的生平趣事，奧斯卡大飽耳福。看得出來她已經許久沒有聊天對象。奧斯卡只能頻頻點頭，不時附和地大笑。他一整個熱汗冒沒完。不知道自己是否應該採取行動。聊天到一半，奧斯卡才赫然發現伊芃喋喋不休講的工作是賣春！這是奧斯卡的**我的天！**續集。儘管妓女是聖多明哥排名數一數二的外銷行業，奧斯卡這輩子卻沒進過妓女的房間。

從伊芃的窗口看出去，可見到茵卡姥姥站在前院草坪找他。他想拉開窗子，呼喚姥姥，伊芃的叨絮卻不容打斷。

伊芃是個超級老怪鳥。她或許很善談，讓身邊的男人很自在，同時間卻有一股淡淡的疏離，套句奧斯卡的話，像個瘋狂的外星公主，半個魂兒住在另一個次元裡。她很酷，卻也是你轉眼即可忘懷的女人。她似乎體會到此點，凡事不長久，能夠激起男性的短暫興趣，她總顯得很感激與珍惜。她不在乎男人幾個月才造訪一次，也不在乎男人半夜來敲門，問她想不想「幹點啥」。情愛關係越多越好。

---

211 法屬加勒比海殖民地的土話（creole）中，Chabine 指的是膚色較淡的黑白混血兒，chabin 是陽性，chabine 是陰性。

她令我想起小時常玩的含羞草，只是剛好反過來。

她的絕地武士伎倆對奧斯卡無效。碰到女人這檔事，我們這位老兄可是瑜珈大師，黏住就是黏住。那晚他離開伊芃家步行回去，被島上千萬隻蚊子迎面攻擊，霎時間，他迷失了。

（第四杯酒下肚後，伊芃講話就開始混合義大利文，那有啥關係？送他出門，她還差點摔個狗吃屎，那又怎樣？）

他戀愛了！

茵卡姥姥跟他老媽杵在門口等他，**抱歉啊**，完全吻合人們的刻板印象，滿頭髮捲不說，還不敢置信奧斯卡的不知羞恥。你可知道那女人是個**婊子**？你可知道她靠**賣屄**買下那棟房子？

她們的盛怒讓他大吃一驚，他隨即站穩腳步回擊，妳們可知道她姑姑是**法官**？妳們可知道她父親以前在**電話公司**工作？

你要女人？我們幫你找個好女人，他老媽憤怒地朝窗外張望，那個妓女只要你的錢！

我不需要妳們幫忙，她也不是妓女。

茵卡姥姥使出那種怒目金剛眼神，孩子，聽你老媽的話！

他差點應了。她們全副精力貫注在他身上，但是他舔到唇上的啤酒味，搖搖頭。

魯道夫叔叔一直在看電視遊戲節目，此時突然以辛普森老爹的口吻大聲說：妓女毀了我的一生。

奇蹟接續而至。第二天醒來，奧斯卡儘管胸口情感洶湧，儘管超想奔到伊芃家撲上床，他沒這麼做。他知道得放慢腳步，知道得給狂奔的心套上韁繩，否則好事鐵定告吹。至於是哪種好事，暫且不管。當然，我們這位黑仔並未放棄腦海的大肆性狂想。不然，你以為怎樣？他現在還是胖小子，卻不算癡肥，從未親過女孩，更從未將她們撲倒在床，現在，世界將一個妓女送到他眼前，他深信伊芃是老天對他的最後施援，企圖將他放回多明尼加的男子氣概軌道。如果搞砸此次機會，他這輩子只能回去繼續玩「大盜與大俠」[212]了。他告訴自己，在此一舉了。這是他贏的機會。他決定使出全世界最老伎倆——**等待**。因此，一整天，他在屋內轉來轉去，想寫作卻寫不出來，看電視上的多明尼加喜劇秀——穿草裙的多明尼加黑人把穿上狩獵裝的白膚多明尼加人丟進食人族大鍋，咦，好朋友哪裡去了？恐怖！——還不到中午，他們家那個滿身疤痕的三十八歲清潔工兼燒飯廚師的「女孩」已經被他搞到抓狂。

第二天，他拉出一件乾淨襯衫，踱步到伊芃家（應該說小跑步）。屋外，一輛紅色吉普車停在她的探路者休旅車對面，掛著警局車牌。他站在大門柵欄前，任由太陽踐踏他的身體。我真是個蠢貨。她當然已婚。她當然有男友。他原本膨脹如紅巨星的樂觀情緒，現在崩頹萎縮成針點大小的闇黑，無路可逃。但是這並未阻止他第二天回來按門鈴，沒人在家。再次見到她，已經是三天之後，奧斯卡還以為她回去孕育她的遠祖世界去了[213]。妳上哪兒去了？口氣盡力掩飾痛苦。我還以為妳掉到排水溝

212 大盜與大俠（Villains and Vigilantes）簡稱V&V，盛行於八〇年代的角色扮演遊戲。

了。她笑了笑，搖搖屁股，親愛的，強化我的祖國土地去了。

奧斯卡曾看過她在電視前做有氧運動，緊身褲配細肩帶小可愛，很難不瞪著她的身體看。當她初次讓奧斯卡進入她那裡，她放聲大喊：奧斯卡，**親愛的**，進來啊！進來啊！

作者短記

我知道你們這些黑仔要說什麼？瞧呀，這本書要轉成郊區熱帶主義文學作品了。妓女？不是雛妓？也不是毒蟲？難以置信。我該到市集找一個較具代表性的範例嗎？如果我把伊芃這個角色寫成我認識的另一個妓女查哈蕊，會比較好嗎？查哈蕊是我家的朋友，以前在維拉璜納區的鄰居，至今仍住在那一區老式的鋅板屋頂粉紅木屋。查哈蕊是典型的加勒比海區妓女，有點俏皮，也不全然如此，十五歲離家，浪遊古拉索、馬德里、阿姆斯特丹與羅馬，育有兩子，十六歲時在馬德里做隆乳手術，乳房巨大有如《愛與火箭》的露巴（但仍不及貝麗）。她常驕傲地說，她老母家鄉的半數馬路都靠她這兩顆「配備」鋪出來的。如果我安排奧斯卡在世界知名的「洗車廠」認識伊芃，故事會比較好嗎？查哈蕊曾在那裡工作，一週六天，車主洗車頭，可以順便打亮「龜頭」。一兼二顧，是吧？這樣的角色安排，比較好，對吧？

不過，這樣變成我在胡掰。我知道這個故事隱含了不少奇幻與科幻素材，不過，它仍是奧斯卡·

哇塞短暫奇妙一生的忠實描述。難道我們不敢置信世間有伊芃這樣的妓女？而奧斯卡倒楣了二十三年，不該小小否極泰來一下嗎？

這是你的機會。選擇藍色藥丸，繼續。紅色藥丸，返回母體[214]。

從薩巴納伊格里斯亞來的女孩[215]

照片裡，伊芃看起來很年輕。跟她的笑容有關，也跟她拍照時喜歡翹起屁股有關，彷彿向全世界展現自己，也像在說，哇啦，我在這裡，佔有我，或者離開。她的穿著也很年輕，但是她紮紮實實有三十六歲，對別行女性來說是風華正盛，脫衣這一行可不行。某些特寫照片裡可以看到這老貨的鳥仔腳，她不時抱怨小腹突出，乳房與屁股開始變得鬆垮，因此她一周得上健身房五天。十六歲，身體緊實理所當然，到了四十歲，噗，保持身材就變成全天候工作。奧斯卡第三次造訪，伊芃又喝了雙份威士忌，從櫃子裡拿出相本，詳細介紹十六歲、十七歲、十八歲的她，背景永遠是海灘，永遠是八〇

213 典故出自「龍與地下城」遊戲Pharagos: The Battleground設定，forerunner是指人類的遠祖，孕生出githyanki與githzeri兩族類。

214 典故出自電影《駭客任務》。

215 典故應挪借自Bosa Nova名曲〈*The Girl from Ipanema*〉，描寫男孩單戀某美女。

年代初的比基尼，鳥窩頭，笑容燦爛，手上永遠挽著八〇年代那種中年白人鬼佬。看到這些身體多毛的老白人，奧斯卡不禁覺得自己希望濃厚。（讓我猜，他們是妳的叔叔？）每張照片下面都有日期地點，奧斯卡得以追隨伊芃浪遊義大利、葡萄牙、西班牙的賣春生涯。她感傷地說，當年我真是美麗。真的，她的笑容讓太陽都顯得黯淡，奧斯卡覺得她現在亦不惡，外貌的些微衰變只讓她光采更盛（這是灰暗前的最後燦爛），奧斯卡如是對她說。

親愛的，你真甜。吞下雙份威士忌，她問，你啥星座？

他簡直愛到不行！停止寫作，天天造訪她的住處，即便他知道伊芃那日要工作，也不例外，或許她突然病了，或許她突然決定從良嫁給他。他的心房徹底敞開，腳步輕盈，彷彿無重力狀態，柔軟。茵卡姥姥開始念他，就連上帝也不愛妓女。他叔叔笑說，人人都知道上帝愛糯米糕[216]。魯道夫看到侄子不是死玻璃，高興得要命！他驕傲地說，我不敢相信。這隻小雄鴿終於變成男人。他使出紐澤西憲警專用的黑人鎖喉功，掐住奧斯卡的脖子。啥時發生的？哪一天？我回去就要用這個號碼簽注。

場景依舊：奧斯卡去伊芃家。奧斯卡與伊芃看電影。奧斯卡與伊芃到海邊。伊芃滔滔如黃河不絕，奧斯卡只能伺機插嘴。伊芃談到兩個兒子，既純正又完美，跟外祖父母住在波多黎各，她只有假日時才去探望他們。（她在歐洲那段時間，兩個孩子只見過她的照片與錢，當她回到島上，她又不忍心拆散這兩個小紳士唯一知曉的家。如果是我聽到此類狗屎，只會翻白眼，奧斯卡卻是吞下魚餌，收線，上鉤。）她告訴奧斯卡她曾墮胎兩次，以及在馬德里入獄的經過。她說，賣屁股啊，真是個艱辛的行當。有啥事是完全可能，同時又完全不可能？她說要不是她曾在多京自治大學念過幾年英文，下場鐵定慘得多。她說她曾跟一個巴西變性人同遊柏林，有時火車行進速度慢到你可以摘下車窗外的花朵而枝梗不搖。她提到她的多明尼加男友，當隊長的那個，又提到三個外國男友，分別是義大利、德國與加拿大籍，論及三位受福者如何錯開月分拜訪她。她說，算你運氣好，我這些男友都有家庭的羈絆，否則這個夏天我鐵定天天要**工作**。（他想叫伊芃不要再談這些男友，但她一定會嘲笑，只好說他可以帶他們去蘇薩區觀光，據說那兒的人愛死觀光客。伊芃放聲大笑說，你給我乖點。）他告訴伊芃那次他跟大學的書呆同學開車到威斯康辛州參加電玩大展，他的大旅程，在溫尼貝戈族保留區紮營過夜，還跟當地原住民一起喝柏斯特啤酒。他談到他多愛姊姊蘿拉，以及蘿拉的種種。他提到曾嘗試自殺。首度，伊芃沉默無語，只是替兩人倒酒，舉杯說，為生命乾杯。

他們從未討論是否見面過於頻繁。他有次認真地說，或許我們該結婚。她回應，噢，我會是個爛老婆。他太常出入伊芃的住處，甚至數度目睹她著名的「賭爛」情緒，異星球公主的那一面浮出，變得非常冷淡，難以溝通。只因為奧斯卡打翻啤酒杯，她便罵「白癡美國佬」。有時，她替奧斯卡開門後，就整個人摔回床上，啥事都不做。簡直無法相處，但是奧斯卡會說，我聽說耶穌在中央廣場發送保險套耶。或者說服她去看電影。我們這位異星球公主似乎只要出門、看電影，就稍能壓抑。看完電

216 此處是魯道夫的諧韻玩笑。妓女的西班牙文是puta，妓男則為puto。Puto同時是一種糯米糕。

影後，伊芃情緒好些，會帶奧斯卡去義大利餐館吃飯，不管心情好或壞，都會把自己灌個爛醉。醉到奧斯卡只能把她抬到車上，開車穿過大半個他不認識的城市，回家。（他想出妙主意，叫他們家常用的那個篤信福音的計程車司機克里夫領路，奧斯卡開車尾隨於後。）當奧斯卡載伊芃回家，她總是趴在他大腿上喃喃訴說，有時用義大利文，有時西班牙文，有時講她跟牢友互毆的經驗，有時是甜蜜的話語。她的嘴唇如此接近他的睪丸，世間還有更好的事嗎？

茵卡說法

奧斯卡才不是在街上遇見她。都是他那些白癡表兄帶他去酒店，他才認識伊芃。她可是使盡手段要他注意。

伊芃的說法，奧斯卡如是說

我根本不想回聖多明哥，出獄後，我欠債一屁股，沒法還，老媽又病懨懨，我只好回來。一開始日子很難過，如果你見過外面的世界，就會覺得聖多明哥是全世界最小的地方。如果說旅行讓我學會任何事，那就是人的適應能力超強，即使是聖多明哥，日久，你也會習慣。

亙古不變之事

他們日漸親密沒錯。不過，我們還是得拋出「硬」問題：兩人共處探路者休旅車時，接吻了沒？他的手曾否探入她的超短裙？她是否曾撲上奧斯卡，嘶啞低喊他的名字？當伊芃給他口交時，他是否曾撫摸她那頭世界末日般的頭髮？他們到底幹炮沒？

當然沒有。奧斯卡到此止步。只敢觀測她是否有一絲絲愛他的跡象。他開始認為這事暑假裡不可能發生了，不過，感恩節他還是可以回來，還有聖誕節。當他如此告訴伊芃，她只是奇怪地看著他，語氣哀傷地說，噢，奧斯卡。

看得出來她頗喜歡奧斯卡。她喜歡聽奧斯卡扯淡，以及他目睹新事物時的神情，彷彿他來自外星球。（有一次她發現奧斯卡瞪著她浴室裡的皂石看，然後說，這塊奇特的礦石是個啥玩意？）她真正的朋友很少，除了她的國內外男友、在聖克里斯多瓦爾當精神科醫師的妹妹、住在薩巴納伊格里斯亞的病重老媽，就是奧斯卡了，她的生活就像她的公寓，一無長物。

當奧斯卡建議她買盞燈或者其他東西，她會說，我可是輕裝旅行。交朋友，她也是同樣態度。儘管如此，奧斯卡知道他不是唯一造訪她住處的男客。有一天他發現床邊地板有三個用過的保險套錫箔紙包裝，他問，你遇上了一群陰酷巴[217]？她不知羞恥地笑了。我們這位老兄根本不懂「罷手」兩字。

可憐的奧斯卡。晚上他夢見他的「犧牲之子號」火箭，超光速衝破安娜·歐貝岡[218]障礙。

奧斯卡的風蕭蕭兮易水寒

八月初，伊芃開始頻繁提及她的隊長男友。隊長聽說奧斯卡這號人物，想跟他見面。伊芃懦弱地說，他很愛吃醋的。奧斯卡說，那就見面啊，任何人的男友看到我，都會覺得自己很棒。伊芃說，不知道耶，或許我們應當減少見面。你難道不該去找個女友？

他說，我已經有了。心有所屬了。

吃醋的第三世界憲警男友？或許我們應該減少見面？換成別的黑仔，鐵定會跟史酷比偵探狗一樣，再次細看自己的情境，絕對不在聖多明哥多待一天。奧斯卡呢，聽到隊長以及減少見面這些狗屎，只讓他沮喪，從未細想一個多明尼加憲警想跟你見面，可不是要送花給你。

保險套事件不久後的某晚，臥房冷氣過強，奧斯卡半夜醒來，突然澈悟他又走上老路。那就是為卿瘋狂到無法理智思考的舊調，那是通往壞消息的老路。他告誡自己，停下來。但他也同時清晰明白他不會就此打住。他愛伊芃。（對這小子來說，愛情就是緊箍咒，無法擺脫，也無可否定。）前晚，伊芃喝得爛醉，奧斯卡得扛她上床，她一直說，奧斯卡，我們得小心點。腦袋才一沾到枕頭，她便開始脫衣服，毫不在乎奧斯卡就站在眼前，他轉頭看別的地方，直到伊芃鑽入被單為止。但，光是他不小心瞄到的，就足以燃燒他的眼角。他轉身準備離開，伊芃坐起來說，別走，陪我到睡著。被單滑落，她的酥胸徹底赤裸，極端美麗。奧斯卡躺在她的身旁，睡在被單上，天快破曉才回家。他已經見過伊芃的美麗乳房，來不及了，他已經無法服膺腦中的低語告誡——打包回家吧。為時已晚。

最後的機會

兩天後，奧斯卡看到叔叔在檢查前門。怎麼回事？叔叔指著門廳前的混凝土牆說，昨晚應該有人朝我們家開槍。魯道夫氣昏了，大罵混蛋多明尼加人，可能掃射了整個社區。我們沒死算幸運。

他老媽手指伸進子彈洞裡，然後說，應該不是運氣好。

茵卡直視奧斯卡說，我也認為如此。

那一剎那，奧斯卡覺得有人揪他腦後勺，換成別人，會說那是直覺。奧斯卡並未坐下來好好細究，卻說，可能是冷氣聲太吵，所以我們沒聽見槍聲，然後就去伊芃家，他們約好要去杜瓦特。

217 陰酷巴（incubus），神話中會趁女性睡著時侵犯女性的惡魔。

218 安娜·歐貝岡（Ana Obregón），西班牙艷星，年逾半百，生平有過無數男友。

奧斯卡被海K

八月中，奧斯卡終於見到隊長，也嚐到初吻滋味，你大可說這是奧斯卡生命轉捩點的一天。

伊芃又茫翻了。（醉倒之前，她發表長篇演講，勸告奧斯卡應該給彼此一點「空間」，奧斯卡低頭聆聽，卻狐疑她幹嘛整頓飯握著他的手不放。）超晚了，照慣例，他開探路者跟隨克里夫，路邊憲警放克里夫通行，卻攔下他要他下車。奧斯卡解釋，這不是我的車，指著昏睡的伊芃，這是她的車。我們知道，請停到路肩。奧斯卡照辦，憂心忡忡，就在此刻，伊芃突然坐起身，目光炯炯看著他，說，奧斯卡，你知道我想幹嘛？

他說我知道。根本不敢問。

她移動身體，說，我想要一個吻。

奧斯卡還來不及說話，伊芃已經整個身體靠過來。

誰能忘記女體首次壓在身上的感覺？誰又能忘記初吻的滋味？老實講，我全忘了。奧斯卡可不。那一剎那，奧斯卡只有不可置信。是了，真的發生了。她的嘴唇豐滿又柔軟，舌頭深入他的嘴裡。他們周邊綻放光芒，奧斯卡心想：我超升了。超升了！就在此時，他才發現是攔下車子的兩個便衣憲警拿著手電筒照射車內，這兩人彷彿來自超重力星球，為了行文方便，本書為他們命名為所羅門．葛藍迪，以及高智能金剛[219]。站在他倆背後，以謀殺犯冷酷眼神看著車內場景的又是誰？啊？除了隊長還有誰。伊芃的男友。

葛藍迪跟高智能金剛把他拖出車外。伊芃有奮力抱住他嗎？有抗議對方粗魯打斷他們的親熱嗎？當然沒有。我們這位女主角再度茫醉昏死過去。

隊長年約四十許，瘦削的希巴歐谷地人，站在一塵不染的紅色吉普車旁，衣著大方，便褲搭配熨得一絲不苟的扣領襯衫，皮鞋晶亮賽過聖甲蟲。他是那種個子高、超級酷帥、態度傲慢的黑仔，令多數地球人都會自卑，也是那種你用盡各式後現代理論都無法為之辯護的大壞蛋。楚希佑時代，他還年輕，未能掌握大權，直到美國入侵，他才獲得擢升。跟我父親一樣，他支持美國，極有效率、毫不留情地整肅左翼分子，迅速爬上（不，應該說搭直升機）憲兵隊的高位。巴拉格爾政權時代，他忙碌非常，將籌組工會的人暗殺於車後座，放火燒運動者的住家，用鐵撬重擊百姓的臉。所謂的「十二年執政」就是這類人的黃金時代。一九七四年，他按住某個老婦的頭溺斃她。（這老婦試圖在聖璜市籌組農民土改運動。）一九七七年，他腳上的富樂紳皮鞋跟幾乎碾碎一個十五歲男童的喉嚨。（這孩子也是個共產黨搗蛋鬼，媽的，幹掉的好。）我熟知隊長，他的家人住在美國紐約皇后區，每年聖誕節，他都會帶回好幾瓶黑牌強尼走路送給表親。朋友叫他費多，年輕時，他想當律師，但是看到加州的繁

219 重力越大，便需要更大的力量抗衡，此處是在描寫兩位便衣憲警的孔武有力。所羅門・葛藍迪（Soloman Grundy）是DC漫畫公司的人物，一個超強有力的殭屍壞蛋。高智能金剛（Gorilla Grodd）擁有高超智商以及心電傳送能力，可以控制他人的心靈。

華景象，瞬間將當律師的念頭抛到爪哇國。

隊長說話了：哦，你紐約來的？奧斯卡看到隊長的眼睛，就知道麻煩大了。隊長跟他同樣兩眼距離很小，但是隊長的眼睛湛藍又殘酷。（影星李范克李夫那樣的眼睛！）要不是他的括約肌還算撐得住，奧斯卡早把晚飯連同午飯早飯一起吐出來了。

奧斯卡膽怯地說，我沒犯錯，然後他衝口而出，我是美國公民。

隊長揮拍蚊子。我也是美國公民，在紐約州水牛城入籍的。

高智能金剛說，我的美國籍是在邁阿密買的。葛藍迪說，我不是，我只有居留權。

拜託，你們一定要相信我，我什麼都沒做。

隊長笑了。這個混蛋居然還有一口第一世界的閃亮白牙。你知道我是誰嗎？

奧斯卡點頭，他雖欠缺社會經驗，卻不是笨蛋。你是伊芃的前任男友。

隊長大叫我不是她的前男友，你這個超級蠢貨。他的脖子青筋亂爆，活像克里斯法勒西[220]的漫畫。

奧斯卡堅持，她說你是前男友。

隊長一把掐住他的脖子。

奧斯卡抽噎地說，她說你是。

算奧斯卡命大。如果他的外表有一絲絲類似我的好友帕德洛（人稱多明尼加超人）或者老友班尼（男模特兒），恐怕當場就被射殺了。因為他像個不修篇幅的平凡人，因為他超像一輩子幸運女神從未降臨的超級大白癡，隊長遂拿他當《魔戒》裡的咕嚕（Gollum），大發善心放他一馬，僅僅扁了他幾下。奧斯卡從未被受過軍事訓練的成人「扁幾下」，活像被一九七七年左右的匹茲堡鋼鐵人隊的整個防守隊壓扁在地，胸口一整個喘不上氣，以為會窒息而死。隊長的臉浮現眼前：膽敢再碰我的女人，我就殺了你這個大笨蛋。奧斯卡只能喘氣回答，你只是前男友。葛藍迪與高智能金剛勉強將他扶起，塞進兩人的本田冠美麗汽車後座，揚塵而去。伊芃的最後景象呢？奧斯卡只瞄到隊長一把抓住她的頭髮，將她扯出車外。

奧斯卡企圖跳車，高智能金剛賞他一個拐子，頓時瓦解他的鬥志。

夜晚的聖多明哥，一片漆黑，連燈塔都不亮。

他們帶奧斯卡去哪？還用說？甘蔗田！

這就是所謂的永劫回歸了？奧斯卡迷茫又恐懼，嚇到尿褲子。

葛藍迪問他的黑膚夥伴，你不是在這兒長大的？

你這個笨蛋舔卵芭的，我家鄉在普拉塔港啦。

是嗎？我還以為你會講點法文。

220 克里斯法勒西（John Kricfalusi），加拿大漫畫家。

行車期間，奧斯卡想要發聲，卻一整個啞喉。他嚇呆了。（碰到這樣的狀況，他總以為神祕英雄會現身，像吉姆．凱利[221]一樣扭斷他們的脖子，顯然他的神祕英雄跑去吃派，不克出席。）事情如此急轉直下。怎麼發生的？他在何處轉錯彎？他不敢相信自己就要死了。他試圖想像伊芃穿著幾近透明的黑色緊身裝參加他的葬禮，但是，畫面無法成形。他看到老媽與茵卡姥姥站在墓邊，我們不是警告你了？我們不是警告你了？聖多明哥從他眼前滑過，無邊孤寂籠罩他。怎麼會發生這樣的事？怎麼會發生在他身上？他只是個乏味肥胖膽氣如鼠的男人。他想到老媽老姊，想到一堆尚未上色的迷你模型，開始哭了。葛藍迪說，安靜點，奧斯卡按住嘴巴，依然無法止住哭泣。

他們開了很久，終於突然煞停。葛藍迪先生與高智能金剛先生把奧斯卡拖到甘蔗田，打開後車廂，手電筒卻沒電，只好開回一家小雜貨鋪買電池再返回甘蔗田。他們跟店老闆討價還價，奧斯卡想過要逃命，想到應該跳車，跑到街上，放聲尖叫，卻未如此做。他的腦海不斷複述，恐懼是心靈殺手，他無力逼迫自己採取行動。他們有槍！他瞪著窗外的夜色，希望能碰到幾個在外遊蕩的美國海軍陸戰隊員，但是街上只有一個男人坐在破屋前的搖椅，奧斯卡發誓那男人真的沒有臉孔，就在此時，那兩人回來了，驅車離開。打開剛補充電池的手電筒，他們帶著奧斯卡走到蔗田深處。奧斯卡從未聽過這麼吵鬧又這麼陌生的聲音，耳語聲，葉子沙沙聲，腳底動物的迅疾身影，（蛇？還是獴哥？）就連天上的星星都擠成一團，浮誇閃耀。這個世界如此陌生，卻又如此熟悉，他覺得自己許久以前來過這裡，真的，感覺很強烈，比前世經驗今生重現的感覺還慘。因為過度恐懼，他來不及體會此刻感受，那兩人就叫他止步，轉身。他們和藹地說，我們要送你一個禮物。奧斯卡頓時被打回現實，尖叫，不要啊！他並未挨槍，就此陷入永恆黑暗。高智能金剛只是拿槍托狠狠敲他腦袋，尖銳的痛苦瞬間打破覆蓋他的恐懼，他的兩腿恢復力氣，正準備轉身逃跑，那兩人的槍托就如雨而下。

很難說，這兩人只打算嚇嚇他或者幹掉他。或許他們並未遵從隊長的指示，或許真的聽命行事，也可能是奧斯卡運氣好。難有定論。我們只知道那是前所未見的海扁。若拿海扁比歌劇，這就是華格納的《諸神的黃昏》，就連全世界海扁之最的城市侃登[222]都會驕傲讚許。（說真格的，還有什麼比佩斯梅槍托敲爛你的臉蛋更慘的。）奧斯卡**尖叫**，他們沒住手，奧斯卡哀求，也未奏效，他昏過去，痛苦並未緩解，那兩個黑仔猛踢他的卵蛋，讓他立即痛醒，想爬進田裡，又被拖出來。簡直就像那種早上八點就舉行、發言綿延不絕、夢魘般的現代語言學大會（ＭＬＡ）——**沒完沒了呀**！高智能金剛抱怨，老兄，這小子弄得我**滿身大汗**。多數時候，他們輪流痛毆奧斯卡，有時兩人聯手，好些時刻，奧斯卡根本就覺得還有第三人參與，雜貨鋪前那個沒臉男人也加入圍毆陣營。到後來，奧斯卡簡直快沒氣了，看見姥姥坐在搖椅，衝著他怒吼：我不是早就警告過你那些賤女人？我不是警告過你會招惹死神嗎？

---

221 吉姆．凱利本名James Kelly，美國運動員、演員、功夫明星，曾和李小龍演出《龍爭虎鬥》。

222 Camden，位於紐澤西州南部，二〇〇四年被列為全美國最危險的城市。

最後，高智能金剛跳起來，他的皮靴踹上奧斯卡腦袋前，奧斯卡敢說他看見了第三人，就站在甘蔗梗的後面，奧斯卡沒來得及端詳他的臉就陷入昏迷，晚安，甜蜜的王子，他覺得自己直線下墜，從十八號公路躍下，他無能阻止，沒法挽救，一點辦法也沒。

克里夫馳援

奧斯卡之所以沒有下半輩子都埋在沙沙作響的甘蔗田裡，全虧了虔信福音的計程車司機克里夫有膽有識有善心，暗地跟蹤那兩個憲警，兩人離去後，克里夫打開車頭燈，駛進他們最後出沒處。他沒有手電筒，在甘蔗田裡摸黑跌撞半小時後，幾乎要放棄了，打算天亮再回來，突然他聽見有人唱歌。好聽的聲音，克里夫是教堂唱詩班的，知道它和尋常美聲有何不同。他全速衝向聲音的來處，正當他要撥開蔗梗，一陣強風橫掃蔗田，差點將他吹倒在地，強度有如颶風，又像天使飛升前揚起塵土，但是這陣風來得快也去得快，只留下乾炒肉桂的味道，數根蔗梗之外，奧斯卡就躺在那裡。不省人事，兩耳流血，還差一口氣就要見上帝了。克里夫使盡吃奶力氣都無法將奧斯卡拖回車上，只好把他留在原地——你撐著點！——直奔最近的蔗糖廠，召了幾個海地外勞來幫忙。頗費唇舌，因為這些外勞不敢隨意離開糖廠，擔心工頭會把他們揍成奧斯卡。克里夫終於說服他們，一群人直奔事發地點。一個外勞笑說，這個多明尼加香蕉佬頗大隻，另一個外勞開玩笑附和，對，大隻佬。第三個人說大隻大隻佬。然後他們一起將奧斯卡抬進車後座。車門才關上，克里夫連忙發動引擎，一溜煙開走。死命催速啊。海地外勞朝他的車子扔石頭，因為克里夫未實踐諾言載他們回糖廠。

加勒比海的第三類接觸

奧斯卡做夢，獴哥跟他說話。不是一般獴哥，是那隻獴哥。

它問，怎樣，孩子，你還想繼續嗎？

奧斯卡差點回說，不要！他是如此疲倦與疼痛，他想大喊不要了，不要了，不要了。腦海深處突然記起他還有家人——蘿拉、老媽跟茵卡姥姥。記起他年幼時曾經如此樂觀。記得他每天睜開眼睛看到的第一件物事是放在床頭邊的午餐盒，上面有《浩劫餘生》的圖片。他沙啞地說，我還要。

獴哥說□□□，然後他將打回黑暗。

生死格鬥

鼻梁破裂，顴骨碎裂，第七節顱神經壓碎，三顆牙迸飛，腦震盪。

他老媽說，不過，他還活著。對不對？

醫師們同意。

茵卡抓住貝麗的手，低下頭，堅強地說，讓我們祈禱。如果她們體悟這是舊事重演，她們並未明說。

速記地獄沉淪

他連續昏迷三天。

他依稀記得做了許多超棒好夢。可惜當他終於醒來，嚥下三天來的第一餐——燉雞湯——時，他一個都不記得。只記得有個類似《納尼亞傳奇》雄獅一樣的東西，金黃色眼睛閃亮，想跟他說話，但是鄰居的舞樂聲震耳，他聽不分明。

死前的幾天，他逐漸記起其中一個夢。一個老人站在頹圮的城牆前，要給他一本書。老人戴著面具。奧斯卡好不容易看清楚，這才發現書頁是空白的。

奧斯卡逐漸從昏迷中清醒，邁入真實世界，茵卡的僕人聽見他說——書頁是空白的。

此事到此為止。貝麗一得到醫師的應許，馬上打電話給航空公司。她可不是笨蛋，何況，她有過相同經驗。奧斯卡的腦袋雖還昏亂，卻清楚貝麗的訊息，因為用字簡單——你，這個超級婊子娘養的無用爛貨，給我回家！

奧斯卡從破裂的嘴唇說，不！他也是來真的。當他醒來，發現自己還活著，第一句話就是問伊芃。他低聲說我愛她。他老媽大吼，給我閉嘴！閉嘴！

茵卡說，妳幹嘛跟這孩子大吼大叫？

貝麗說，因為他是個大白癡。

家庭醫師排除硬腦膜外血腫，卻無法保證奧斯卡腦部沒受創。（魯道夫叔叔說，她是憲警的女友？那保證腦部受創。）醫師說現在就送他回美國，奧斯卡卻足足頑抗了四天，不准人家把他送上飛機，說明了胖小子的堅忍。他吞食大量嗎啡，牙齒痛到要命，二十四小時腦袋劇痛，強度約莫是偏頭痛的四倍，右眼還什麼屁都看不見，腦袋呢，腫得他媽的跟象人一樣，每當他想起身，地板便好似整個漂走。我的老天，還真是慘過下地獄。原來遭人**海扁**是這樣。痛楚滾滾而來，怎麼努力都無法制止。他發誓有生之年絕不再寫打鬥場面的小說。此次遭遇並非一無好處，他突然明白如果他跟伊芃什麼屁情愫都沒，隊長才懶得修理他。這證明他跟伊芃有男女之情，他對鏡自問，我該慶祝，還是哭泣？他還有什麼體悟？某天，他看見老媽扯床單去洗，他突然明白他耳聞了一輩子的狄．里翁家族被下了詛咒這碼子事可能是**真的**！

符枯（Fukú）。

他的唇間滾出這兩個字。符枯——你（Fuck you）。

他老媽憤怒揮掌，茵卡從中攔截，兩人肌膚碰撞。茵卡說，你瘋了嗎？奧斯卡搞不清楚姥姥是在說他還是他媽。

至於伊芃呢？呼叫她，不回，好幾次他跛著腳跳到窗前觀望，她的休旅車不見蹤影。他對著街道大喊：我愛妳！有一次他甚至跑去按門鈴，直到魯道夫發現，把他拖回來。晚上，奧斯卡只能傻躺在床，咬牙忍痛，狂想伊芃的各種結局，都是恐怖意外。當奧斯卡的腦袋好像要爆了，他就向伊芃傳輸心電感應。

第三天，伊芃現身了，坐在奧斯卡的床邊，老媽則在廚房摔鍋盤，大聲罵婊子，兩人都能聽見。

奧斯卡低語，恕我無法起身，我的頭蓋骨有點小問題。

伊芃一身白，剛洗過澡，頭髮還溼的，一整頭的棕色小捲捲。隊長當然也讓她飽嚐老拳，因此兩眼瘀青。（他還把點四四米格農槍塞進她的陰戶，問她**到底**愛哪個。）奧斯卡想吻遍她的每一吋。伊芃的手指搭上他的手說，以後他們不會再見面了。不知道為什麼奧斯卡看不清她的臉，輪廓模糊，她完全退縮回她的世界，只剩下哀傷的呼吸。那個上星期發現奧斯卡在偷瞄苗條妞，半開玩笑說，「奧斯卡，只有狗才愛骨頭」的女孩哪裡去了？那個每次出門前都至少要換五套以上衣裳的女孩哪裡去了？他想要集中焦距望著她，卻只看見自己的愛。

他拿出自己寫的東西。我有好多話要跟妳說——

伊芃猛地說，我跟□□□□要結婚了。

奧斯卡張口欲言，伊芃已經走了。

他老媽、姥姥、叔叔送出最後通牒，此事到此為止。開往機場的路途上，奧斯卡沒有張望大海或者美景，他企圖辨認破解自己昨晚寫的東西，緩聲唸出那些字。克里夫突然說，真美的一天。奧斯卡抬起汪汪淚眼說，是的。

返家的飛機上，他坐在魯道夫叔叔與老媽間。魯道夫緊張地說，老天爺，奧斯卡，你看起來真像一團穿了衣服的大便。

蘿拉在機場接他，一看到他的臉就大哭，回到我倆的公寓後還淚流不止。她啜泣地說，你真該看看奧斯卡的，他們真的想要他的命！

我打電話給奧斯卡，你他媽的搞屁啊，我才離開你幾天，你就被凌遲？

他的聲音聽起來悶悶的。尤尼爾，我親了一個女孩。真的。

噢，不過，你差點因此嗝屁。

狀況沒那麼絕望，我還剩下幾滴血。

兩天後我見到他，老天，狗屎，奧斯卡，這還真是狗屎啊。他搖搖頭。我的慘樣後面還有更大的災難呢。他寫下符枯兩字。

勸告

輕裝旅行。伊芃伸出雙手作勢懷抱整間屋子，甚至整個世界。

再度回歸派特森

他回到家。躺在床。緩慢痊癒。老媽氣到不想正眼看他。

他簡直被打成了破銅爛鐵，但是他知道他愛伊芃勝過任何女孩，知道該採取什麼行動，學習蘿拉逃家，搭飛機回去。鳥他個隊長，鳥他個葛藍迪與高智能金剛。全部去死吧。神志清醒的白日，出此狂言頗容易，但是到了晚上，他的鳥蛋簡直變成冰水，像臭尿一樣滑下他的雙腿。一再夢見甘蔗田，恐怖的甘蔗田，只是夢裡不是他挨打，而是他老姊、老媽，聽見她們尖叫不要，懇求對方**住手**，上帝啊，拜託，不要打了。奧斯卡並未聞聲救苦，反而**拔腿跑掉**。**尖叫**醒來，**不是我，不是我**。

他又第八千次看電影《復活之日》，每次演到那位日本科學家千辛萬苦終於抵達火地島，找到他的最愛，奧斯卡又第八千次眼淚汪汪。他重讀《魔戒》，照我估計，大概是第一百萬遍，這是奧斯卡最愛的書，也是他最大的慰藉，當年他只有九歲，非常寂寞與迷失，他最喜歡的圖書館員跟他說，來，讀讀這本書，這個建議改變了他的一生。幾乎一口氣讀完三部曲，可是當他讀到「在遠哈拉德，黑人就像山怪」此句，非得停下不可，他的腦袋與心，痛不可喻。

慘遭痛扁的六星期後，他又夢見甘蔗田。這次，他聽見哭喊並未轉身逃跑，骨頭碎裂聲傳來，他鼓起畢生所有，此後也不會再有的勇氣，強迫自己做了不敢做、不想做、沒勇氣做的事。

他仔細傾聽。

事情發生於一月。我跟蘿拉住在華盛頓高地，各住各的，那個年代，白人小孩還沒入侵高地，你可以走完整個上城區，看不到一塊瑜珈墊。我跟蘿拉狀況不佳，要論究原因可多了，重點不是A也不是B，重點是我們一星期能講到一句話就算運氣，儘管我們名義上還是情侶。當然都是我的錯。她雖是他媽的全世界最美的女孩，我的大頭還是管不住小頭。

總之，臨時工作介紹所那邊沒來電，我整個星期都待在家裡，奧斯卡在樓下按我門鈴。他回來到現在，我已經好幾個星期沒見過他的肥臀。我說，天老爺，奧斯卡，上來，上來。我在走廊等他，他一踏出電梯，我就抱住他，老兄，你可好啊？還好。坐下來後，我弄出一根大麻，他告訴我近況。很快，我就要回唐巴斯科技術學校。我說，保證？他說，保證。他的臉還是災情慘重，左半邊微微下垂。

要抽點嗎？

跟你分一根，一點點就好，我可不想讓同事如墜霧中[223]。

那是他最後一次坐在我的沙發上，他看起來彷彿獲得平靜。有點心不在焉，但是很平和。當晚我跟蘿拉說，我認為奧斯卡終於有了生存意志，後來才知真相遠比此複雜。我跟蘿拉說，妳真該瞧瞧他，瘦多了，甩掉全部肥肉，非常、非常平靜。

奧斯卡幹了哪些事？毋庸揣測，當然是寫作、閱讀，準備搬離派特森，把往事拋諸腦後，展開新生活。開始研究搬家要帶哪些東西。他只准自己帶走十本書，是他所謂的聖典中的聖典，減少不必要的東西，只帶扛得走的玩意。這不像以前的奧斯卡。直到後來我才明白為什麼。

他深深吸了一口大麻，說，請原諒我，尤尼爾，我這次來找你別有居心，想知道你可否幫個忙。

我說，沒問題，老兄，儘管說。

他要借點錢，他在布魯克林訂了一個公寓，需要押金。我當時應該多想想的。奧斯卡從不跟人借錢。我卻未能深思，出於對奧斯卡的內疚，一口答應借錢。

我們共抽大麻，聊我跟蘿拉的感情問題。他說，你不該跟那個巴拉圭女孩發生關係的。我說，我知道，我知道。

蘿拉很愛你。

我知道。

那你幹嘛欺騙她？

我如果知道原因，就不會惹麻煩。

或許你該搞清楚原因。

223 此處是作者的雙關語，原文用動詞cloud，使人如墜霧中，cloud同時是大麻煙霧的俚語。

奧斯卡站起身。

你不等蘿拉回來？

我得回去派特森。我有約會。

你扯淡吧？

這個狡猾混蛋搖搖頭。

我問，她美嗎？

他微笑說，很美。

星期六，奧斯卡不見了。

第七章　最後旅程

上次奧斯卡搭機到聖多明哥，降落時的如雷掌聲讓他嚇了一跳，這次他有心理準備，飛機降落，他也跟著猛拍掌到手心刺痛。

一出機場，他就打電話給克里夫，一小時後，老鄉來接他，發現奧斯卡陷入猛拉客的計程車陣。

克里夫說，天老爺，你來幹什麼？

奧斯卡陰森地說，古老的力量不肯放我走。

他們停在伊芃家前，等了七個小時，她才回來。克里夫跟他說道理，奧斯卡不聽。伊芃停妥休旅車，看起來瘦了些。奧斯卡的心口頓時如絞，活像腿兒抽筋，那一剎那，他想過放棄一切，回去唐巴斯科技術學校教書，就在那裡悲慘沉淪一生吧。但是他瞧見伊芃彎身，彷彿世人的目光全集中在她身上，就此決定了奧斯卡的命運。他搖下車窗叫伊芃。她停步，抬手遮住太陽，馬上認出他，喊他的名。**奧斯卡**。他打開車門走向伊芃，擁抱她。

她的第一句話？親愛的，你現在就得走。

奧斯卡就站在街頭傾訴一切。他說他愛上了她，他受了傷，現在好了，只要能與她相處一星期，一星期就好，他將不藥而癒，他將有勇氣面對未來一切。伊芃說她聽不懂。奧斯卡再說一遍，他愛她勝過宇宙一切，無法擺脫這種感覺，拜託跟他走吧，一小段時間就好，將她的力量轉注在他身上，之後，她要分手，隨便她。

或許伊芃真的有點愛他，或許內心深處她也想把運動背袋放在水泥地上，跳上計程車，隨奧斯卡而去。但是她這輩子都跟隊長此類人打滾，曾被這樣的惡人黑仔強迫在歐洲白賣春一年，之後才能開始分款。她明白在多明尼加，所謂的警察式離婚就是子彈一顆。因此，她沒把運動背袋丟在路上。

她的眼角浮現淚水說，奧斯卡，我要打電話給他，拜託你在他回來前走人吧。

他說，我哪兒都不去。

伊芃說，你走。

奧斯卡說，不。

他進入姥姥的家（他還有鑰匙），一小時後，隊長現身，猛按喇叭許久，奧斯卡根本懶得出去。他拿出姥姥的所有照片，一張張翻閱。茵卡從麵包店返家時，看見奧斯卡正趴在廚房桌上猛寫。

奧斯卡？

他沒抬頭，只回說姥姥，是我啊。

後來他寫信給蘿拉，說這一切，他無法解釋。

我猜也是。

加勒比海的詛咒

接下來的二十七天，他只做兩件事：研究與寫作，追逐伊芃。坐在她家門前，叩她的呼叫器，到舉世聞名的河岸俱樂部找她，伊芃在此工作，只要看到她的車子發動，就連忙趕往超市，伊芃有可能去買菜。十有八九，伊芃沒去。鄰居看到奧斯卡又坐在路邊石，紛紛搖頭，瞧瞧這個瘋子。

一開始，伊芃只有恐懼，並無其他。她不想禍事降臨奧斯卡，不肯跟他說話，視他如陌生人。第一次看到奧斯卡現身俱樂部，她嚇得魂都飛了，腿兒直打哆嗦。奧斯卡知道他嚇壞了伊芃，卻管不住自己。到了第十天，伊芃已經懶得害怕了，只要奧斯卡在俱樂部走道尾隨她，或者對她微笑，伊芃就會對他齜牙咧嘴，奧斯卡，回去吧，拜託你。

根據伊芃後來的說法，她是見到奧斯卡，很慘，見不到奧斯卡，也很慘，深信他被做掉了。奧斯卡朝她的門縫裡塞英文的長篇火熱情書，唯一回應是隊長與他的嘍囉來電威脅把他剁成碎片。每次遭到威脅，奧斯卡就記下時間，接著打電話給大使館，說□□隊長威脅要殺我，可否幫助我？

奧斯卡對伊芃仍是滿懷希望，伊芃如果真想擺脫他，早就把他引誘到某處，讓隊長幹掉他。如果她真不想見到奧斯卡，可以叫河岸俱樂部禁止他進入。她沒有。

奧斯卡在某封情書中寫，天，妳舞跳得真棒。另一封信則詳述他的計畫，他要娶她，帶她回美國。

她開始寫些便條，在俱樂部裡塞給他，或者寄到他家。拜託你，奧斯卡，我已經整整一星期沒睡。我不希望你丟掉性命或者受到傷害，回家去吧。

他回信，最最最美麗的女孩，這就是我的家。

親愛的，我說的是你真正的家。

一個人不能有兩個家？

第十九天晚上，伊芃按他們家門鈴，奧斯卡放下筆，他知道來客是她。她彎過身，打開休旅車門，奧斯卡坐進去後就想吻她，伊芃說，拜託，別這樣。他們驅車前往拉羅馬納，隊長在那邊應該沒有朋友。他跟伊芃沒有討論什麼，他只說我喜歡妳的新髮型。伊芃又哭又笑，真的？你不認為我看起來很低俗？

妳跟低俗之間沒有算式可言，伊芃。

我們該怎麼辦？蘿拉飛來看他，懇求他回家，數落他這種作法只會讓伊芃與他一起滅亡。他仔細聆聽，之後說，妳不明白其中的利害。蘿拉大叫，我清楚得很。奧斯卡悲哀地說，不，妳不會明白。茵卡姥姥使出威嚴聲音與影響力，但奧斯卡已不是她認識的那個小男孩。他變了。他擁有自己的力量。

最後旅程進入第三個星期，老媽降臨了，大發雷霆。你給我回家，現在就回家。他搖搖頭，媽咪，我辦不到。貝麗拉扯他，但他就像是無敵烏諾斯，輕聲說，媽咪，這樣妳會受傷。

你會自取滅亡。
我沒這個打算。
我有跟著飛過去嗎？當然有，陪著蘿拉一起去，災難最能讓兩顆心貼在一起。
奧斯卡看到我就說，怎麼，尤尼爾，你也來了？
說啥都沒用。

奧斯卡．哇塞的最後人生

二十七天，說來多麼短暫！一晚，隊長及嘍囉尾隨奧斯卡進入河岸俱樂部，奧斯卡瞪視隊長足足十秒，全身顫抖，之後離去。他甚至沒打電話叫克里夫，直接跳上第一輛計程車。有一次在河岸俱樂部的停車場，他想吻伊芃，伊芃只是轉開臉，並非整個身體，說，別這樣，他會殺了我們。

二十七天。他詳細記載每一日，如果他的書信可信，那二十七天裡他足足寫了三百頁東西。那段期間他只打過幾次電話給我們，其中一通說他差點幹了那件事。什麼？我要知道詳情。幹了什麼？

他只說到時你就知道了。然後意料中事發生了。一晚，他與克里夫從河岸俱樂部回家，途中等綠燈，兩個人衝進他們的計程車。還有誰？當然是葛藍迪與高智能金剛。高智能金剛說，真高興再度見到你，然後就在狹小的車後座死命揍他。

這一次他們帶他去甘蔗田，奧斯卡並未哭泣。秋收快到了，甘蔗長得胖又高，蔗稈互相碰撞，就像捕蠅草捕捉獵物後闔上兩瓣，呼救聲消失於暗夜裡。成熟的甘蔗甜味叫人難忘，天上掛著又圓又大的月亮，那天滿月。克里夫哀求他們放過奧斯卡，兩人獰笑，高智能金剛說，你該擔心你自己吧。奧斯卡從撕裂的嘴唇擠出輕聲一笑，克里夫，別擔心，一切都太晚了。高智能金剛不同意，我覺得我們來得正好。車子行經公車站牌，在那幾秒裡，奧斯卡彷彿看見他的家人全擠進一輛巴士，包括他已死的外公外婆，兩個可憐人，誰在開車呢？獴哥。車掌則是那個沒臉男人。這只是他的最後幻象，眨眼就消失，車子停住後，奧斯卡試圖心電傳送訊息給老媽（女士，我愛你）、魯道夫叔叔（戒毒，叔叔，好好活）、蘿拉（真遺憾事情如此，我永遠愛妳）、給所有他曾經愛過的女人（歐嘉、瑪瑞莎、安娜、珍妮、納塔莉），以其那些他曾愛過的不知名女孩，當然還有伊芃[224]。

他們押著他至甘蔗田，要他轉身。他想勇敢站直身體。（克里夫被捆在車裡，他們轉身離開後，克里夫就掙脫，溜進蔗田，最後是克里夫把奧斯卡的遺體送去給他家人的。）他們瞪著奧斯卡，奧斯卡看著他們，然後他開口了，話語滔滔如出自他人之口，他的西班牙語從未如此流利。奧斯卡說他們的作為是錯的，他們將摧毀世間最偉大的一份愛。真愛很稀罕，極易與千萬種其他事物搞混，如有任何人知道愛情真義，那就是他。他描述伊芃，以及他對伊芃的愛，兩人又是冒了何種風險，才能如今日這樣同心同意。他說如果不是伊芃的愛，他絕無勇氣做下這些事，他們無法阻止，如果他們執意要殺他，對他們而言或許沒什麼，他們的小孩或許也不會有任何感覺，但是到他們老了病了，或者被車子撞死的那一天，就會感覺他在另一個世界等待他們，在那個世界裡，他不再是從未被女人愛上的胖男孩與書呆子，他會是個英雄，一個復仇者。他舉起手說，因為只要你想，你就能實現。

他們禮貌地等他說完，臉龐逐漸隱沒於暗色中，他們說，嗨，如果你能告訴我們fuego的英文怎麼說，我們就放過你。

他忍不住衝口說，火[225]。

噢，奧斯卡——。

224 作者注：奧斯卡給伊芃的心電訊息是「無論妳行至多遠……到達無邊宇宙的哪一個角落……妳永遠不會……孤寂一人。」（觀測者語，出自《驚奇四超人》第十三集，一九六三年五月。）

225 此處是作者的雙關語，英文裡，火（fire）的動詞指「開槍」。

第八章　故事結束

事情大約如此。

我們飛去領他的屍體。安排喪禮。除了家人，沒有別人，連艾爾與米奇斯都沒出席。蘿拉哭了又哭。一年後，他們老媽的癌症復發，這一次，癌細胞深入各處，拒絕離去。我跟蘿拉到醫院探望她。一共六次。她大約拖了十個月，不過，多少已經放棄希望。

我該做的都做了。

蘿拉說，妳已經盡力了，媽咪。貝麗不想聽，轉過病魔摧毀的身體背對我們。

我已經盡力，還是不夠。

她就埋在奧斯卡旁邊，蘿拉唸了自己寫的詩，如此而已。塵歸塵，土歸土。

他們聘了四次律師，沒有一次能成案。大使館不幫忙，多國政府也不管。聽說伊芃仍住在北景鎮，仍在河岸俱樂部跳舞掙錢，茵卡則在奧斯卡死後一年賣掉房子，搬回巴尼。

蘿拉發誓永遠不會回去那個恐怖的國家。我們還是情人的最後階段，一晚她說，這個國家就是一千萬個楚希佑。

至於我們

真希望能說我跟蘿拉白頭偕老，奧斯卡讓我們更緊緊相靠。總之，我那時候爛到不行，蘿拉照顧病危老媽半年後，進入女人們所謂的「土星回歸年」。有一天她打電話問我前晚在哪裡，我找不到藉口，她就說掰掰，尤尼爾，好好照顧你自己。接下來一年，我對女人簡直飢不擇食，心情擺盪在「幹你媽的蘿拉」跟既自戀又不可救藥的復合期望中，我根本不配。八月，我結束聖多明哥之旅回美國，老媽跟我說蘿拉搬到邁阿密，認識一個男的，懷孕，結婚了。

我打電話給她，說，蘿拉，妳搞啥——

她掛斷電話。

最終最後的註記

事隔多年，我還是常想到他，不可思議的奧斯卡．哇塞。夢見他坐在我床邊。場景在羅格斯大學的岱瑪瑞斯樓，好像永遠都是那個場景。夢裡，他不像後來那麼瘦，而是極胖大。他急於傾吐，嘴巴不斷張闔，但多數時候，我跟他都無法發聲，只能靜默而坐。

奧斯卡過世五年後，夢的場景改變了，主角是他或者一個很像他的男人，我們站在毀損的城牆邊，牆邊堆滿積灰的舊書本。他站在城牆甬道裡，神祕兮兮，兇惡的面具隱藏了他的臉面，只留下我認得的那雙距離很近的眼睛。這老兄拿著一本書，招手要我過去看，我突然想起此景出自他喜愛的某部瘋狂電影，我想奔離他，好像奔了許久，這才發現奧斯卡的手並無指縫，而那本書的書頁空白。

面具後面的雙眼笑意盈盈。

煞化！

有時夢裡，我抬頭看，奧斯卡沒有臉，我尖叫醒來。

夢境

這樣過了十年。我的人生狗屎到你無法想像，整個迷失，沒有蘿拉，沒有自我，啥都沒有，直到某一日我醒來，發現身旁躺著我根本不在乎個屁的妞兒，我的上嘴唇還有古柯鹼粉末以及鼻血，我對自己說，夠了，奧斯卡．哇塞，算你贏了。

至於我

近來，我住在紐澤西的波福安珀，在密德賽克斯社區大學教授文學創作與作文，甚至在榆樹街買了一棟房子，離鋼鐵廠不遠，不是小店商人攢錢買的那種大房子，但也不算太簡陋。多數同事認為波福安珀根本是垃圾窩，恕我不敢苟同。

以教書維生、住在紐澤西，這當然不是我兒時的夢想，但我盡力讓日子好過。我結了婚，老婆愛我，我也愛她，她是沙塞多家族的黑女孩，我根本配不上她，我們約略討論過生孩子的事，有時我也覺得有何不可。我不再到處追女孩。反正，沒什麼搞頭。當我不教書、不指導少棒隊、不上健身房，或者沒跟老婆出外鬼混，我都待在家裡寫作。這些日子我勤於筆耕，你早上約我，我不克出門，晚上約我，也一樣，跟奧斯卡學的，你知道，我是個嶄新的人，嶄新，嶄新。

至於我們

相信嗎，我們還保持聯繫。幾年前，她跟那個古巴酷哥還有女兒搬回派特森，賣掉老家，換一棟新房，去哪裡，三人都形影不離。（這是我媽說的。你知道蘿拉就是蘿拉，她到現在都還會去探望我老娘。）偶爾，天上七星連成一線，我們會在群眾聚會，或者以前經常泡的紐約書店不期而遇。有時古巴酷哥跟在她身旁，有時沒，不過，她女兒總跟在她身邊。她的眼睛像奧斯卡，頭髮像貝麗。她看什麼都盡收眼底，照蘿拉所言，也是個愛讀書的。蘿拉說，跟尤尼爾說嗨，她是你奧斯卡舅舅最要好的朋友。

她勉強說，嗨，舅舅。

接著自我更正，嗨，舅舅的朋友。

嗨，舅舅的朋友。

蘿拉頭髮長了，不再燙直，胖了些，也不再那麼單純無心機，不過，她仍是我夢中的西古阿帕。

每次遇見我都很開心，沒有怨憎。一點也沒，你明白吧。

尤尼爾，還好嗎？

不錯，妳呢？

在我們的關係完全絕望前，我常做一個蠢夢，我們像以前一樣躺在床上，電風扇轉動，大麻煙霧在空中飄動，我終於能傾吐出足以挽救我們關係的話語。

□□□□□□□□。

我還沒來得及發出母音就醒了。臉龐溼潤，因此明白這個夢境不可能成真。

永遠不會。

不期而遇，不壞。我們相視而笑，輪流呼喚她女兒。

我從未問她女兒開始做夢沒？我從未提及過往。

我們只談奧斯卡。

故事快結束了。快了。只剩下觀測者的最後報告，履行完他的漫畫角色責任，他就要回到月亮的藍色偏遠一隅，直到末日來臨，你才會再度聽到他。

小心那女孩，漂亮的小女孩，蘿拉的女兒。膚色黝黑，反應快到讓你眼花，套一句茵卡曾姥姥的話：愛咒罵的傢伙。如果我不是個大笨蛋，如果我當年□□□，她應該會是我的女兒。儘管如此，她可是個心肝寶貝。她愛爬樹，拿屁股磨門把，沒人注意時，就練習髒話。通英語與西班牙語。

她不是神奇隊長，也不是比利·貝森，而是那道閃電[226]。

總而言之，是個快樂小孩。快樂！

不過，她脖子上有條鏈子，掛了三條阿撒巴奇手環[227]，一條是奧斯卡嬰兒時代戴的，一條是蘿拉小時的，還有一條是貝麗初抵茵卡避難所，茵卡給的。這是強大的古老魔法，阻擋邪惡之眼的三道防護罩，每道防護罩都有祈禱的加持，防護範圍達六哩。（蘿拉可不是笨蛋，她找了我老媽跟茵卡做女兒的教母。）

不過，保護環總有一天會失敗。

就跟所有保護環一樣。

那一天，她會首度聽到「符枯」兩字。

226 比利·貝森（Billy Batson）是漫畫神奇隊長的另一個身分，他平日是個記者，只要說出「沙贊」，就會閃電霹身，讓他擁有不可思議的六種智慧力量。

227 阿撒巴奇（azabaches）是一種幸運手環，保護孩子免受邪惡之眼傷害。

她會開始夢見無臉男。

不是現在，不過很快。

如果她真是凱布爾家族的女兒，我猜總有一天她會停止恐懼，開始尋找答案。

不是現在，但是很快。

她會在我毫無預感的那一日，前來敲我的門。

我是伊西絲·朵拉絲·狄·里翁的女兒。

天啊，我的媽，請進，女孩，請進。

（我會發現她仍戴著阿撒巴奇手環，腿長像母親，眼睛像奧斯卡舅舅。）我會給她倒飲料，我老婆會炸拿手的餡餅給她吃，我會狀似隨意地問候她老媽，拿出我們三人當年的合照，天色漸晚，我會帶她到地下室，打開我儲放奧斯卡書本的四個舊冰箱，還有他的遊戲、手稿、漫畫書與報告。冰箱防火、防震，防任何東西。

燈、書桌、帆布床，我全準備了。

她會在我家待多久？

該待多久就多久。

如果，她如我想像中的聰明、勇敢，她會接收我們所知、所習的一切，加上自己的深入見解，結束這個符枯。

這是我的夢想，也是我最樂觀的期待。

有時，我心力交瘁、悲傷，坐在桌前，無法入眠，翻閱奧斯卡那些有折痕的《守護者》漫畫。這是他最後旅程帶上路的東西，也是少數我們找得回來的物件。是首版哦。毫無疑問，這漫畫可排名他最愛的前三名，我翻到最後最恐怖的一章〈愛的世界更強大〉，奧斯卡從來不污損書本，卻用彩色筆三次圈畫某一格，他的最後一封信也是用這種筆寫的。那格漫畫是安卓．維特跟曼哈頓博士最後的對話。那時，變種腦已經摧毀了紐約市，曼哈頓博士已經謀殺了羅山客，維特成功拯救了地球。

維特說：「我做對了，是吧？終了，一切都順利。」

曼哈頓博士的聲音從我們的宇宙消失前說：「終了？安卓，世間事沒有真正的終了。沒有終了。」

最後的一封信

奧斯卡死前曾寄信返鄉，還有幾張陳腔濫調的卡片。我收到一封，他稱我為「樊寧伯爵」[228]，建議我到阿索亞省的海灘一遊，要是我還沒去過的話。他也給蘿拉寫了一封，稱她為親愛的班尼嘉蘇里女巫[229]。

奧斯卡死後八個月，突然有個包裹寄到派特森老家。瞧瞧，多明尼加的郵政速度！裡面有兩份手稿，一個是他來不及完成的四部曲，類似史密斯博士的那類太空歐呸拉，取名《星際大患》，他又完成了幾章。另外是給蘿拉的長信，顯然是奧斯卡被殺之前的最後手稿。他詳細報告他在多明尼加的調查，以及他正在寫的新書，那份書稿他會用另一個化名寄出來。他要蘿拉留意第二個包裹，全部是他那趟旅行所寫的東西，妳可能會需要的東西，讀完結論就明白。（他在信的邊角上塗寫，也就是治療我們家族病的解藥，宇宙DNA）[230]。

問題是那該死的包裹始終沒來！不是寄丟了，就是他還來不及寄就被殺了。也有可能他交給信得過的人幫他寄，那人忘了。

但是第一個包裹隱含數個大消息。顯然我們這隻小鴿子在生命的最後二十七天成功說服了伊芃，趁隊長到外地辦事，兩人離開首都，跑到巴納宏納海邊躲了一個週末。各位猜猜看怎麼樣？伊芃真的**親**了他。還有呢？伊芃終於**破了他的處子身**。讚美上帝。奧斯卡報告他頗愛此中滋味，伊芃的那—裡（你知道的）並不是他想像中的味道，嚐起來像海尼根啤酒。他在信上說，伊芃每天做噩夢被隊長逮到，還有一次驚醒，魂不附體地說，奧斯卡，他來了，深信隊長就在房內。奧斯卡醒來，信以為真，飛身撲上隊長，赫然發現那只是旅館牆上的裝飾大海龜殼，差點沒撞破鼻梁。他說伊芃那裡的細毛一直爬到肚臍，每當奧斯卡進入她的身體，她便瞇起眼睛。不過讓奧斯卡欣喜若狂的不是啪啪啪性愛，而是他期待了一輩子的親密相處，譬如幫她梳頭髮，幫她到曬衣繩拿內衣褲，看著她赤身露體走向浴室，或者一屁股坐在他的大腿，臉蛋依偎在他的脖子上。她訴說童年故事，奧斯卡則說自己始終是處男的事。這就是他要的親密。他在信上說，簡直不敢相信他等這一刻，等了天殺的那麼久。（伊芃建議用別的字眼取代等待。喔，譬如？她說，你可以叫它人生。）奧斯卡寫：因此，人們一天到晚掛在**嘴邊的就是這回事！大白癡！**我早該知道！美！真是美！

228 原文用Count Fenris，應該是Count Fenring的筆誤，樊寧伯爵出自《沙丘魔堡》，被稱為「風格舉止如兔子的殺手，最危險的一種」。原意可能是指他扮豬吃老虎，此處，應該是奧斯卡藉由「兔子」的典故來嘲笑尤尼爾，因為兔子常被拿來比喻「喜愛性交」的人。

229 班尼嘉蘇里（Bene Gesserit），出自《沙丘魔堡》，一個神祕的宗教組織，純女性，世代鍛鍊，擁有強大能力。

230 宇宙DNA（Cosmo DNA），典故出自《宇宙戰艦大和號》（*Star Blazer*），是可以讓已經摧毀的地球重新再生的技術。

Acknowledgements

I'd like to give thanks to:

the pueblo dominicano. And to Those Who Watch Over Us.

Mi querido abuelo Osterman Sánchez.

Mi madre, Virtudes Díaz, and mis tías Irma and Mercedes.

Mr. and Mrs. El Hamaway (who bought me my first dictionary and signed me up for the Science Fiction Book Club).

Santo Domingo, Villa Juana, Azua, Parlin, Old Bridge, Perth Amboy, Ithaca, Syracuse, Brooklyn, Hunts Point, Harlem, el Distrito Federal de México, Washington Heights; Shimokitazawa, Boston, Cambridge, Roxbury.

Every teacher who gave me kindness, every librarian who gave me books. My students.

Anita Desai (who helped land me the MIT gig: I never thanked you enough, Anita); Julie Grau (whose faith and perseverance brought forth this book); and Nicole Aragi (who in eleven years never once gave up on me, even when I did).

The John Simon Guggenheim Memorial Foundation, the Lila Wallace-Reader's Digest Fund, the Radcliffe Institute for Advanced Study at Harvard University.

Jaime Manrique (for being the first writer to take me serious), David Mura (the jedi master who showed me the way), Francisco Goldman, the Infamous Frankie G (for bringing me to Mexico and being there when it started), Edwidge Danticat, (for being mi querida hermana).

Deb Chasman, Eric Gansworth, Juleyka Lantigua, Dr. Janet Lindgren, and Sandra Shagat (for reading it).

Alejandra Frausto, Xanita, Alicia Gonzalez (for México).

Oliver Bidel, Harold del Pino, Victor Díaz, Victoria Lola, Chris Abani, Tony Capellan, Coco Fusco, Silvio Torres-Saillant, Michele Oshima, Soledad Vera, Fabiana Wallis, Ellis Cose, Lee Llambelis, Elisa Cose, Patricia Engel, Shreerekha Pillai (for spinning dark girls beautiful), Lily Oei (for kicking ass), Sean McDonald (for finishing it).

Manny Perez, Alfredo de Villa, Alexis Pena, Farhad Ashgar, Ani Ashgai Marisol Álcantara, Andrea Greene, Andrew Simpson, Diem Jones, Francisco Espinosa, Chad Milner, Tony Davis, and Anthony (for building me shelter).

MIT. Riverhead Books. *The New Yorker*. All the schools and institutions that supported me.

The Family: Dana, Maritza, Clifton, and Daniel.

The Hernandez Clan: Rada, Soleil, Debbie, and Reebee.

The Moyer Clan: Peter and Gricel. And Manuel del Villa (Rest in Peace, Son of the Bronx, Son of Brookline, True Hero).

The Benzan Clan: Milagros, Jason, Javier, Tanya, and the twins Mateo y India.

The Sanchez Clan: Ana (for always being there for Eli) and Michael and Kiara (for having her back).

The Piña Clan: Nivia Piña y mi ahijado Sebastian Piña. And for Merengue.

The Ohno Clan: Doctor Tsuneya Ohno, Mrs. Makiko Ohno, Shinya Ohno, and of course Peichen.

Amelia Burns (Brookline and Vineyard Haven), Nefertiti Jaquez (Providence), Fabiano Maisonnave (Campo Grande and São Paulo), and Homero del Pino (who .rst brought me to Paterson).

The Rodriguez Clan: Luis, Sandra, and my goddaughters Camila and Dalia (I love you both).

The Batista Clan: Pedro, Cesarina, Junior, Elijah y mi ahijada Alondra.

The Bernard-de León Clan: Doña Rosa (mi otra madre), Celines de León (true friend), Rosemary, Kelvin and Kayla, Marvin, Rafael (a.k.a. Raft), Ariel, and my boy Ramon.

Bertrand Wang, Michiyuki Ohno, Shuya Ohno, Brian O'Halloran, Hisham El Hamaway, for being my brothers at the beginning.

Dennis Benzan, Benny Benzan, Peter Moyer, Héctor Piña: for being my brothers at the end.

And Elizabeth de León: for leading me out of great darkness, and giving me the gift of light.

大師名作坊165

阿宅正傳

作者—朱諾．狄亞茲
譯者—何穎怡
編輯—張瑋庭
企劃經理—何靜婷
美術設計—徐睿紳
內頁排版—極翔企業有限公司
副總編輯—嘉世強
發行人—趙政岷
出版者—時報文化出版企業股份有限公司
10803臺北市和平西路三段二四〇號三樓
發行專線—（〇二）二三〇六—六八四二
讀者服務專線—〇八〇〇—二三一—七〇五
（〇二）二三〇四—七一〇三
讀者服務傳真—（〇二）二三〇四—六八五八
郵撥—一九三四四七二四時報文化出版公司
信箱—臺北郵政七九～九九信箱
時報悅讀網—http://www.readingtimes.com.tw
電子郵件信箱—liter@readingtimes.com.tw
法律顧問—理律法律事務所 陳長文律師、李念祖律師
印刷—勁達印刷有限公司
初版一刷—二〇一九年六月十四日
定價—新臺幣三八〇元
（缺頁或破損的書，請寄回更換）

時報文化出版公司成立於一九七五年，
並於一九九九年股票上櫃公開發行，於二〇〇八年脫離中時集團非屬旺中，
以「尊重智慧與創意的文化事業」為信念。

阿宅正傳 / 朱諾・狄亞茲（Junot Díaz）著；何穎怡譯 . – 初版 . – 臺北市：時報文化, 2019.06
面；　公分 . –（大師名作坊；165）
譯自：The Brief Wondrous Life of Oscar Wao
ISBN 978-957-13-7756-8

874.57　　108004238

ISBN 978-957-13-7756-8
Printed in Taiwan